吴蕙雅 著

# 画与话
图画书与儿童阅读

海峡出版发行集团
海峡文艺出版社

### 图书在版编目(CIP)数据

画与话：图画书与儿童阅读/ 吴蕙雅著. 一福州：海峡文艺出版社，2023.11
ISBN 978-7-5550-3588-6

Ⅰ.①画… Ⅱ.①吴… Ⅲ.①儿童故事－图画故事－文学研究 Ⅳ.①I058

中国国家版本馆 CIP 数据核字(2023)第 252618 号

## 画与话
—— 图画书与儿童阅读

吴蕙雅 著

| 出 版 人 | 林 滨 |
|---|---|
| 责任编辑 | 刘含章 |
| 出版发行 | 海峡文艺出版社 |
| 经 销 | 福建新华发行(集团)有限责任公司 |
| 社 址 | 福州市东水路 76 号 14 层 |
| 发 行 部 | 0591－87536797 |
| 印 刷 | 福州雄胜彩印有限公司 |
| 厂 址 | 福州市晋安区新店镇健康工业区 10 号 |
| 开 本 | 787 毫米×1094 毫米 1/16 |
| 字 数 | 240 千字 |
| 印 张 | 14.5 |
| 版 次 | 2023 年 11 月第 1 版 |
| 印 次 | 2023 年 11 月第 1 次印刷 |
| 书 号 | ISBN 978-7-5550-3588-6 |
| 定 价 | 58.00 元 |

如发现印装质量问题,请寄承印厂调换

序一

# 儿童文学里的图画书

张国龙

　　从远古的洞穴图腾到当代的视觉影视艺术，图画记录下了与人类有关的一切。作为儿童文学里的一种重要形式，图画书在儿童的阅读尤其是早期阅读中，扮演着重要角色。儿童阅读图画书，无论是听读文字故事，还是观察画面细节以提取图文信息，主要目的就在于获得阅读的趣味。

　　《画与话——图画书与儿童阅读》是一本运用图画书来指导儿童早期阅读的专业书籍，文本涉及图画书的基本知识、理论体系、早期阅读的指导策略，旨在通过对图画书的深入研究，以启发、辅助和提升成年人的图画书阅读指导能力，从而促进儿童读者的阅读兴趣、语言发展、心理建设、精神成长和其他知识的积累。儿童文学里的图画书，既要从图画书这一独立的文学形式本身出发去思考问题，又要回归儿童文学这个大的学科背景。本书作者重视的是，成人能在儿童的图画书阅读中，提供更多具体的、明确的、有效的帮助，多方位地引导儿童去体会、发现、享受阅读一本图画书的乐趣。无疑，讲读者或伴读者对图文的理解，会不露痕迹地反映在情境中，进而影响儿童对故事的理解和感受。

　　作为文字与图画两种媒介相结合的产物，图画书中的图画既是艺术形式，又是表达故事、传达文意的重要媒介。然而，绝大多数成人缺乏读图的能力，难以把图画中的线条、形状和构图元素用准确的文字表达出来。要把图画书读懂、读透和读出更多的趣味，需要深厚的专业学识与修养。能否注意到图画中的每一个小细节，画面的流畅性、叙事技巧、故事的完整度如何，以及是否体现了变化和戏剧性的效果等，都考验讲读者或伴读者的读图能力。可以说，他们的读图能力以及将文图相结合的丰富阅读经验，在很大程度上影响着儿童的图画书阅读体验。因为图画书是一种跨学科的综合艺术形式，它涉及文学、艺术、视觉文化、符号学、神话学、心理学和接受美学等多学科的知识。因此在看待图画书时，就需要运用跨学科的研究方法，才能对图画书进行深度的学术研究，才能从画面中读到更多可以阐释故事的隐藏信息。如果一个讲读者或伴读者无法多方面地理解图是如何描绘、展示故事的，很容易就流于泛泛地、机械性地翻页，当然也就难以把一本图画书讲得兴趣盎然、回味悠长了。

我们在本书的阅读中，恰好就能发现这种跨学科、跨文化的多元视角，体会到图画书独一无二的精彩和趣味。在具体案例的分析上，本书作者不仅选择了市面上常见的经典外版图画书代表佳作，还把颇多笔墨放在对本土原创图画书、传统连环画的图画书改编和跨文化背景下的中国传统题材图画书的深度探讨上。从绘画风格，到文字讲述、价值观传递以及文化的多元共生等，无不论述。如作者对杨志成、艾诺·洛贝尔和朱莉娅·唐纳森等人以中国古代寓言、民间故事为题材改编的儿童图画书的阐述，就让读者了解到即便是同一个故事题材，改编者基于自身的经验、学识和不同文化背景，也会导致文本主题、绘画风格的千差万别。正因如此，中国的"愚公移山"在洛贝尔笔下变成了"明锣搬家"。相比中国的"愚公移山"，《明锣移山》不仅充满了更多荒诞、无厘头的游戏精神，故事主题及其价值观也与"愚公移山"迥然有别。这背后映射出的，除了有欧美儿童文学作者为儿童创作图画书的基本态度，还凸显出了中西方之间的文化差异。这样的探讨，已经不再拘囿于儿童文学的学科领域，而是体现出了跨文化、跨学科的视野，既有对中西方文化的思考，也有对神话学、寓言、视觉媒介、儿童文学等多学科知识的整合运用。

在对图画书进行深度的学术探讨之余，我们在阅读本书时还可看到，运用对话式策略讲读图画书的具体示范，以及作者对不同类型、不同风格图画书的讲读建议。另外，图画书的阅读活动设计、拓展阅读书目推荐等板块，也可供读者参考。

某种程度上，《画与话——图画书与儿童阅读》是一本理论与实践齐头并进的著作。期望作者能在未来的研究生涯中继续关注图画书、关注儿童文学，深化儿童文学各领域与儿童阅读的研究。

是为序。

（张国龙，中国儿童文学研究中心主任，教授、博士生导师。）

序二

# 人之初的阅读

人之初的阅读，是什么样的呢？

或许就是，孩子睁着一双好奇的眼睛，一边张开耳朵倾听大人们讲的故事，一边用小手在画面上点点、指指，听到好玩、有趣的地方还会哈哈大笑、惊叹。人之初的阅读，离不开图画书的阅读，也离不开成年人的陪伴和指导。

在全民阅读的大背景下，儿童阅读已经成为社会各界日益关注和重视的民生大事。然而在一个电子媒介时代，我们面对的现实却是：越来越多的人沉浸在各类应接不暇的短视频音像海洋，儿童同样未能避免，各年龄段的孩子似乎也一并卷入了这一娱乐至上的浪潮中。根据2022年国际学生评估项目（PISA）出炉的结果，全球青少年的阅读能力出现了前所未有的下滑。经济合作与发展组织（OECD）教育部负责人安德烈斯·施莱特认为，这不仅是新冠疫情的影响，可能还涉及更深层的结构性因素。无疑，全球的社会环境和文化氛围发生了巨大的变化。我们在思考书籍的阅读方式变得更加多元的同时，也为人们快速抛弃纸质书籍、对阅读不再怀揣热烈的兴趣而忧伤。

对孩子来说，阅读是一件基础而重要的事情，早期阅读更是基础中的基础。无论是阅读习惯的养成、想象力的开发、语言能力的发展、情感情绪的激发以及阅读趣味的领悟等，大多都与儿童的早期阅读经历相关。问题在于，许多家长不知道如何介入儿童的早期阅读。选择什么样的书籍给幼儿？如何陪伴幼儿阅读？在幼儿的阅读过程中，父母或其他成人要如何有效地引导他们领略到文本的乐趣和意义？幼儿的阅读困惑、他们对图画书的理解和感受，是恰当的吗？作为一个想要深度参与儿童阅读的成人，又要如何有的放矢地回应他们或者进一步拓展他们的阅读呢？

人之初的阅读，需要一个有阅读指导能力的大人的协助。这就是艾登·钱伯斯在《打造儿童阅读环境》中所说的，要做一个有协助能力的大人。只有一个能良好地协助儿童阅读的大人，才能让儿童的阅读形成一个良性循环圈。然而，对图画书的阅读或指导，诚如佩里·诺德曼所说："太多的孩子和成人在谈论图画书的时候说不出几个字——只能说出一些相对简略、一般化的语词，从而错失了许多乐趣和价值。"如果一个大人本身都无法深刻地、多角度地理解图画书，又或是无法用恰当的文字来描绘对文学和艺术作品的回应，又如何能做到去欣赏个中之味呢？更遑论指导儿童阅读，或是想要把儿童领进文学和艺术的美妙世界了。

《画与话——图画书与儿童阅读》正是基于这样的意图：在以图画书作为主要媒介的早期阅读阶段，本书不仅能帮助家长、老师或其他成年人去更好地理解、阅读和领略一本图画书的奥妙，还从具体的图画书作品和对话式亲子阅读、符号学、叙事学等理论出发，论述了不同类型图画书作品的趣味以及讲读、共读的策略，为有效指导儿童的早期阅读提供了必要的示范。

在本书中，作者以教师、儿童图画书作者、儿童文学研究者的多重视角，详细介绍了图画书的基本发展历史和基础理论知识，为我们揭示了图画书是如何在图与文的对话中完成故事的讲述、语意的表达以及艺术的呈现。在此基础上，作者深入分析了图画书在儿童阅读习惯、语言发展和情绪情感等方面的积极作用，并以温暖的笔触为我们呈现了图画书背后深刻而丰富的内涵。本书的具体案例丰富多样，既有不同国家、不同民族、不同风格、不同类型的大家作品，也有一些新兴的、小众的诸如拼贴与布艺类图画书、摄影类图画书。对中国传统连环画的改编以及其他类型的传统文化题材图画书、本土原创图画书的探讨，作者同样回归到文学、文化和艺术本身，在具体的历史语境和文本情境中进行了深入的分析。如贺友直《大画家给孩子的中国节日故事》中，虽然整套书的风格统一，但每一个故事的画面各有千秋。如《上巳节》与《腊八节》的画面风格差异，就因二者背后对应着具体的阶层文化及其情境。其中，《上巳节》的主要描绘对象，是东晋时以王羲之等人为首的文人士大夫，所以画面的整体风格就格外雅致、清丽，有中国古代文人山水画和人物画的气韵和身影。因《腊八节》描绘的是农耕、劳作和底层民间生活相关的寓言式故事，画面物象的陈列、摆设、装饰，以及人物造型、色彩的运用与搭配等，都带有来自底层民间的生活气息。无论是对文字故事的理解，还是对画面的阐释，本书作者无不回归到文学、文化、社会、历史和艺术本身，体现出了深厚的专业素养、文献功底，文笔清新自然。就此而言，《画与话——图画书与儿童阅读》不仅是一本探讨儿童图画书的形式的书籍，更是一次深度的儿童早期阅读、艺术蒙养、社会历史和文化的启迪之旅。

希望这本书能够提升成年读者的儿童图画书阅读体验，帮助那些致力于引导儿童阅读的教育者、家长提升专业水平，更好地引领儿童走进图画书的奇妙世界，为儿童的早期阅读、亲子共读或伴读搭建一个良好的沟通桥梁。

（李正光，福建开放大学副校长，教授、文学博士。）

# 目 录

绪 论 ……………………………………………………………（ 1 ）

## 第一章 认识图画书 …………………………………………（ 2 ）
第一节 图画书的前世今生 ………………………………（ 2 ）
第二节 初识图画书 ………………………………………（ 10 ）
第三节 图画书的阅读与欣赏 ……………………………（ 24 ）

## 第二章 和孩子一起共读图画书 ……………………………（ 41 ）
第一节 睡吧，亲爱的宝贝：那些睡觉类图画书 ………（ 41 ）
第二节 没有文字的书 ……………………………………（ 50 ）
第三节 科普图画书在故事与科普之间的平衡 …………（ 61 ）

## 第三章 外国图画书作家经典作品赏析 ……………………（ 70 ）
第一节 李欧·李奥尼与《田鼠阿佛》 …………………（ 70 ）
第二节 威廉·史塔克与《驴小弟变石头》 ……………（ 80 ）
第三节 莫里斯·桑达克与《野兽国》 …………………（ 89 ）
第四节 安东尼·布朗与《朱家故事》 …………………（ 99 ）
第五节 雅诺什与《噢，美丽的巴拿马》 ………………（109）

## 第四章 现代图画书的中国表达 ……………………………（120）
第一节 早期连环画与贺友直《大画家给孩子的中国节日故事》 …（121）
第二节 民间故事图画书与《漏》 ………………………（133）
第三节 杨志成与《狼婆婆》 ……………………………（141）
第四节 《咕噜牛》《明锣移山》：西方作家对古老东方寓言的现代改编
………………………………………………………（153）

## 第五章　中国当代图画书作家作品 ……………………………… (170)
### 第一节　熊亮和《小石狮》 ……………………………………… (170)
### 第二节　周翔和童谣图画书《一园青菜成了精》 ……………… (182)
### 第三节　多样化的中国原创儿童图画书 ………………………… (191)

## 结　语 …………………………………………………………………… (205)
## 附　录 …………………………………………………………………… (207)
### 附录一　本书介绍的主要图画书 ………………………………… (207)
### 附录二　主要参考文献 …………………………………………… (215)

# 绪　论

图画书在儿童阅读中占据着重要的地位，是儿童最初的阅读资源，也是他们进入自主的文字阅读前，最常接触到的文学类型。通过图画，不仅可以将抽象的概念直观呈现在孩子面前，还为他们建立起了具体的事物与情理的联系；通过图画给孩童讲述故事，让孩子既能感受到文字和图画的神奇结合，也能更好地在学龄初期接受到文学的启蒙和熏陶，奠定文学与艺术的素养基调。

作为一种儿童书籍样式，图画书相较于纯文字的文本，有着更为直观、形象的特点。这对儿童早期阅读兴趣的培养、良好阅读习惯的养成意义重大。但儿童图画书的阅读，并不是许多人以为的"小儿科"。要把一本给儿童的图画书读懂、读透或从中读到更多的乐趣，并不是一件容易的事情。很多父母或教育者对图画书缺乏了解，也不知道如何通过一本图画书去培养儿童的阅读兴趣。在讲读的过程中，他们常常选择给孩子读一读文字，以为读了文字就是读了故事，但一旦拿到一本无字图画书时就束手无策；有的家长甚至以为只要把书本塞到了孩子手里，他们自然而然就能学会阅读。然而，热爱阅读是需要培养的，一个深度阅读者更需要多方培养。

对早期阅读来说，孩子们不仅需要听懂文字故事，还需要学会看懂图画内容。实际上，儿童图画书的阅读，既涉及儿童文学、儿童教育和儿童心理等范畴，还与儿童的审美养育和艺术熏陶直接相关。

# 第一章

## 认识图画书

### 第一节 图画书的前世今生

一、世界图画书的发展

图画书与世界儿童文学的发展基本一脉相承，如果要探寻最初的源头，很容易就追溯到捷克教育家夸美纽斯的《世界图解》。《世界图解》作为一本提供给小学生的教科书，编者充分意识到儿童的阅读需求与成人的差异，于是采取图文并茂的形式。基于这个层面，它被视为最早的儿童图画书雏形。

站在今天去回望图画书的发展历史，好像一切都是自然而然形成的。但实际上，图画书作为一种文学样式的发展并不顺利。由于早期的图画印制主要依赖木版、铜版等工具，需先将图画内容雕刻完成之后再进行印制，造成图画书的出版周期较长且无法大量发行，图画书只能在有限的范围内被使用。这种状况，一直持续到英国工业革命后，才得到了根本改变。自19世纪末以来，随着印刷业和插画艺术的兴起，图画书作为一种文本的阅读形式，因其直观、形象和符合幼儿阅读习惯的特点，很快就在世界儿童书籍的市场形成一股发展潮流及出版趋势。英国、法国、德国、西班牙、美国以及后来的日本等发达资本主义国家，皆得益于发达的工业技术支撑，率先形成从创作到阅读推广、评价图画书的成熟队伍，一举奠定了图画书在这些国家的传统地位。在很大程度上，他们也左右了世界主流图画书的出版市场和话语权。

## （一）英国

英国的图画书从编写、创作到出版发行，有着悠久的历史和较高的水准，是毋庸置疑的领头羊。同时，英国也是最先将图画书这一文学艺术发扬光大的国家。

出版商约翰·纽伯瑞在1744年出版了《美丽小书》，不仅在版式和开本大小上充分考虑到孩子，还专门在书页中插入图画以提升儿童的阅读趣味。伦道夫·凯迪克、凯特·格林纳威等人的名字，同样在儿童图画书史上闪闪发光。以他们（包括纽伯瑞）的名字命名的童书奖项，是当代儿童文学和图画书的顶级标志之一。碧翠丝·波特的《彼得兔的故事》，时至今日依然在世界各地广为流传。到了20世纪60年代，出现了诸如《猫头鹰和啄木鸟》[①] 等富有色彩冲击力的图画书作品。20世纪70年代以来，安东尼·布朗的《大猩猩》《朱家故事》等作品，既关乎现实生活，又充满科幻和超现实主义的色彩。到20世纪90年代，著名的儿童文学作家、编剧朱莉娅·唐纳森根据中国成语故事"狐假虎威"改编的《咕噜牛》风靡全球，创下了1000万本的销量，甚至还被英国广播公司改编成儿童电视卡通片，深受孩子们欢迎和追捧。

21世纪以来，尽管面临着来自世界其他国家更大的挑战，但从图画风格、主题内容到表达媒介，英国图画书仍以不断开创的精神、求新求变的方式奠定了其在世界童书市场的地位。

## （二）美国

20世纪三四十年代以来，随着经济的持续发展、现代彩色印刷与绘画技艺的飞速提高，美国逐渐在图画书的领域确立了大国地位，出现了一大批对世界图画书的发展影响深远的优秀作家与作品。这不仅极大地挑战了英国图

---

[①] 《猫头鹰和啄木鸟》与《大懒熊》《猎人和狗》《凯蒂和食梦兽》属于同一个系列，文字和图画均由英国作家布莱恩·瓦尔德史密斯完成。其中，画面中随处是抢眼的亮色，色彩非常大胆、浓烈。如《猫头鹰和啄木鸟》，配色就以大红为主，穿插明亮的绿、蓝或黄色。此外，该套书里的每个故事都蕴含一定的小哲理，主要帮助孩子们解决成长中遇到的一些困惑和烦恼。所以这套书又被称为成长哲理图画书。

画书所确立的一些规则,而且开始在图画书中全方位地表现美国本土生活及多元文化的独特性,从而为世界儿童图画书确立了一套美国标准。

维吉尼亚·李·伯顿《逃跑的小火车头》《小房子》《罗宾汉之歌》《缆车梅贝儿》《生命的故事》,婉达·盖格的《100万只猫》《ABC兔子》《白雪公主和七个小矮人》《一只名叫"不存在"的狗》,玛格丽特·怀兹·布朗《晚安,月亮》《重要书》《早上好,晚上好》《小岛》,罗伯特·麦克洛斯基的《让路给小鸭子》《美妙时光》,莫里斯·桑达克的《野兽出没的地方》《在那遥远的地方》,李欧·李奥尼的《小蓝和小黄》《小黑鱼》《田鼠阿佛》《蒂科和金翅膀》《一寸虫》,威廉·史塔克的《驴小弟变石头》《老鼠牙医——地嗖头》等,都是世界图画书经典。美国的年轻作家和插画家们,在图画书的主题内容、外在表现形式和版式设计等方面,都有可贵的创新和尝试,最大程度上摆脱了说教和道德训诫的色彩,强调故事要好玩、有趣,真正走进儿童心里。如大卫·威斯纳的《疯狂星期二》《三只小猪》等,都是充满奇思妙想、创意大胆又新颖的艺术杰作。

美国图画书种类繁多,且充满活力和创新精神,为今天世界儿童图画书的发展做出了积极的贡献。

(三) 日本

20世纪五六十年代,日本逐渐从一个向西方学习的现代图画书学徒,迅速成长为一个图画书大国、强国。中川李枝子撰文、山胁百合子绘图的《古力和古拉》,松谷美代子的《龙子太郎》,大塚勇三撰文、赤羽末吉绘图的《苏和的白马》等,一举奠定了日本图画书的世界地位。

从事图画书编辑工作的松居直,不仅一手促成了日本图画书的繁荣,同时对台湾和大陆图画书的发展影响深远。松居直因为本人对民俗学的浓厚兴趣,曾到世界各地收集民间故事,再邀请画家们将其改编成精美的图画书以供儿童阅读。日本图画书发展的第一阶段,实际上就是对世界各地民间故事的收集和改编。如《桃太郎的故事》《木匠和鬼六》根据在日本流传很广的民间故事改编而来，《桃花源的故事》① 改编自陶渊明的《桃花源记》，《苏和的白马》② 则改编自在蒙古族民间流传甚广的马头琴的故事。在松居直的带领和推动下，日本儿童图画书涌现出了一大批儿童图画书的文字作家和画家。这些深耕儿童图画书领域的人们，不但探索出了各式各样的图画书创作形式，而且表达的内容愈加丰富多彩，风格多元又跳脱。如 20 世纪 70 年代开始进行图画书创作的五味太郎，出版了 300 多本创意独特的图画书，《鲸鱼》《鳄鱼怕怕牙医怕怕》等都是中国读者熟悉且喜爱的作品。但日本图画书的创意性并非五味太郎一人独具，而是整个创作行业，一直都走在先锋实验的路上，如由著名作家谷川俊太郎撰文的《噗～噗～噗》。从文字上看，《噗～噗～噗》完全没有任何故事情节，除了图画之外，只有各种拟声词不时点缀在画面中。就是这样一部作品，却让孩子们听得哈哈大笑、欲罢不能。细细探究之下，我们很容易就发现，作家和插画家用拟声词和画面，不仅直观、夸张地表现了物体的变化和状态，还让孩童在听觉和视觉体验中，形象地去感受了生命的起源、万物的生长消逝以及世界的循环变化。这正是这本书最伟大的地方——它给了每一个孩子无穷的想象力和自我感受的空间，并让孩子沉浸其中。当然，日本图画书不仅极具先锋实验精神，而且数量庞大、质量考究，无论是有字的还是无字的，抑或单纯的概念书或故事书……种类十分繁杂。据日本早稻田大学山本桃子博士③的相关研究报告，日本每年新出版发行 1500 余部作品，新发行的绘本销售额约为 130 亿日元。这对少子化的日本而言，图画书的出版发行量是相当可观的。

近年来，在日本各类艺术节上，还开始兴起一种命名为"空间绘本"的体验型绘本。顾名思义，所谓"空间绘本"④ 就是直接把现实生活中的某个物

---

① 《桃花源的故事》根据我国东晋著名的山水田园诗人陶渊明的《桃花源记》改编，由中国著名的画家蔡皋女士绘图，画面唯美写意。

② 《苏和的白马》来自一则在蒙古族流传的民间故事《马头琴》。该书的插画师甚至亲自到了蒙古人民生活的土地上，切实感受故事主人公的生活空间，以一种不动声色的方式呈现出了蒙古大草原的广袤无垠和壮美辽阔。

③ 2019 年，在北京师范大学举行的第四届全国小学绘本教学研讨会上，来自日本早稻田大学的山本桃子博士做了一场名为《日本的空间绘本 聚焦艺术节》的报告。在该场次的报告中，山本桃子详细介绍了日本空间绘本的实践情况及影响。

④ 有关空间绘本的表述和田岛征三的资料，均整理自 2019 年 11 月山本桃子博士在北师大第四届全国小学绘本教学研讨会上的现场报告。

理空间作为绘本故事的舞台背景，让观赏者走进作品设置的空间以体验绘本故事传达的精神和文化。比如田岛征三《N氏的人生·70年》立体地展现了在大岛上生活的麻风病患者的一生，让读者身临其境地体验与世隔绝的病患生活；《青空水族馆》则充分利用海洋废弃物，将其制作成巨型的海鱼，引起人们关注环境问题……这也在一定程度上说明，日本的文艺家的确具有一种极致的探索精神和人文关怀。

### （四）法国

法国图画书的制作和发展，是值得学习的另一个范例。撇开《海豹历险记》《翠鸟马丁》等不谈，光是系列图画书《不一样的卡梅拉》，就足以让我们顶礼膜拜。根据苏菲·范德林登[①]在其著作《一本书读透图画书》中的观点，图画书是在将受众群体转向专门的儿童读者后，才开始在图画下方配上文字，"或者根据故事主线的发展，图、文相继出现来讲述故事的书开始涌现。这些故事一般以儿童为主角，插图也专门从儿童的角度出发来绘制"[②]。

当然，法国图画书的独特性，既在文字之中又在图画之外，其文、图风格无不体现出高卢人的乐观、幽默、哲思和浪漫天性。如埃尔维·杜莱的《变变变》，雷吉斯·法勒的"波罗历险记"系列，玛丽-阿利娜·巴文的"小兔汤姆"系列等，莫不拥有这些美好的元素。此外，法国教育者极其重视图画书在母语教学中的作用，强调通过母语让孩子了解语言和文化层面的深层含义。是故，他们在幼儿园普及绘本阅读，在小学的母语课堂教学中，也有意识地采用遣词造句独特但语法又格外规范的图画书文本作为教材。这些都体现出法国教育界非常重视图画书的教育功能。如汤米·温格尔《一朵蓝色的云》，就因为其充满哲理性的语言，常被作为母语教材使用。

此外，德国、意大利、荷兰、丹麦、比利时以及韩国等国家的图画书，也都各有特色且成就非凡。

以上这些国家的图画书发展，伴随着经济发展不断向前，带有鲜明的时代特性和所在民族的文化烙印。他们不仅有着非常成熟的图画书创作队伍，

---

[①] 苏菲·范德林登是法国图画书专业评论杂志《框架之外》的主编，也是由"奇想国"策划的图画书研究期刊《画里话外》的外方主编之一。

[②] [法]苏菲·范德林登.一本书读透图画书[M].陈维,译.西安:世界图书出版西安有限公司,2018:14.

为全世界的孩子奉献了一大批高质量的图画书作品，还有非常丰富的图画书理论研究成果，为世界其他地方的图画书发展提供了理论支持。

发达国家图画书的发展脉络及其创作、出版、发行和推广群体的贡献，对正在发展中的国家和地区的图画书的发展，具有积极的参考价值和借鉴意义。

## 二、中国图画书的发展

### （一）中国图画书的历史发展

如果我们要追溯中国图画书的发展沿革，成熟且形成气候的中国儿童图画书的创作、阅读与出版，最早可以追溯到20世纪20年代。郑振铎、赵景深、叶圣陶、丰子恺等，都是早期中国图画书发展的参与者与见证人。

1922年1月，郑振铎从创办《儿童世界》周刊开始，就发表了一系列图画故事，如《河马幼稚园》《两个小猴子的冒险》等；20世纪30年代，赵景深一口气创作了如《哭哭笑笑》等50多部图画故事；20世纪50年代，中国图画书迎来了第一个发展的小高潮，出现了诸如《小马过河》等著名的插图本童话作品，以及儿童图画书《萝卜回来了》。其中，《萝卜回来了》脱胎于"上甘岭"战役中的一个真实故事，借小白兔、小驴、小羊、小鹿等儿童熟悉的动物形象，作家和画家贴切地传达了"友爱""人人为我，我为人人"的主题思想。这部作品不仅深受当代中国儿童喜爱，还以多种形式流传到日本和德国等地，是早期中国儿童图画书走出去的经典佳作。

20世纪60年代到改革开放前，图画书与其他文学形式一样，大都停滞不前。到20世纪80年代，整个中国社会对精神文化的渴望，犹如一个在荒漠里流浪许久的旅人对水的渴求，热切又急迫。就图画书而言，各类连环画的出版呈现出井喷的态势。这些连环画故事，既有根据如《西游记》《红楼梦》《西厢记》《水浒传》《东周列国志》等古典名著改编而来的作品，也有各地收集整理的民间、民俗故事，还有的是根据诸如《莎士比亚戏剧故事集》《福尔摩斯探案集》《基督山伯爵》等西方名著改编过来的作品。但显然，这个时期出现的大多数连环画故事，其阅读对象面向整个社会群体，并非专门为了儿童而创作。20世纪80年代中后期到20世纪90年代以来，随着新的思潮的涌现，中外文化交流日益变得频繁，大陆与台湾地区之间的互动越来越多，一些儿童性强的连环画逐渐再次涌现。如鲁迅翻译的苏联儿童文学名著《表》的故事，也有从美国引进的《米老鼠和唐老鸭》等。与此同时，还出现了诸如《黑猫警长》[①]这一类带有科普童话色彩的本土原创连环画作品，成为广大"70后""80后"的永恒记忆。此外，20世纪80年代还创办了诸如《故事画报》《幼儿画报》《婴儿画报》等期刊。20世纪90年代以来，从西方引进的诸如《丁丁历险记》这一类专业的儿童图画书逐渐增多。更为重要的一个变化是，中国儿童文学界开始以更加积极的姿态参与到国际儿童文学大家庭，举办的学术交流活动也越来越多，比如北京师范大学还先后邀请日本的松居直、澳大利亚麦考利大学儿童文学博士生导师约翰·史蒂芬斯教授等在北师大做了多场涉及图画书在内的儿童文学讲座。

诸如此类活动的开展，在很大程度上加快了中国图画书的发展进程。

### （二）中国图画书的基本现状

到20世纪末，虽然欧美日韩等国的图画书发展已经取得了很大的成就，但专门针对儿童的中国图画书创作、引进与阅读推广和研究，仍然处于萌芽阶段。

直到进入21世纪的第二个十年，中国当代图画书的发展才逐渐开始走向成熟。其中，引进版权和出版的本土图画书作品数量越来越多，各地绘本馆也迅速发展起来，专业的阅读推广人开始出现。各少儿出版社都基本配备了专门的图画书编辑部，有的还与国外的大型出版集团合作，成立中外合资性质的童书出版机构。如麦克米伦世纪，就是由国际出版集团麦克米伦与二十一世纪出版社联合成立。其他从事儿童书籍出版的民营机构，如读小库、蒲公英童书馆、爱心树童书馆、奇想国童书、耕林童书等，也如雨后春笋般冒出了一茬又一茬。这些童书出版机构，怀抱着各种各样的阅读理念，开启了与中国儿童之间的阅读故事之旅。他们既有专业的出版眼光，也有敏锐的市场嗅觉，引进了一大批优质的海外版权童书。此外，他们还致力于促进本土原创童书的出版发行，其中最突出和典型的是诸多民营出版机构对儿童图画书的

---

[①] 20世纪80年代的连环画，因为读者对象的非特定属性，大多具有极强的社会现实性，成人化的倾向十分明显。即便是《黑猫警长》这一类深受少年儿童欢迎的畅销连环画，血腥、暴力的场景依然不少。然而，这丝毫没有影响改编成动画片的《黑猫警长》及主题曲，在当年的大街小巷的风靡。

偏爱。这当然有现实的利益因素的考量，但积极的一面在于，他们在引进外版书之余，还引进国外专业的图画书理论。这在很大程度上弥补了中国本土图画书的理论研究的不足，有利于促进中国本土图画书的发展。

中国当代图画书的蓬勃兴盛，除了有上文提到的出版机构——尤其是民营出版机构对图画书的重视的因素外，还与各师范院校尤其是幼教、儿童文学专业对图画书的研究无不相关。比如像北京师范大学这类高校，近年来一直坚持定期举行国际型的图画书阅读与儿童绘本课堂教育教学的大型研讨会。此外，外研社、奇想国等一些专业出版机构，也会不定时专门召开图画书阅读研讨会，培养图画书的阅读推广人。他们或是分享绘本馆的经营之道，又或者邀请国内外知名的图画书作家、画家，以线上或线下的方式参与相关活动并举行专题研讨会，或者是积极引进国外的图画书理论和最新研究成果……通过各类活动，专业出版机构致力于从各方面促进儿童图画书在中国的发展。在互联网和新媒介环境下，他们波及和影响的范围从一线城市扩大到二、三线城市，甚至小城镇和部分乡村。不仅如此，中国原创图画书也开始积极响应：出现了诸如《桃花鱼婆婆》《荷花镇的早市》《小石狮》《别让太阳掉下来》等取得一定国际地位与成就的作品；还出现了"绘本创作工作室"[1]这类图画书创作专业，以及越来越多的地方艺术院校也开始开设儿童图画书的创作课。至于图画书的阅读推广，有的由出版机构的专人建立微信社群，为家长和孩子解读绘本的同时推广自己的图画书；有的出版机构还会就一些文本进行专门的阅读指导，积极与家长、儿童互动。读书博主、教育博主等自媒体从业者，以及在各平台分享创作经验的插画师等，他们发布的内容给幼教工作者或想要有效指导孩子阅读的家长群体，进一步提供了便捷的了解途径。快捷与便利的资讯，为图画书在当代中国的发展提供了肥沃土壤。

总的来说，相较于欧美和日本等发达国家的图画书发展，现代意义上的中国图画书与中国儿童文学一样，起步和发展都略晚。同样地，中国图画书在不同的时期，发展的状况也各不相同。从一开始采用插图点缀文字，发展到后来以文附图的连环画，再到新时期尤其是21世纪以来——随着西方图画

---

[1] 即中央美术学院绘本创作工作室，前身是成立于2004年的中央美术学院图文信息设计工作室。2011年，因将该工作室的学术研究和创作方向进一步确定在图画书，从而更名为绘本创作工作室。该工作室致力于中国原创图画书的创作，打造了《中国民间童话》等一系列具有较高知名度的图画书，也培养了诸如吕莎莎等新锐图画书作家。

书作品的大量引进，中国图画书的发展逐步变得多样化和成熟起来，慢慢进入了黄金时代。虽然当前国内图画书市场仍以引进海外版权为主，但本土市场以及"全民阅读"的国家战略已经对中国原创图画书发出了强烈的呼唤。有充分的理由和条件让我相信，中国原创图画书一定能在色彩、线条与文字共同建构的世界里，向儿童传递优秀的中国文化，引导他们健康、快乐和幸福地成长。

# 第二节　初识图画书

在所有书籍中，图画书对孩童的文学启蒙、文学素养的提高以及人生底色的晕染，作用无可替代。孩子们读的第一本书，几乎都是图画书。我们终其一生，甚至都在阅读带有图画的故事。

常规意义上，图画书的指涉范围非常宽泛。其中，既涉及没有文字的无字书，如《保罗奇遇记》《山中》一类；也包括作为文字辅助、装饰的插图类作品，以及翻翻书、玩具书等。但从阅读的角度深入探讨的图画书，主要指依赖于图画作为叙事和表达媒介的文本样式。对叙事型图画书来说，图画与文字之间的关系是探讨的重点。目前市面上最为常见、大众最熟悉的图画书形式，就属于这一类。如《田鼠阿佛》《小房子》《在森林里》《不一样的卡梅拉》《小石狮》等。此外，漫画、连环画也被人们纳入图画书的范畴。

那么，到底什么是图画书？

## 一、图画书的概念

在中文中称为图画书的文学类型，英语称之为 picture books 或 books with pictures。在日本和中国台湾地区，图画书又常被称为绘本。作为一种童书体裁，图画书以婴幼儿为主要读者对象，以纯图画或图文结合作为基本表达形式。

根据美国图书馆协会对优秀图画书的评判标准来看：

儿童图画书与其他图文并茂的图书不同，它旨在为儿童提供视觉的体验。

它依靠一系列图画和文字的互动，来呈现完整的故事情节、主题和思想。

毫无疑问，图画书主要以图画或图文的结合作为表达的媒介。图画书中的图画必不可少、文字关键，图文之间的关系十分重要。"如果用算式来比喻文图关系的话，绘本不是文＋图，而是文×图。"① 松居直设定的这个公式，形象地描绘了图画书中的文字与图画的关系，这更进一步说明，图画书中的图画与文字不仅要保持自己的特性，同时还要巧妙结合，从而完美、贴合地传达出图、文结合下的故事世界。

事实上也的确如此，图画书是文、图合奏的艺术。对儿童图画书来说，文字要美妙、准确、恰当，图画不需要特别强调美感、色彩或艺术性，它更关注的是线条、形状等细节的故事表现力，即图画要能讲述故事。

加拿大学者佩里·诺德曼曾说过："一本图画书至少包含三个故事：一个是文字讲述的故事，一个是图画暗示的故事，还有一个是文字与图画相结合而产生的故事。"② 常被拿来作为经典范例的《母鸡萝丝去散步》，就建构了完美的三重叙事。第一重叙事由文字直接交代，告诉读者：母鸡萝丝出门散步，在院子各处溜达一圈，最后按时回家吃晚饭。文字告诉我们的，就是这样一件简单的事。然而，在第二重的图画叙事中，绘者不仅在封面呈现了整个院子的静态全景，且在内文中详细描绘了院子各处的场景——除了添加环境的细节之外，还多出了一些文字中未曾提及的角色，比如狐狸、蜜蜂、草垛附近的羊……文字与图画一结合，第三重叙事马上呼之欲出，尤其是联想到狐狸与鸡这两种动物之间的天然捕食关系，故事一下就变得更加紧张、刺激起来了。

但如果只是读文字或只是看图，阅读体验无疑就会大打折扣了。所以，优秀的故事类图画书，总是能通过文字、图画或文图的结合，给读者带来不一样的阅读体验。

在有的图画故事中，还存在文字与图画相背离的情况，第三个故事的产生则可能是因为第一、第二个故事之间的矛盾的结果，如《莎莉，离水远一点》。即这种文、图相悖的阅读乐趣，需要在文图的结合下才能获得。所以，

---

① [日]松居直.如何给孩子读绘本[M].林静,译.北京:北京联合出版公司,2017:94.
② [加]佩里·诺德曼,梅维丝·雷默.儿童文学的乐趣(第三版)[M].陈中美,译.上海:少年儿童出版社,2008:483-484.

文图的巧妙结合与互补，被认为是优秀图画书的常规特质。

如此一来，要给图画书下一个完整的且放之四海皆准的定义，几乎不可能。即便如此，我们还是可以找到儿童图画书的许多共有特性，并据此对它做出合适的界定。从狭义的概念来看，可以说图画书是通过图画和文字的共同作用或单纯通过图画来传递信息、表情达意的书，文字信息的表述、图画的排列方式、造型、色彩的搭配、线条的运用、图文的连贯等，是阅读图画书时需要关注的重要元素。

## 二、图画书的特点

正确对待文字与图画的关系，必然是讲读故事类图画书的关键。一些图画书的理论研究者根据多年的研究成果或图画书的创作经验，都曾对图画书中的图文关系做过详细的分析，并进而对图画书的特点做出具体的说明。应该说，不同类型的图画书具有不同的特点，每一个讲读者对同一本书的认识和理解甚至都带有一定的倾向性。但作为一种童书样式，图画书基本的特点应是一致的。

### （一）图文互补，共同完成叙事

一般情况下，大多数经典图画书的叙事，都由图画和文字共同完成。图文之间，首先便体现为一种互补的关系。也就是说，语言文字会以自己的方式讲述故事，图画也会用线条、色彩、形状等来讲述这个故事，彼此形成一种互相成全和补充的关系，从而完成并拓展故事的叙事。

最为经典的例子，要数佩特·哈群斯的《母鸡萝丝去散步》。整本图画书的文字和图画叙事，无不体现出了图文之间的互补关系。当然，大多数图画书都无法满足这一点，但文本中具体的某些片段仍然不乏互补的叙事艺术，如《咔嗒，咔嗒，哞》。在该部图画书的内文中，有一个场景讲述的是农场主不乐翁不愿意给牛和母鸡提供电热毯，鸭子带着他的口信去见奶牛的那个晚上的故事；文字用"一整个晚上，不乐翁都在焦急地等着奶牛的回信"，向读者交代了不乐翁的心情；但在这一页的内文画面中，绘者只提供了动物挤在一起开会的场景。此时，文字就很好地补充了画面的叙事，促进故事情节进一步向前发展。在农场里的动物得到了想要的电热毯之后，"咔嗒，咔嗒，哞"的打字声的确停了下来。但第二天，不乐翁又收到了鸭子的字条。此时的内文，并没有用文字交代农场主的心情和态度，只是在内文的最后一页呈现了一幅鸭子从跳板上入水的"倒栽葱"画面。这个画面简单、形象又生动地暗示了文字所没有说出来的一切，即鸭子也得逞了！而不乐翁，也再一次成了农场动物的"爪下"败将！

通过图画和文字的互补来共同完成叙事，既是图画书常见的手法，也有助于更好地传达图画故事的内在意蕴，堪称图画故事的完美表达途径。但图文互补叙事，并非唯一且最常用的。很多图画书的图文叙事，往往建立在重叠的框架之下。

（二）图文重叠，以不同的叙事媒介丰富故事

很多时候，我们所读到的图画书，图文一般采用同步叙事的方式。也就是说，文字几乎涵盖了图画的内容，文本并不指望图画能给叙事带来额外的惊喜。这一类图画书，在目前的市面所占不少，也是传统连环画和民间故事类型的图画书一贯的特点。

比如海伦·库柏的《南瓜汤》，作者以优美的文字和精美的图画，描绘了小鸭子、小松鼠和猫的群居生活以及友谊。故事温馨、幽默、有趣、好玩，同时又充满极强的戏剧冲突；文字与图画的配合，相得益彰。虽然图画只是复现了文字故事的内容，却充分发挥了文字和图画的媒介优势，完全打消了图画让文字显得多余或文字让图画显得多余的顾虑。在《南瓜汤》这本图画书的内文中，作者完全让文字和图画共同来讲述故事，没有图画优先也没有文字优先。自然而然，文图之间也就不存在冲突、对立和分裂。

又如根据中国民间故事《屋漏》改编的图画书《漏》，也是图文重叠的典范。文字简洁、干净，图画清楚明了，叙事高潮迭起，故事充满戏剧性。在情节发展中，图画形象地再现了文字描述的画面，从而共同营造出一个高潮迭起的故事世界。在诸多中国原创图画中，这部作品在文图的重叠与融合上，的确是让人非常惊喜的一个范本。文字讲述故事，图画在再现故事的同时充分利用了自身的可见性，生动、形象地丰富和拓展了文字的想象空间。

可见，在优秀的图画书里，图文的重叠不是累赘，而是彼此成全，进一步丰富故事的整体含蕴和主题的必要形式。

### （三）文图的时空互叙，成就图画书的完整叙事

一般情况下，图画书的文字能够完整地交代因果和逻辑链条，图画则更多倾向于空间性的延展。但事实上，这二者在时空的表达与再现上，时常彼此交融，共同完成叙事。

比如大卫·香农的《大卫，不可以》《大卫，上学去》《大卫，惹麻烦》等"大卫"系列图画书，文字极简，几乎主要依赖于画面讲述故事。但文字与图画在对时间和空间的叙述上，很好地完成了互补、互叙。在中国读者所熟悉的《大卫，不可以》中，内文从头到尾，算上标点符号也不过百字左右，内容都是大卫的父母对大卫说的一些话，如："大卫，不可以！""大卫，快回来！""大卫，不要吵！""大卫乖……我爱你！"但这些话在什么时候说的，又是在什么场景下说的？读者则难以确定。这些记录着孩子日常生活的片段，无法体现出时序，但图画用人物的服饰、活动的空间场所等，很好地暗示了时间的先后。

与此同时，当文字直接交代故事发生的时间时，图画则更多充当着空间叙事的功能。比如《弗洛格去旅行》，从老鼠准备去旅行、青蛙请求同行开始，文字就非常明确地交代了故事时间，以及发生、发展的先后顺序。文字中会出现诸如"第二天"这样明确的表示时间的词或先后时序的连词。图画则紧随文字交代的内容，进一步提供空间场所的信息，丰富文字没能提及的细节。

可见，真正优秀的图画书在图文关系上，一定是互相成全、共同营构叙事时空的。

### （四）文字精简、图画生动

在图画书的故事中，图画与文字总是以各自的方式参与叙事。但图画书中的图画或文字，具体应具备什么特质，似乎并没有统一的规定。一般情况下，图画书力求文字精简如诗歌，图画生动如影视画面。

如前文提及的"大卫"系列，文字精简到极致。但得益于图画的生动传神，读者能够非常真实地感受到图画场景，再现性极强。如《大卫，不可以》，从封面上那个张着大嘴巴的男孩踮着脚尖搬金鱼缸开始，就奠定了这本图画书的基调。仔细看图画的细节，会看到金鱼缸摇摇欲坠、大卫调皮地咧嘴一笑，再看男孩脚下踩着的几本书——歪歪斜斜、七零八落。整个画面传达出了一种

紧张、刺激感，还有一丝危险的气息。叙事技巧高明的儿童插画作者，不仅懂得儿童的心理，更擅长用画面、场景来表现孩子的心理世界，营造出生动传神的画面效果。

根据挪威民间童话故事改编的图画书《三只山羊嘎啦嘎啦》，文字简洁、生动又形象，读来如叮咚作响的音乐，韵律感十足。第一只山羊嘎啦嘎啦过桥时，木桥发出"吱呀！吱呀！吱呀"的轻快声音，这声音既符合小山羊的体量，也暗示了小山羊对"山怪"而言是美好的食物；等到第二只山羊嘎啦嘎啦走上桥，木桥发出了"嘎吱！嘎吱！嘎吱"的声响，声音显得更为沉重；至第三只山羊嘎啦嘎啦走上木桥时，木桥的声音变成了"吱——吱——嘎！吱——吱——嘎！吱——吱——嘎"，压迫感增强了！三只山羊过桥的声音，一方面对应着他们体重的轻重，另一方面也应和了叙事的节奏，揭示出他们与"山怪"之间的冲突已经逐渐激化，且越来越尖锐了。三只山羊的名字——"嘎啦嘎啦"，与图画书最后一页"咔嚓，咔嚓，咔嚓，咚。故事讲完了"的文字，还营造出了一种首尾呼应的节奏感。实际上，作者从封面开始，就一直在致力于制造出声响、韵律和节奏。从小到中再到大，三只山羊行走在独木桥上的造型，以及它们的步调、神情等，无不体现出了一种节奏的动感。除此之外，当图画书的高潮部分，即大山羊嘎啦嘎啦出现在桥上，"山怪"问他是谁的时候，大山羊嘎啦嘎啦回答他是"大"山羊嘎啦嘎啦。此时的文字是如何呈现的呢？不用提示，大家都能发现："'是我！大山羊嘎啦嘎啦！'他的嗓音又粗又响。"为了突出大山羊嘎啦嘎啦的威武雄壮、与众不同，作者不仅将句子的长度变得极为简短，而且用大几号的粗体字映衬他"大山羊嘎啦嘎啦"的身份，彰显了他与前面两只同样叫嘎啦嘎啦的山羊的不同。

简洁、形象和充满动感的文字搭配相应的图画，使得整个故事的叙事完成度极高，最大限度地满足了幼儿的阅读或听读需求。

## 三、形形色色的图画书

图画书种类繁多，在不同的分类标准下，类型各异。根据有字、无字，可以分为有字图画书、无字图画书；根据幼儿独特的阅读需求，又可以将图画书分为认知图画书、玩具书、插图书、插画故事书、桥梁书等。在幼儿的不同成长阶段，对不同种类的图画书阅读需求也有所不同。

## （一）认知类图画书

认知类图画书，常指婴幼儿通过具体的图片学习诸如字母、汉字、数字、大小、形状、颜色以及某些具体事物等基础知识的图画书。这类图画书中的物体、数量、色彩都很容易识别，指代也非常清楚、明确。认知类型的图画书主要通过对诸如形状、色彩、分类、排序、计数、时间、空间等概念的具象化识别，以培养和训练婴幼儿的认知能力。简单的认知类图画书，往往没有连贯的故事情节。

但一些复杂的认知类图画书，则会通过完整的故事情节和各种人物形象，在达到各种认知训练的同时，还极力让幼儿获得阅读故事的愉悦感。劳拉·瓦卡罗·希格的《先有蛋》，就通过一个简单的故事，让幼儿认识鸡蛋、鸡、蝌蚪、青蛙、毛毛虫、蝴蝶等具体的事物，还形象直观地让孩子懂得鸡蛋变小鸡、蝌蚪变青蛙、毛毛虫变蝴蝶这些基础的生物学知识。但《先有蛋》的认知训练并非仅限于此，在整个故事的讲述中，不仅幼儿的分类能力得到了一定的训练，还让孩子有了感知生命的循环往复与万物生生不息的情境，在不知不觉当中感受到了变化的神奇与时间的魔力。

此外，数数书也属于认知类图画书。这类型的认知书范围很广，由简到繁、从易到难，不一而同。比如《1，2，3到动物园》《来喝水吧》等，巧妙地在某一故事框架之下，让幼儿形成数字的概念以及在数字叠加的过程中了解运算的规律。这种学习和熏陶不仅有趣，而且润物细无声，非常容易被孩子接受。

## （二）玩具书

玩具图画书在幼儿的初期阅读中，所占比例较大。其中，纸板书、立体书、翻翻书和洞洞书都是小朋友们喜欢的玩具书类型。这一类图画书的阅读带有极强的游戏性，小朋友在动手翻阅、触摸的过程中，能获得发现与探索的乐趣，在一定程度上满足幼儿的好奇心。作为早期阅读重要的启蒙读物，玩具书不仅可以让幼儿在玩耍和游戏中愉快地享受阅读的过程，还可以通过一个又一个创意设计，带领幼儿走进美好的文学世界和艺术世界。

厚厚的纸板书或布书，比较适合年龄层次偏低的幼儿。其目的主要在于，一是初步培养幼儿的认知感受能力，另一方面则是通过撕扯、啃咬或乱扔等行为，建立幼儿对"书籍"的初步印象。

翻翻书和洞洞书带有很强的设计感，设计者会故意在书中隐藏一些图画的信息，需要幼儿通过翻页或其他的动手方式去寻宝、探秘，从而享受"发现"的意外惊喜。这类书会让幼儿觉得"阅读"是一件有趣、好玩的事，进而乐此不疲地参与下去。当然，很多翻翻书或洞洞书的设计，不仅可以让孩子们通过自己的双手去找到隐藏的"宝藏"，也可以把"宝藏"藏起来，以此反反复复，不断体验发现秘密和隐藏秘密的快乐。如佐佐木洋子的"小熊宝宝绘本"系列，就是孩子们十分喜欢的玩具书。这个系列的作品非常适合3岁以前的幼儿。绘者在一个又一个硬纸片覆盖的小方框里，藏着一个又一个动物或事物。小朋友们的翻阅过程，就像是在纸面玩捉迷藏的小游戏。一旦找到藏起来的对象，就会不断地发出"哇""在这里呀"的欢呼声。整本书的阅读过程中，孩子们的欢呼声不断。因为幼儿天生就喜欢玩游戏，也符合他们在理解有情节的故事前的认知需求。这就是翻翻书、洞洞书之类的玩具书的魅力。

在早期的亲子阅读和幼儿园简单的教学活动中，成年人应该适当多采用这种游戏性强的图画书，和孩子一起在"玩"的氛围下，培养孩子的阅读兴趣，养成良好的阅读习惯。当然，在孩子的阅读行为中，我们还需要根据孩子的实际阅读情况，逐步提高孩子的阅读接受度。孩子们在读了一段时间"小熊宝宝绘本"系列后，大人就应该考虑用略微复杂一点儿的图画书替代掉。比如《走开，绿色大怪物！》。

相较于"小熊宝宝绘本"系列，《走开，绿色大怪物！》带有更多的叙事性和情节内容，对幼儿的阅读理解也提出了更高的要求。作者利用黑色作为画面的背景，率先渲染出"恐怖"的气氛。在具体的画面展现上，则根据"怪物"的特征，从头到尾，不断揭秘怪物身体的每一个部分，最后再将整个绿色大怪物完全显现出来。如果故事和绘画在此时就结束，那它对孩子而言，就只是纯粹的对怪物认知——让他们认识到一个怪物如何诞生以及怪物的具体样子。但作者选择让故事和画面继续发展下去，但呈现的方式与怪物出现时的动向完全相反。于是，随着读者不断往后翻页，我们能看到的画面变得越来越少。与此同时，故事情节仍然在一并向前发展着。当翻页游戏临近尾声时，绿色怪物就逐渐在书页中彻底消失了，最后只剩下一个纯黑色的背景，上面留下一行字："绿色大怪物，永远永远不准回来！直到我说可以。"

整本书的翻页仿佛一个叙事的魔法，先通过翻页把怪物"变"出来，最后又通过翻页让怪物消失！神奇好玩的地方，完全就集中在"翻页"这个行为本身。因为只需要通过翻页，就能见证奇迹！这样的玩具书真是生动、有趣又好玩，让人读起来兴趣盎然。不要说孩子，就连成人也被深深吸引。

玩具书中还有一类是立体书。这类书籍通常要依赖于手工制作，费时费力，一般无法批量生产，市面上也较为少见。

（三）歌谣书

图画书的文字，往往如诗歌的语言般优美、简洁和具有韵味。合辙押韵的歌谣类图画书，自然就成为儿童图画书中的常见类型。这类书籍既涉及儿童诗、摇篮曲、童谣，也包括其他类型的韵文。

歌谣类图画书的语言，读起来朗朗上口、铿锵悦耳，极具音韵之美、节奏之感，能触发幼儿的各种感知能力。如果父母或其他大人能把作品有节奏地念诵给孩子听，既能让孩子领略文字的魅力、感受故事的趣味，还能对他们产生情感上的感染力和共鸣。充满情感和个人化的语调，肯定比播音员同质化的语音更能打动孩子的心。同时，在语言叮咚作响的声韵里，还能让文字的美和力量深深地烙印在孩子的记忆里。

《鹅妈妈童谣》《一园青菜成了精》《蝈蝈和蛐蛐》等，都是许多人童年的共同记忆。这些文本不仅吟诵起来悦耳动听，本身又具有传承性，让一代代人在"你讲我听"中度过了从前的亲子时光。但把童谣转化成图画书，并非只是给文字配上一幅图画那么简单。实际上，很多带有叙事色彩的歌谣类作品在被改编成儿童图画书的过程中，还融入了作者和画家对文本的理解和创造。比如周翔版本的《 园青菜成了精》，作者就把一个原本带有政治色彩的童谣，改编成了一个带着"武侠"色彩、儿童游戏精神的图画书故事。当孩子们一边聆听故事、一边观看图画时，仿佛在享受一个精彩刺激的广播剧，画面感、现场感以及游戏性都极强。改编之后的童谣图画书充满了儿童性，故事也明显有趣、好玩多了。

在幼儿的早期阅读中，歌谣类图画书受到了孩子们的热烈欢迎。这不仅因为故事本身的趣味性和语言的朗朗上口、音韵和谐，还有吟唱中的那一份快乐与真情，以及与亲人度过的美好时光。

### （四）桥梁书

还有一类较为常见的图画书，连接着孩子从幼儿到学龄初段的阅读，这就是桥梁书。顾名思义，桥梁书是由听读图画书转向独立阅读自己感兴趣的纯文字文本前的一种过渡型图画书。

从文字和图画的叙事篇幅来看，桥梁书这一图画书的形式有点类似于插画故事书，其中的图画在故事讲述和文本理解中具有一定的辅助作用。但相对来讲，这一类图画书中的文字是第一位的，图画主要起到再现文本、进一步补充说明或延伸文本的辅助作用。

美国著名图画书作家苏斯博士的《戴高帽子的猫》，是世界上公认的一本适合孩子阅读的桥梁书。艾诺·洛贝尔的"青蛙和蟾蜍"系列，也是经典的桥梁书，该系列中的《好朋友》曾获得1970年的凯迪克银奖，而《好伙伴》则获得了纽伯瑞文学奖银奖。日本作家岩村和朗的"十四只老鼠"系列，同属桥梁书类型。这类图画书更加注重语言文字的运用和主题思想的表达，关注儿童成长中诸如友谊、陪伴、爱、互助等核心命题，图画不再充当故事的主要讲述媒介。

除了按照功能来对图画书进行分类，还可以将图画书简单地分为有字图画书和无字图画书。这种分类方法相对笼统，也最容易识别。

### （五）无字图画书

无字图画书，就是没有文字的图画书，故事内容完全依赖形状、线条、构图和色彩等来讲述。但"无字"并非必须一个字都没有，有一些难度较大的无字图画书，作者会在图画中穿插零星的提示性文字，以帮助读者理解作品。之所以将此类图画书归为无字图画书，原因在于这些零星点缀的文字完全如拼图的某一部分，只起到提示的作用，并不能构成完整的故事情节。图画，才是讲述故事情节和阐释主题的绝对主角。

因为缺乏必要的文字说明，阅读无字图画书对读图能力欠佳的读者，构成了一定的挑战。但对幼儿来说，无字图画书最大的吸引力在于，他们可以通过观察图画来自行编创故事，并乐在其中。

《雪人》《保罗奇遇记》《父与子》《当天使飞过人间》等，都是无字图画书的代表作。这些作品虽然几乎不着一字，却依靠图画给读者讲述了一个又一个精彩绝伦的好故事。作品要么涉及人性深处隐藏的秘密、族群关系、人与人之间的关爱和对生命的敬畏，要么肆无忌惮地展现孩童的探险精神或宣泄孩子内心躁动的天性等等。要完全读懂这类作品，往往需要读者具备丰富的文化背景常识和绘画基础知识。

另外，像《疯狂星期二》《山中》这一类作品，图画中虽偶尔会出现几个字，但也只是起到交代时间或提示事件发展进程的作用。如《啦啦啦》整个文本就只有一个"啦"字，但"啦"字以不同的形式散见于书中的许多场景，帮助读者理解人物及其情绪。在无字图画书中，即便只有一个文字，也需要引起读者的格外注意，因为它们是理解复杂的无字图画书的重要线索。

如在《疯狂星期二》中，大卫·威斯纳以浓缩的文字和精妙的图画，给读者呈现了一个疯狂至极的与时间有关的故事。开篇就是"星期二晚上八点"，接下来的图画犹如电影镜头般慢慢拉近，画面中一只乌龟抬起了头；当读者翻页过去，就看到一群青蛙坐在荷叶上，正低空飞过乌龟的头顶，乌龟吓得把头都藏到壳里去了。这些青蛙继续疯狂地飞呀飞呀，吓晕了在电线上歇息驻足的鸟儿，惊得在厨房吃三明治的男人目瞪口呆……青蛙居然在天上飞，真是神奇呀！那么，这些青蛙到底要去哪里？答案在后续的画面逐一揭晓——在一个孤单的老婆婆的屋里，青蛙端坐在荷叶上，正津津有味地看着电视，而一旁的老婆婆早已在摇椅上呼呼入睡。

当然，这个故事后续还有很多的惊喜，而这些惊喜都是由读者在一幅又一幅连续的图画中发现的——图画书中的文字紧扣"星期二"，至于故事的"疯狂"则完全交给图画去表现。可见，《疯狂星期二》中的少量文字，主要起到了故事发展进程中一条时间线的作用。这一点与《啦啦啦》中的"啦"字一样，文字充当的其实就是故事的眼睛。

## （六）图文并茂的图画故事书

图文并茂的图画书，是指采用一文一图、一文多图或多文多图的形式来讲述故事的图画书。文图的互相成全与配合，是其基本特点。图文并茂的图画书，是市面上最为常见的图画书类型。现代意义上的图画书，几乎都倾向于这种形式。

如《在森林里》《会唱歌的骨头》《在那遥远的地方》《三只山羊嘎啦嘎啦》《小石狮》等，文字篇幅占比相对较低，更多的细节需要读者在读图的过程中去发现。也有一些图画书的文字叙事非常完整，甚至细节都事无巨细，如曹文轩的大量图画书。无论文、图的篇幅占比如何，文字与图画在故事讲述中的完美结合，是图文并茂的图画书的一致追求。也就是说，无论有字或无字，优秀的图画书都具有一致性——整体会给人营造出文、图的交流与互动的氛围，既要情趣盎然又耐人寻味，并力求在文字和图画的双重艺术空间里，给幼儿提供最好的阅读体验。虽然图画或文字的多寡并非意味着孰重孰轻的问题，但现代意义上的图画书，的确在细节等方面更倾向于使用图画来表达。

总的来说，图画书种类繁多，分类标准多元。听读图画书的孩子们，不但关心图画本身，而且关注在图画框架之下所传达的那个故事。指导幼儿阅读的成人们，既需要深入了解图画文学如何通过线条、色彩和图形讲述该故事，还要注意文字和图画如何通过互动，以影响幼儿的人文素养与情感基调。

## 四、图画书的作用

从一出生，我们就生活在各式各样的语言环境与文化语境中。最初接受的词汇、语句、图画以及它们对心灵的触动，往往会铺下个体的人生底色。对学龄前和学龄初期的儿童来说，在没能充分认字之前要享受到阅读的乐趣，是一个需要学习的技能——在早期阅读中，幼童需要学会听读文字和观察图画，并在此过程中调动观察、想象、感受、认知、情绪、情感等多种要素，进而才能领略到阅读的趣味。

幼童采用图画书作为早期阅读的基本材料，这既符合婴幼儿的身心发展需求，有助于激发他们的阅读兴趣、培养良好的阅读习惯，还能提高他们的书面语言和口头语言的表达能力，有效促进观察力、想象力、理解力、感知力和记忆力等各项能力的综合发展。一般而言，图画书对于学龄前和学龄初期的幼儿主要有以下几方面的作用：

首先，图画书的阅读为婴幼儿提供了丰富的语言体验，为他们日后的读写能力的发展奠定良好的基础。

在早期阅读中，听、说、读、感的能力紧密地联系在一起。幼儿用眼睛观察图画和文字符号，用手抓、撕、拉扯书本，用嘴巴品尝或用舌头舔舐纸面，用鼻子去闻书籍的气味，以及用耳朵倾听歌谣或文字故事……都是对阅读的尝试和探索。多感官协作以感知、理解文字或图画的意义，是早期阅读重要的特点之一。

其中，幼儿因为不识字或识字量有限，主要通过大人帮他们阅读文字、自己观察图画信息来获得对文本的"阅"读。也就是说，幼儿是通过耳朵来感知语言，通过眼睛观看画面，以此达到眼耳共读的目的。优秀的儿童图画书，文本语言本身如诗歌简洁、集中且充满韵律和节奏感，悦耳的语言犹如泉水滴落水潭，会给婴幼儿的语言体验留下长久的回响。乔姆斯基和许多语言学家认为，儿童早期的图画书阅读与他们语言的发展和后来在学校的学习成绩之间有着因果关系。[①] 松居直针对儿童所处的各种语言环境，更是直言不讳地强调诗性语言在儿童早期输入的重要性：

> 在幼儿的感知中，有各种质地的语言。比如，在日常生活中，有与父母、老师或者朋友交谈和对话的语言，有来自电视等传播媒介的语言，也有请人读图画书、童话或倾听传说故事的语言……这三种语言都很重要，不过我认为有必要更重视具有文学性和书面语言体验的第三种语言，它能赋予孩子一种独特的语言体验……文学的、诗性的语言体验是丰富还是匮乏，对幼儿来说，意义深远程度不同。幼儿期如果没有体验过这个语言世界，那么儿童在想象力和理解力方面就会很匮乏。[②]

无疑，日常生活语言和电视媒介语言早已充斥着幼童的生活，然而文学和诗性的语言则需要专门去诗歌、童谣、图画书、故事书等文学书籍中寻找。大人们如果能通过充满情感、情绪的语调为孩子朗读图画书的故事文本，将有助于幼儿积累丰富的书面语汇、建立初步的语感、促进儿童的语言表达意识并形成与之有关的记忆，从而让他们感受到语言的魅力及其与图画之间的对应意义。

所以，一个孩子如果在婴幼儿时期听读了大量优秀的图画书，将对他们日后的读写能力发展奠定良好的基础。

其次，图画书作为一种文图并茂或以图画为主要表达媒介的文学形式，

---

① Chomsky, C. Stages in Language Development and Reading Exposure[J]. Harvard Educational Review,1972,42:1-33.

② [日]松居直.我的图画书论[M].王林,选编.郭雯霞,等译.乌鲁木齐:新疆青少年出版社,2017:102.

为幼儿提供了早期的美学体验与艺术感受经验。

由于婴幼儿在六个月左右时就已经具有了视觉注意力，图画书作为一种文图并茂或以图画作为主要表达媒介的文学形式，理所当然地就成了幼儿最好的艺术启蒙读物。虽然图画书中的图画，以解释文字和讲述故事为主，即使幼儿并不能完整理解图画所对应的符号意义，但不同的画面色彩、造型、构图以及绘画媒材等会给幼儿的阅读带去不同的艺术体验和审美的感受。

如《大卫，不可以》采用儿童涂鸦的绘画风格，真实地呈现了与幼儿的日常生活相关的场景。听着与自己相关的故事，看着熟悉而亲切的绘画，《大卫，不可以》很容易就引起幼儿的情感共鸣。当幼儿阅读《山中》的时候，可以在画家的画笔下充分感受艺术的神奇力量，并探索西方当代绘画的艺术流派。尤其是画家的一些表现手法，如将人类的视、听、感、嗅等强大的五感能力形象化地诉诸送货员的身体器官时，儿童能更好地领悟或感受五感与五官之间的联系。而像《烟》这一类具有传统的民族艺术风格和乡土叙事特质的作品，又能让孩子们在阅读中感受到浓郁的烟火气息、乡土文化以及剪纸艺术之美。

可以说，各式各样的儿童图画书，在给幼儿提供了美好的视觉体验的同时，还能给他们带去丰富的审美感受，从而开启幼儿的艺术启蒙之旅。

第三，图画书是学前期孩子发展心智的重要工具，有助于幼儿联想和想象能力的发展。

人类并非生来就具有生动的想象力，而是在所见所感的触动下，想象力被逐步激发出来并不断提升。曾经有学者认为，阅读图画书或许对孩子们的想象能力是一种禁锢，毕竟故事被直接以图画的形式直观地呈现在了孩子们眼前，孩子们似乎也因此而丧失了想象力。但事实并非如此。

如果说，单纯的文字故事会触动孩子们利用语言文字去充分想象具体的画面的话，那么文图相结合的图画故事或者图画文学，则给孩子们提供了更加深刻的联想与想象契机。这种想象与联想，一方面是在阅读指导者的讲解和引导之下来完成；另一方面是小读者们本身就是天生的发现者，他们不仅能对文字、图画的描绘产生进一步联想，还能以此扩大故事的想象空间，进而享受到属于自己的故事趣味点。比如《幼教博览》（1996）上曾经刊载过这样一幅画：下雨天，一只毛茸茸的小黄鸡，撑着一把雨伞赶路。在它身后，留下半个空了的蛋壳，蛋壳下还积了一摊雨水。仔细一看，小黄鸡所撑的那把伞，恰好是蛋壳的另一半。如果读者充分发挥想象和联想能力，试着去给该画面加上前情和后续，就能把这幅单页的场景图延展成为一个完整的故事。试想一下：小鸡为什么独自在雨中破壳而出？它的父母和兄弟姐妹们又在哪里？破壳过程中发生了什么事？它撑着那把蛋壳雨伞要去哪里？它可能会遭遇到一些什么事？……对这些疑问的不断猜测，会使得故事越来越完整和精彩，孩子也在不知不觉间提升了自己的思维能力。因为，图画书的每一幅画面，不仅是单独的场景呈现，它还给读者们提供了许多去联想和想象的可能性空间。这样的图画书阅读，无疑对幼儿的心智发展、联想和想象能力的培养是有益的。

图画书作为幼儿文学最重要的文学样式，既是幼儿建立最初的审美经验的重要载体，也是培养他们健全的人格、素养以及获取艺术熏陶的重要途径。优秀的图画书不仅故事性强，而且画面细节丰富。要么色彩十分协调，或对比强烈；要么媒材特别，有自己的特色；又或者在构图和设计上，令人耳目一新。作为一种文字和图画相结合的艺术形式，儿童图画书在儿童早期阅读中具有举足轻重的作用，润物细无声地滋养着幼儿的精神和心灵。

## 第三节　图画书的阅读与欣赏

对于幼儿教师或其他想要指导儿童阅读图画书的成人而言，图画书的讲读艺术极其重要。拿到一本图画书，如何带领儿童进入故事的世界并让孩童找到阅读的乐趣，非常考验阅读指导者过往的知识、阅读经验和讲读技巧。但很显然，对于幼儿来说，一味说教、传递知识和灌输式的讲读是没有用的。幼儿图画书真正的讲读与欣赏，应是建立在与幼儿进行对话、讨论的基础之上，有针对性地提升他们的语言表达能力、叙事技巧，培养良好的阅读习惯和情感体验等。

### 一、图画书与幼儿早期阅读

作为早期阅读最重要的文学启蒙载体，一般的认知图画书涉及的是对幼儿行为习惯的规范、品德的培养和其他认知能力的训练。这类图画书不需要复杂的讲读技巧，只需要带着幼儿阅读文字、指认物品或在翻阅书本的过程中玩阅读的游戏即可。但故事类图画书，强调通过文字和图画去探索人生、人情和人性，让幼儿通过阅读以体验文学和艺术建构的世界，并在与自己相关的日常生活中获得对应观照。显然，故事类图画书不是简单的"小人书"，它有着复杂的文图叙事密码。这对于年幼的孩子来说，要充分领略到图画书的阅读乐趣，就不得不借助于成年人的阅读经验和指导读策略的引导。

首先，在成人的协助和引导下，幼儿能在共读图画书的过程中，学会更多阅读技巧，从而获得更多的阅读乐趣。

艾登·钱伯斯在《打造儿童阅读环境》一书中指出，阅读者是由阅读者培养的。一个阅读经验丰富的成年人，能给幼儿提供更加有效的协助和引导，让儿童的阅读持续地良性循环下去。

比如日本五味太郎的《鲸鱼》一书，讲述的是一个有点类似于安徒生的童话《夜莺》的故事。如果儿童是在成人的协助之下来阅读，就不会随随便便看看图画，笑一笑或发出一两声感叹就结束。相反，如果引导得当、提问得法、回应孩子的困惑及时，成年人就能成功地引起孩子对问题的思考，从而养成孩子遇到问题会自己思考的习惯。而且，面对故事中藏着的那些小秘密和小细节，如果有大人的引导和提示，孩子们对于欣赏图画书一定会更有心得和体会。比如，当人们一开始因为不知道鲸鱼是什么动物，就不相信鲸鱼的存在。但当一位老先生拿来画有鲸鱼图片的书后，人群前后的态度截然不同：一开始听说鲸鱼时的冷漠、平静，马上就变成了十分惊讶。这种惊讶，主要通过图画书上人物的神态、动作等细节来体现的——即每个人都张大了嘴巴。但具体到每一个人，又有更细的细节体现，其中，服务员手里举着的咖啡杯溅出了咖啡，男人的烟斗上冒出了两个烟圈，玩骰子的男人把骰子放到了嘴巴里……绘者透过这些小细节，直观形象地渲染和呼应了人群对附近出现鲸鱼这种庞然大物的吃惊。绘者的这种夸张表现，到底有何深意？不妨提醒孩子在阅读时稍微思考一下。

其次，在成人的引导和协助下，孩子可以更好地理解人情、人性，从而提升图画书的阅读质量。

事实上，阅读经验丰富的读者一定都知道，无论是图画书还是童话一类的儿童文学文体，其中出现的每一个元素都有自身的含义或隐喻。但幼儿因为自身的局限，几乎无法读到背后的深意。但一个讲读经验丰富的阅读引导者，就能做到以不露痕迹的方式，恰到好处地把其中隐含的深意有效传达给他们。如上文提到的《鲸鱼》，为什么大人们千方百计找鲸鱼却没有找到，小女孩却看到了？候鸟为什么背着书包，小女孩为什么独自跟着一只猫在外面瞎逛？为什么小女孩、小猫能够跟候鸟一起飞到天上？这背后到底有什么暗示？……其实，《鲸鱼》读到最后，所有的读者已经知道了答案，候鸟所说的"鲸鱼"并不是真正的鲸鱼，而是因为一个恰到好处的时机、视角再配合了一些孩子的想象，将大湖、栈桥和漏水的管子里喷涌而出的湖水相联系，让从天空飞过的候鸟"误"以为那是一头鲸鱼。作者一方面嘲笑了成年人自以为是的无知——他们连有关鲸鱼的常识都不知道；另一方面，弱小的孩子因为并不为大人所在意，愿意天真地去相信候鸟所说的话，所以她看到了"鲸鱼"。孩子就像那只背着书包的候鸟，脑子里充满了奇思妙想，且对这个世界怀有深深的探索欲望。但作者仅仅是在嘲笑成年人的世俗、想象枯竭或自以为是吗？这里有没有可以解释的别的可能性？我想每个读者一定都有自己的答案。不过有一点是确定的：自以为是的无知就会像文中的那些湖边居民一样，沦为一个个拿着捕蝴蝶的小网去湖里寻找鲸鱼的笑话。

第三，在成人的协助和引导下，幼儿可以通过图画书的阅读提升语言表达能力。

国内外无数的阅读实验表明，幼儿可以通过图画书的阅读，显著提升口语、书面语和文学语言的表达能力，建立良好的语感。虽然图画书的主要表达媒介是图画，但孩子可以通过观察画面获取人物、情节、场景等信息。当成人针对画面细节向孩子提出问题，并鼓励、协助和引导他们把观察到的结果不断表述出来的时候，就能触发他们的语言潜能。在持续不断的语言输出中，自然而然就提高了词汇积累和故事的叙事能力，进而提升语言的表达能力。随着图画书的阅读量越来越大，孩子积累的词汇越多，句子的表达也会越来越完整、复杂，这为他们日后的读写能力发展奠定了良好的基础。

实际上，通过阅读图画书，幼儿可以获得听、说、读、写等各项综合能力的发展。但前提是，幼儿的图画书阅读是在一个阅读经验丰富、指导技巧成熟的成人的协助之下进行的。所以，让幼儿在早期阅读中适当掌握一些技巧与策略，可以为儿童日后的学习发挥重要的作用。

孩子当然也可以自己在图画书的阅读中看到自己喜欢的、感兴趣的东西。但是，如果是在有着丰富的阅读经验的成年人的指导下，他们能看到更多、思考更多。既然成人的协助和引导，在幼儿的图画书阅读中是如此重要，那到底要如何引导、如何协助阅读？一般而言，这首先需要成人清楚地了解图画书的各个组成部分，掌握一些图画书的基本理论知识。

## 二、认识一本图画书的框架

一般情况下，图画书主要由封面、封底、前后环衬、扉页和内文等几部分组成。当然，绝大部分图画书还会因为实际的出版需要，出现诸如护封、腰封和前后勒口等构成元素。

早期的护封、腰封，主要出于避免书籍遭受到物理冲击而设计。后来，出版商发现可以利用护封、腰封为书籍做广告，常采用醒目的大字或是一下就能吸引人眼球的文本内容，吸引读者购买。其中，将腰封作为重要的广告平台，已经成为广大出版商的惯例。相对而言，护封则基本涉及的是图画书的基本信息：包括书名、作者、绘者或译者、出版机构等。有时候，护封与图画书的封面几乎一致，只是前后勒口可能会陈列作者或绘者的基本信息；有些图画书会费尽心思地设计护封，真正的封面反倒显得朴实无华，目的仍然是为了营销。近来，因为物流的快捷和保护措施更到位，一些图画书的制作者为了节省成本和方便儿童翻阅，越来越习惯于摒弃腰封、护封。

### （一）封面、封底，不妨仔细看几遍

封面和封底，都可以称为图画书的脸面。读者如果读懂了封面、封底，那对图画书所想要表达的情感和主题，也就大概能了解。因为高明的图画书作者们，总是喜欢从封面就开始讲故事，或者从封面开始就设置一些叙事圈套、埋下叙事伏笔。但读者的阅读冒险旅程或探寻谜底的游戏，总是要持续到封底才算真正结束。当然，封面和封底也会有不同的表现形式与侧重点。

比如《疯狂星期二》的封面、封底。

这本图画书的封面，是一幅内文中没有涉及的画面，截取的是城市夜晚生活的一个片段。在画面居中的位置，画有钟楼上的时钟，时针正指向晚上九点；再看钟楼周围，荷叶飞在半空，上面还露出类似青蛙身体的某一个部分；远处一幢亮着灯的房子，一只狗正朝着空中飞过的荷叶吠叫。再看看书名——《疯狂星期二》，飞行的荷叶以及荷叶上的青蛙，似乎的确有那么一丝

疯狂的气息在弥漫。当读者翻到封底时会发现，与封面的整幅大图不同的是，封底画面是一幅小图。小图中的画面描绘的是：在一个月光明亮的夜晚，一只青蛙正端坐在一片荷叶上，茂密的芦苇环绕在四周，夜色寂静安宁。当封面的"动"与封底的"静"联系起来时，就一下连接了城市的人类世界与野外的动物世界。因为不该出现的物与不该发生的事情——青蛙不应该坐着荷叶出现在城市上空，已然成了一个事实，于是才被称为"疯狂星期二"。这些生活在野外的青蛙，到底会在城区掀起怎样的一场风暴，也不由让读者十分好奇。读者在翻阅封面和封底时，完全可以结合自己的经历和体验，对故事进行一番大胆的猜测，然后带着自己的猜想进入正文的阅读。此外，《疯狂星期二》封底与封面的底色都是黑色，也吻合故事发生的时间背景。

一般而言，封底上还会出现书评类期刊或知名的阅读推广人、作家等的评价性文字，以此说明这部图画书所取得的行业成绩与地位，方便读者了解。

有的图画书，如果将封面、封底平铺展开，就正好组成一幅完整的定型场景的画面，封面和封底分别充当着画面的前、后部分，如五味太郎的《鲸鱼》。在有一些图画书中，画家还会在封底故意留下故事的"种子"——类似于商业影片结尾部分的"彩蛋"，让读者对该作家同一系列的下一部作品充满了期待。如周翔的《一园青菜成了精》，封底画面描绘了乌龟、青蛙、癞蛤蟆、鱼、虾、蟹、蚌和鸭子等动物，似乎在水塘里掀起了一场"血雨腥风"的新战争。这实际就是画家在给读者提前预告《一园青菜成了精》的续篇，一个与城外的小池塘有关的故事。

无论封面、封底以何种面貌出现，我们在读图时都要格外注意这两个构成元素。

## （二）前后环衬和扉页，也许藏着小秘密

环衬是指连接封面或封底之间的衬纸，也叫蝴蝶页。环衬在封面之后的是前环衬，在封底之前的则是后环衬。在精装图画书中，环衬必不可少。

通常情况下，环衬是一张白纸，没有实际内容。这种类型的环衬，就是一张衬纸，匆匆翻过即可。但有些环衬的纸张会有颜色甚至藏着图画书的内容，遇到这种情况，阅读者就需要稍微留意一下衬纸在本书中的意义。有经验的图画书阅读者会明白，衬纸的颜色可能是某种心理或情感的暗示，又或是在奠定故事的某种基调；如果衬纸上还精心描摹着图画或写着文字，就需

要读者观察和思考里面是否藏着故事的某些线索。

但并不是所有的图画书都有环衬。比如一些简装图画书，几乎都没有专门的环衬，翻开封面就直接是扉页部分。

扉页同样可能藏着一些书里的小秘密。比如上文提到的五味太郎的图画书《鲸鱼》。在扉页部分，附书名的下方除了有作者、出版社等相关信息外，还有一幅细长的小图，图画里是一只挎着书包飞翔的小鸟，在小鸟的下方有一汪碧蓝的湖水，湖面还有一艘小船。如果我们完整阅读过这本图画书，就会明白这幅图不仅是故事发生的大背景，还是故事开始的起因或前情。即从候鸟的俯瞰视角，它的确看到了"鲸鱼"，这也就为后续故事情节的发展奠定了基础。

此外，很多精装图画书既有完整的环衬又有扉页，且暗含很多信息。比如《蚂蚁和西瓜》这本图画书。前环衬中画着一整幅大图，上面奔跑着无数只蚂蚁；扉页上，除了有具体的书名和作者信息外，还用了类似剪影的绘画形式，巧妙暗示了本文故事发生的前置背景：草地上那块大西瓜，是一个曾来到此处野炊过的人类家庭所留下的。这个前置背景，在正文中并没有提及，但画家通过扉页将这一信息补充给了读者，从而让"蚂蚁与西瓜"故事的展开具有了合法性和合理性。

总的来说，插画家往往会基于表达方式和习惯的不同，而在前、后环衬和扉页部分精心设计，从整体上提升一本图画书的叙事体量。

### （三）文、图结合，发现一个更加完整的故事

当然，无论封面、封底、环衬或扉页如何花枝招展，真正讲故事的主体从来都是正文，这是毋庸置疑的。但内文里的文字和图画，是如何具体完成故事的讲述和建构的呢？所以，讲读者需要更深入地理解文本和图画。一方面，这是为了回应孩子们的问题；另一方面，则是为了让孩子能更好地领略图画书阅读的乐趣。

也就是说，讲读者要让孩子认识到图画和文字的奇妙结合。这需要讲读者充分调动讲述故事和提问的技巧，来对孩子的阅读行为进行积极的干预，并及时对孩子在阅读过程中产生的困惑和不解予以回应。给孩子足够的时间自主"读画"，用心倾听孩子们针对图画提出的问题，仔细观察孩子们的反应并复盘，然后再结合讲读者自身的图画书的理论知识，对他们的问题做出合

适、恰当的回应,鼓励幼儿大胆就文本发表自己的想法,是在幼儿图画书讲读中应遵循的基本原则。

然而,作为一种文、图并置的文学样式,"读绘本,需要'读'文、图两种语言。读了文字,图仅仅是看看,那么对于整本绘本,只读了不足一半。读绘本的关键在于'读图'"①。可见,读懂图画书中的图画,至关重要。对一般人而言,图画书的文字阅读的难度并不大。只要认识字,受过一定的教育,基本都能把故事读清楚、讲明白。但要彻底读懂一本图画书,读图的能力以及把文字和图画相结合起来阅读的能力,并不是所有读者都具备的。这需要讲读图画书的成人具备丰富的知识,帮助幼童提高理解图画书的水平、技巧和欣赏的能力,从而获得更多的阅读乐趣。诚如珍·杜南所说:

> 把图画书当作艺术欣赏的对象,必须先了解视觉艺术传达的方式,且拥有开放的态度。至于我们需要具备多少相关知识才能帮助感觉找到客观依据,显然是越多越好,因为了解得越多,我们越能把握由图画延伸出的寓意。②

比如《疯狂星期二》,基本可以算作是一本无字图画书。其中的文字极少,包括"星期二晚上8点左右……""午夜11点21分……""凌晨4点38分……""另一个星期二晚上7点58分……"以及在图画中偶尔用诸如"police"的字样,来交代部分场景中人物的身份。撇开图画单纯看文字,作者仅仅交代了一些零散的时间片段。但每一句话后面的省略号,又让人意犹未尽,总觉得有什么事情正在发生或即将发生,甚至是已经发生。那么到底发生了什么?此时,图画就开始发挥出它的叙事功能了。从图画的描述上来看,疯狂星期二之所以"疯狂",就在于那天晚上所发生的一系列事件:青蛙坐着荷叶飞上了天,并溜到老奶奶家看电视,狗在大街上被一群青蛙追着跑,以及……连猪也在另一个星期二的晚上飞上天了!

正是在文字和图画的共同叙事下,《疯狂星期二》完整地给读者讲述了一

---

① [日]松居直.如何给孩子读绘本[M].林静,译.北京:北京联合出版公司,2017:94.
② [美]珍·杜南.观赏图画书中的图画[M].宋珮,译.乌鲁木齐:新疆青少年出版社,2017:3.

个跟"疯狂"有关的故事。尤其是图画中的许多小细节,让整个故事锦上添花,大大拓展了故事的叙事性以及想象空间。

优秀的图画书在叙事和表意上,往往不会放过任何一个细节。从封面、环衬、扉页到正文,最后再到封底,每一个地方都潜藏着无数的可能性、小秘密和小惊喜。幼儿图画书的讲读者在带领孩子阅读时,不仅自己需要注意这些细节,还应该提醒孩子注意。更重要的是,要养成注意细节和将文图相结合起来阅读的习惯。这或许是讲读与欣赏一本图画书时最应该建立起来的态度。

## 三、以对话式的策略阅读儿童图画书

图画书是通过图画和文字的互动来讲故事的艺术形式。在图画书中,虽然颜色和图形在内的一切图画表现形态都重要,但文字的叙述内容和图画艺术的结合互动,始终是叙事类图画书的核心。有一些图画书的讲读者,很容易把图画书的讲读,变成一种单纯地阅读文字的行为,要么就是在阅读中不断地向幼儿提问。以上两种常见行为,使得儿童的图画书阅读流于表面的泛读,失去了让孩子开启感觉器官领略故事和图画艺术的机会。

文学的阅读,总是涉及许多策略。国内外无数幼儿阅读教学的实验证明,以对话式的策略开展儿童图画书的阅读,是对幼儿行之有效的方法之一。

### (一)什么是对话式阅读

对话式阅读,是由美国人怀特赫斯特等人提出的一套阅读教学和故事讲读的理论。1988年,怀特及其同事们在研究亲子阅读时,研制出了一套针对学前儿童阅读图画书的训练方案,提出成人在与儿童进行故事阅读时,要采用"提问—回答"的对话方式——即在积极引导幼儿提问、回答、复述故事和拓展文本内容的情境中进行,以此提高幼儿的口语表达能力。

该理论重视训练父母讲故事的能力,在具体的图画书的教学实验中,要求参与实验的父母在与幼儿共读时提高使用开放式、功能性、疑问式和拓展性的问题的比例,并对幼儿回答的表现以及幼儿与父母的对话内容做出恰当回应及评价，积极鼓励幼儿表达自己的看法。① 也就是说，父母/成人需要在受过阅读指导等相关技巧的训练后去陪伴幼儿阅读，从而提高伴读、共读的效能。后来，怀特赫斯特及其团队不断丰富和完善对话式阅读的内容，将实验对象拓展至日托学校、低收入家庭的幼儿②，并开展从学前到小学四年级儿童阅读的纵向研究，认为儿童在小学早期的阅读能力取决于他们在学前阶段学到的书面语知识水平和语音意识③，进一步佐证了该理论对幼儿的语言能力发展、阅读兴趣的开发具有十分积极的作用。对话式阅读理论自从诞生以来，得到了世界范围内的阅读研究者、学前教育以及特殊教育等领域学者的重视，在我国台湾和大陆地区都得到了很多实践，大大拓展了幼儿阅读指导策略的范畴。在日常教学和家庭亲子共读场景中，对话式阅读教学已经变得非常普遍。

然而，一部分幼教从业者和家长对该理论的盲目运用，也给幼儿的阅读指导带来了错误示范，让对话式阅读活动完全沦为了家长提问和幼儿观察画面的问答游戏。

作为一套阅读的方法，对话式阅读把幼儿置身于阅读活动中的主导角色地位，成人变为协助和引导幼儿顺利完成故事讲述的隐身角色。但这并非意味着，教师或家长等成人在幼儿的阅读活动中不再重要。实际上，对话式阅读对成人讲故事的能力和阅读指导的水平，都提出了更高的要求。台湾研究者对亲子共读中的这种对话式关系说得十分透彻：

> 说者与听者互为动态性的交互作用，有时孩子听、大人说，有时大人说、孩子听，陪孩子念读故事与讨论，建立一种因书而来的对话；而在"对话式阅读"中强调的也就是亲子的互动，说故事的人不一定是父母，而幼儿也不只是聆听者，透过成人的鹰架（例如提问、给予回馈、

---

① G. J. Whitehurst, et al. Accelerating Language Development Through Picture Book Reading[J]. Developmental Psychology, 1988, 24(4): 552-559.

② G. J. Whitehurst, et al. A Picture Book Reading Intervention in Day Care and Home for Children from Low-Income Families[J]. Developmental Psychology, 1994, 30(5): 679-689.

③ Stacey A. Storch and G. J. Whitehurst. Oral Language and Code-Related Precursors to Reading: Evidence from a Longitudinal Structural Model[J]. Developmental Psychology, 2002, 38(6): 934-947.

赞美、示范），引导幼儿对阅读的内容做更细腻的观察和描述。①

这与英国学者、作家艾登·钱伯斯在阅读循环圈②理论中提出的"有能力的阅读指导者"及其核心地位，可谓异曲同工。佩里·诺德曼也曾提出，要领略文学阅读的乐趣，就要鼓励对话："好教师应该鼓励对话，不仅应该在孩子们中间展开对话，也要鼓励教师和学生进行对话。"③

可见，对话式阅读不仅是一种方法，更是一种儿童阅读的理念。这种观念改变了传统的儿童阅读模式，把阅读的主动权交到了儿童自己手里，教师/家长只是去配合孩子更好地完成作品的阅读。也就是说，对话式阅读看重的是对家长/成人的培训。它并非是要教孩子如何阅读，而是为了能让家长或成人在与儿童共读的过程中，通过良好的引导和协助，让孩子产生阅读的兴趣、养成良好的阅读习惯，形成"想要"阅读、主动阅读的内在驱动力，成为主动阅读者。

如何采用对话式的阅读策略以提升幼儿的文学阅读质量，涉及具体的操作步骤和原则。整理现有的文献资料，对话式阅读主要包含三个原则、四个技巧和五个类型的提问。④ 虽然，该理论主要针对的是家庭亲子共读或一对一的伴读，但在幼儿图画书的讲读中，将对话式阅读理论与传统的阅读指导相结合，将会更好地实现成人与儿童在阅读中的对话和讨论。

---

① 陈沛缇.对话式亲子阅读对幼儿词汇理解与口语表达能力之影响[D].台南：台南大学,2011.

② 艾登·钱伯斯在《打造儿童阅读环境》等著作中提出了著名的阅读循环圈理论，提出儿童的阅读是一个由选书、读书和回应书本等环节组成的完整循环过程，但要保证循环圈的良性循环，一个阅读经验丰富的指导者不可或缺。所以，在钱伯斯阅读循环圈的理论框架下，有能力的阅读指导者居于核心地位。后来，他又在《说来听听：儿童、阅读与讨论》强调，成人要在阅读过程中与儿童进行对话和讨论的重要性。钱伯斯的理论与怀特赫斯特等人提出的对话式阅读理念如出一辙，都强调与儿童对话的重要性。

③ [加]佩里·诺德曼,梅维丝·雷默.儿童文学的乐趣(第三版)[M].陈中美,译.上海：少年儿童出版社,2008:68.

④ 本部分所涉及的对话式阅读理论，主要来自怀特赫斯特团队所发表的论文、陈沛缇等部分台湾研究者整理的"对话式阅读"理论以及大陆的部分"对话阅读"研究资料。

## (二) 三个一般原则

### 1. 第一个原则

父母/成人鼓励儿童主动描述图片材料上的信息，从而把幼儿引入积极的观察体验和语言表达环境。不要泛泛地问"这是谁啊""那是谁啊"，而是要将画面信息具体化，引导孩子能更细致、精确地描述画面。比如："谁？怎么样？在做什么？在哪里？什么时候？为什么会这样？"

如果阅读者是2岁左右的幼儿，因为阅读的主要载体是翻翻书、纸板书、洞洞书等图画书，故成人的引导重点就应该是以认知、词汇积累为主。如《谁的尾巴》，每一个内文右页翻开之后只有动物的尾巴，身体和头则用纯色的折叠页挡住了，大人可以先让小朋友猜，问他们"这是谁的尾巴"。因为动物的大部分身体都被遮住了，所以一般都猜不到。于是，大人像跟幼儿玩游戏那样引导和过渡，并说道："让我们来翻开看一看吧。"等小朋友自己翻开折叠的部分，露出动物的头、身体之后，他们就会根据画面内容回答"是小猪的尾巴""是小鱼的尾巴"等答案。但是，为了促进孩子对画面的进一步观察，大人可以继续询问，如"小鱼的尾巴像什么"，或进一步示范描述，"这是小猪的尾巴，小猪的尾巴还卷成了一个小卷儿呢"。

在重复多次"这是谁的尾巴"这样的问题并进行良好的表达示范之后，孩子就会在随后的翻页中模拟大人的表述，并不断用精确的语言输出自己观察的结果。

### 2. 第二个原则

父母/成人顺着幼儿的兴趣去扩展、纠正或以赞美、示范的方式，最大限度地反馈幼儿的回答情况。这个过程不仅考验成人的提问技巧，还与他们过往的知识、生活经验和文学素养的积累紧密联系。

在读《安的种子》中"春天来了，在池塘的一角，安种下了种子"这个页面时，大人提出"你能帮我找一找，画面上的春天在哪里吗"的疑问，静待孩子观察画面之后的回答，有的孩子说"安种下了种子"；有的孩子说"大树长出了叶子"；还有孩子说"池塘里有小动物"等等。针对孩子的回答，大人可以称赞孩子观察得很仔细，但是也可以继续顺着孩子的回答适当拓展答案，如："你知道春天是播种的最好季节，真是太棒了！不过你看到了吗，安的种子不是种在地上，而是种在池塘里呢。""你看到大树长出了嫩绿的新叶，就知道是春天来了。真厉害呀！""你观察得真仔细，看到了池塘里有小动物。要不是你告诉我，我都还没有注意到呢。"当然，也可以继续拓展："那你知道正在池塘里游来游去的，是什么小动物吗？"进而顺着孩子的答案——蝌蚪，或纠正或再度拓展——"随着日子一天一天过去，等到了某一天，蝌蚪就会变成小青蛙啦。"然后，有的孩子就会激动地说："安的种子也会长大！"

有的孩子会注意到画面奔跑的小狗，那么大人也可以借机和孩子对话，引导他们通过小狗奔跑的样子，来猜测小狗的心情，进而感受整个画面洋溢着的春日氛围：人、动物和植物都是欢快的、充满生机和活力。

3. 第三个原则

根据幼儿的语言发展情况及认知能力变化，逐渐调整提问的标准。也就是说，作为阅读的引导者，要站在发展和变化的角度，能根据幼儿的实际阅读情况，引导他们对阅读的图画内容做出更多观察、描述、发表更多个人的看法，从而帮助孩子发挥更大的语言潜能并提升他们学习的能力。比如3岁左右的幼儿，伴读和共读的大人提的问题主要集中在画面的物品"是什么"或表达简单的人物关系，但随着年龄的增长，问题逐渐深化至"为什么""怎么样""你觉得会如何发展"等等。

有台湾研究者认为，对话式阅读首先要在轻松、愉快的氛围下进行；其次，要给幼儿留下足够的时间思考问题和观察画面，不要催促他们马上拿出答案；最后，给孩子提供良好的表述示范，其使用的语言应该略微高于幼儿能接受的程度，并依据他们的表现情况不断提高标准。

日常伴读和阅读指导的相关经验表明，熟练掌握并运用以上三个原则，能在共读中享受到更多的阅读乐趣，幼儿阅读的效果也会更好。随着孩子的成熟，阅读中的互动模式也会逐渐发生变化。在共读过程中，成人更要能熟练运用引导的技巧，不断推进幼儿文本阅读的深度。

（三）四个常用技巧

1. 技巧一：循循善诱，以提问的方式诱发儿童讲述更多与故事内容有关的细节。

幼儿能从画面的观察和在文字的听读中获取到的信息，一开始并不会特别完整和准确，它需要引导者用巧妙的提问方式，向幼儿提出明确的、有针对性的具体问题，以此诱导儿童发现更多细节并用精准的语言表达出来。如熊亮《泥将军》中，泥将军吹嘘自己经过1600摄氏度高温的煅烧，然而茶壶里的水把它的身体弄湿之后，它的身体就化了。整个对开页面就只有"泥将军化了"这几个字，但画面信息十分丰富，讲读者可以针对画面向幼儿提问，如："仔细观察一下画面，你能描述一下泥将军此时的状态吗？""看到此时的泥将军，桌上的玩具又是什么神情？你可以给我分别描述一下吗？""猜一猜，玩具此时内心会想什么呢？"

2. 技巧二：根据幼儿的回答情况给予积极回应，并做出恰当评估。

如果回答得比较准确，就要明确表扬和赞美；如果回答得不太准确，就要进一步细化问题、降低难度，或者给出合适的提示、甚至示范性答案，鼓励他们从画面中提取更多信息；如果幼儿的回答有错误，那就要及时指出来并修正。如："你观察得真仔细，看，渔夫、熊猫和大茶壶都吓坏了！""你发现渔夫居然吓得划着小船远离了泥将军！""你还注意到熊猫躲到了台灯后面，它真的被泥将军的话吓坏了。"要减少诸如"宝宝太棒了""对啦""真不错"这一类空洞性评价。

总之，合理、合适地正面评估幼儿的回答，不要无视幼儿的答案，但也不要过分夸大他们的表现情况，要实事求是地评价和反馈即可。

3. 技巧三：要适当根据儿童回答的内容，进行必要的拓展。

也就是说，要能从问题延伸至与幼儿相关的生活经验、心理体验，从而让他们能更好地理解相关内容。比如前面讲到的"泥将军"，它吹嘘自己经过烈火的焚烧，但实际上并没有；它说自己勇敢，实际上非常胆小。大人可以询问孩子："如果你是泥将军，会不会害怕呢？"如果孩子回答说"不害怕"，那么可以先表扬一下他/她"真的很勇敢"，再补充说明："因为你知道，泥巴被水一冲很容易就垮掉了，泥将军要成为真正的工艺品保存下来，就必须经过高温煅烧才可以。就像孩子一样，需要不断接受生活的考验，才能成长为一个合格的大人。"如果有孩子小声地说自己"害怕"，那么大人也要告诉孩子："害怕是很正常的，没关系，慢慢克服害怕的心理就好了。"这样的拓展，是从阅读中联系生活而来的拓展，其情绪和价值观的引导就很自然和贴切，孩子更容易理解。

当然，为了激发幼儿的阅读兴趣，大人也可以从生活中的绘画媒材着手。如在与孩子共读布艺拼贴图画书时，就可以先询问幼儿平时画画所用的材料，然后让幼儿再次观察图画书的画面，引导他们了解布艺拼贴图画书，进而获取多样性的绘画媒材的常识。当孩子们得知自己正在阅读的这本图画书不是画出来的，而是用针、线和布料缝出来的时候，通常会觉得非常神奇和不可思议，并对文本产生更加强烈的兴趣。为了让孩子理解该书是用针线缝出来的，共读的大人可以引导他们进一步观察画面的质地、色彩、针线走过的针脚等等。如果有孩子进一步发出疑问，即为什么他拿在手里的不是布料书，而是纸质的书时，大人也要解释清楚。

4. 技巧四：鼓励幼儿重复、跟练经过大人修正或拓展后的完整句式表达。

幼儿早期的图画书阅读，不只是随意看看图画、听听故事，还要有针对性地练习口语、书面语和文学语言的表达，培养良好的用语习惯、示范符合语法要求的语言，切实提高他们的语言表达能力。

如："'接下来发生的事，让玩具更惊讶了。'让玩具感到更惊讶的是什么呢？"孩子可能会重复文本中的文字："泥将军化了。"这个答案没有错。但是，大人应当根据幼儿的实际语言能力和阅读理解情况，鼓励他们进一步把画面细节描述出来，比如适当加入形容词、时间词、状态描述词等，给幼儿完整示范："刚刚还洋洋得意的泥将军，居然化了，而且化成了一摊稀泥巴。"甚至还可以进一步示范："不知道你有没有发现，泥将军在前面吹嘘自己最英勇，比孙悟空都还厉害，但如今化成一堆稀泥巴的处境，还真是尴尬又可惜呀。"

在不断提示、鼓励和示范中，提升幼儿对图文的把握和语言表达能力。此外，对于年龄较小的孩子，要酌情降低语言的难度和句子的长度。

（四）五个提问类型

1. "5W1H"式提问

即成人针对故事中的基本信息，谁（Who）、在哪里（Where）、什么时候/按照什么顺序（When）、做什么/发生了什么（What）、怎么样/怎么发生的（How）、为什么会这样（Why）提出问题。

比如，在"泥将军化了"这个跨页的画面中，问儿童"泥将军发生了什么事情"，给孩子留下足够的时间思考，等孩子回答完成之后，再根据情况追问"它为什么会变成这样"。又如："在这幅画面中，你看到了什么？""人物是谁？他在做什么？""你在画面中看到动物了吗？有哪些动物？""画面上有植物吗？是什么植物呢？要不要描述一下这些植物的样子？这几棵大树为什么比上一页中看上去变得更加茂盛了?"每一个问题提完之后,给孩子留下足够的时间观察画面和思考。

根据不同幼儿的阅读理解水平和语言能力,针对"5W1H"的回答情况,要么教会孩子一些新的词汇,如"高大的树""嫩绿的新芽""可爱的小鸟";要么以更加完整和带有修饰语的句子,一步一步引导、激发幼儿的语言潜能和思维能力,如"池塘边有好几棵大树,枝叶茂盛",或者"安坐在池塘边,看着古莲长出了嫩芽,平静而欣喜"等。

2. 填补空白式提问

为了良好地训练幼儿的阅读理解水平和语言表达能力,成人可以让幼儿在回答问题时进行填空练习。

一般情况下,填空式提问常用在一些韵律感强的童谣或语句重复较多的图画书中。如:"接下来发生的事情,让玩具更(惊讶)了。他们惊讶的是,泥将军居然(化了)。""泥将军吹嘘自己(最英勇),比(孙悟空)都厉害,最后却化成了一摊(稀泥巴)……"当然,成人也可以根据表达需要,在任何一本图画书里用到这种提问方式。又如"(安)种下了种子""小狗欢快地(跑来跑去)""小蝌蚪(在池塘里)游来游去"。引导的大人,在给孩子示范语言及其表达的时候,可以有针对性地训练幼儿去填补不同的句子成分。

用完形填空式的提问或提示幼儿回答问题,可以帮助幼儿建立语感、了解语言结构。

3. 开放式提问

鼓励幼儿用自己的语言描述画面或讲述故事。如成人在完成与幼儿的共读任务之后,可以让幼儿自己翻阅图画书,根据画面内容自行组织语言讲述故事。同样地,在这个过程中,成人要根据实际情况为幼儿提供必要的辅助、提示、鼓励或示范他们完成讲述。

对于无字图画书或画面细节丰富的图画书,大人可以针对画面细节提出相应的问题。如提出"你认为小飞人为什么会被叫作小飞人"这个问题后,静静等待孩子观察画面,孩子就会根据他们观察到的人物背上长着的"翅膀",做出恰当的回答。在此基础之上,可以追问孩子:"如果仔细看的话,小飞人们的翅膀还有点不一样呢,有的像(蝴蝶的翅膀),有的像(蜜蜂的翅膀),有的小飞人甚至还把翅膀收起来了,看上去就没有(翅膀)。"

共读的成人要把提问的技巧充分利用起来,给幼儿提供更多"说"的机会，让他们去发现图画上的细节，不断刺激他们去联想和想象，提高表达和叙事的能力。

4. 回想式提问

回想式提问主要发生在共读结束之后，针对故事中已经发生的事情、出现的人物或核心元素提出相关问题，不断鼓励儿童回想故事内容。

如在《朱家故事》中，成人可以通过"妈妈离家出走后，朱家发生了哪些变化"这个问题，鼓励幼儿回想，没有朱太太的朱家简直一团糟，家里到处脏兮兮的：无人洗的碗碟杯盘、衣服、沙发、墙壁和灶台上到处都是污渍；朱家父子也脏兮兮的，他们变得像猪一样……又如"朱太太出走归来之后，朱家又发生了哪些变化呢"这个问题，幼儿可以轻易地发现"朱家父子开始帮忙做家务，熨烫衣服、做饭等，朱太太从家务中抽身，竟然在修汽车……朱家的每一个人的脸上，都洋溢着幸福和快乐的笑容"。

如果孩子回想得不是很顺畅，大人应该从旁协助、鼓励，利用一些技巧去提示或示范，和他们一起回想故事中的内容，一步一步激发幼儿的表达欲望。

5. 链接生活提问

链接生活提问又叫扩展、延伸式提问，要求把图画书的故事内容或画面与生活联结。即让儿童把正在阅读的书中的内容，与自己的现实经验联系起来。

如在《朱家故事》里，当读到朱太太一个人忙着洗衣、做饭、打扫卫生……朱先生和两个儿子则躺在沙发上看电视的画面时，就可以问孩子："在你们家，家务活通常也是妈妈一个人干吗？""当妈妈一个人在忙着做家务的时候，你和爸爸在做什么呢？你们会帮忙一起做家务吗？"

链接儿童熟悉的生活来提问，可以让孩子在故事阅读中看到自己的影子并产生代入感，对故事中的人物、处境更容易感同身受。这样的阅读和对话，不但可以促进幼儿的语言能力发展、提升其表达技巧，还能让他们在书籍和生活之间建立联系，更好地理解阅读的内容，丰富自己的生活经验。

总的来说，无论阅读哪种类型的文本，采用的提问类型、技巧或使用的原则，都应根据实际情况灵活使用。对话式阅读虽然有实际的技巧可用，但主要是在技术和理念层面有用。有一些研究表明：采用带有玩具性质的智能设备与儿童互动，并不会提高幼儿故事理解的能力、自由回忆文本的能力和排序能力；相反，过度使用类似的"互动"去诱使孩子关注文本细节，也不会有助于他们读写能力的发展。① 这些研究提醒我们，作为幼儿阅读的协助者、指导者，成人应当是具备深厚的文化知识、文学素养、能灵活变通的、有温度的人，与幼儿的"对话"应是建立在与幼儿探索和讨论的基础之上。此外，对话式阅读策略强调让儿童占据阅读的主导地位，需要注意这里的主导只是把更多"说"和讲述的权利交给了儿童，不代表是要放任幼儿自己阅读。

---

① Michael Benjamin Robb. New Ways of Reading: The Impact of an Interactive Book on Young Children's Story Comprehension and Parent-Child Dialogic Reading Behaviors [D]. University of California, Riverside, 2010.

# 第二章

## 和孩子一起共读图画书

### 第一节 睡吧，亲爱的宝贝：那些睡觉类图画书

怕黑、不想睡觉是每一个孩子都曾有过的念头。战胜黑夜并独自好好睡觉，也是孩子成长路上的一堂必修课。当然，几乎所有的孩子都经历过与睡觉有关的意外和事件。无论孩子是否玩得正兴起或有无睡意，一到某个时间点，父母催促孩子睡觉的声音就会在每一个家庭响起。吃着饭就睡着的孩子不是没有，但一到睡觉就磨蹭、耍赖的孩子更多。我要喝水、我饿了、我再玩一会儿吧、你给我读故事……孩子会找各种由头来抗拒睡觉。因为睡觉，父母与孩子斗智斗勇的场景层出不穷。

睡觉这个问题，的确是幼儿面临的一个"重要问题"。

图画书作为孩子睡前的重要读物，常在戏谑、搞笑和温馨的氛围里讲述有关幼儿睡觉的话题，出现了一大批经典的"睡觉"类图画书。

#### 一、各种各样的睡觉类图画书

**（一）温暖舒缓的睡前图画书**

温馨、舒缓的睡前图画书，文字和图画都着力营造出安宁、祥和、温馨的氛围。父母在给孩子阅读时，声音往往又格外温柔平和，孩子很容易就沉

浸到故事的场景中去展开美好的想象和憧憬，进而慢慢进入甜美的梦乡。

这类图画书非常经典的一部代表作，是1947年玛格丽特·怀兹·布朗的《晚安，月亮》。作者借一只小兔子跟自己房间里的每一件物品说"晚安"的故事，奠定了这类图画书的核心风格。该图画书自出版以来获奖无数，成为持续至今的超级畅销书。几十年后，佩吉·拉特曼又在《晚安，大猩猩》中，在更进一步强调故事性的同时，将玛格丽特描绘和营造夜晚的温馨氛围的图画书发扬光大，这部作品也是一部温暖人心的不朽杰作。同样，该图画书也获得了凯迪克金奖。

### （二）正面呈现孩子睡前状况的图画书

这类图画书戏谑、幽默，却又贴近孩子的真实生活，受到孩子的信任和喜欢。比如马里奥·拉莫的《睡觉去，小怪物！》就生动地再现了父母与孩子就睡觉一事的斗智斗勇。

"怪物"这一意象贯穿始终：在父母眼中，迟迟不睡觉的儿子是个小怪物；而在孩子眼中，催促自己睡觉的爸爸才是一个大怪物。在蜥蜴这个怪物形象包裹下的男孩，睡前那些调皮捣蛋的行为，是生活中的孩子熟悉的。但故事精彩的地方并不止于此，最大的彩蛋隐藏在最后一个场景的一个小细节里——大怪物爸爸在打开门出去的那一刹那，已经躺下的男孩、小床上的兔子和刚刚由屋外进入门内的狮子，三者形成了一个强大的叙事三角形。这种稳定的三角构图似乎在昭告大人：神奇的夜晚故事，此刻才刚刚开始呢。

马丁·韦德尔著文的《你睡不着吗？》，故事主要围绕小小熊与大大熊二者之间温馨的对话来展开。一大一小的两只熊互相陪伴、相拥入眠的画面生动又温暖，让孩子不由想到了妈妈或爸爸陪伴自己睡觉的甜美时光。哥里塔·卡罗拉特的《小熊布迪睡不着觉》，以小熊布迪和野猪莫扎特为了尽快入睡，从改变睡觉姿势到吃巧克力豆、数羊甚至改变睡觉场所等方式，对睡觉进行自我管理。这类图画书中的主人公和描绘的场景，都是孩子熟悉又觉得亲切的。

### （三）反面叙写那些"不"想睡觉类图画书

还有一类睡觉图画书反其道而行之。表面上讲述的是不睡觉或不让睡觉的故事，但关注的仍然是孩子的睡觉问题。这类图画书巧妙地采用了正话反说的叙事方式，在好玩有趣、幽默搞笑中让孩子理解睡觉的重要性。由几米绘图、西恩·泰勒著文的《不睡觉世界冠军》，艾米·克劳斯·罗森塔尔著文、简·科雷斯绘图的《不玩够，不能上床睡觉》，都是这方面的代表作。孩子们非常乐于听读这类合乎他们心意的睡前故事。

以《不睡觉世界冠军》为例，我们可以近距离了解"不睡觉"类型图画书的精妙。小女孩黛拉的玩具伙伴樱桃猪、霹雳鼠和豆豆蛙，一直在本该睡觉的时间胡闹："樱桃猪"不停地擤鼻子，"霹雳鼠"在大喊大叫，"跳跳蛙"则不停地跳呀跳。黛拉看着这些不睡觉的小伙伴，真是急坏了，不得不想方设法哄他们睡觉。画面场景不断在现实和幻想世界之间切换，在唯美、空灵的氛围之下，营造出了一个温馨舒适的睡眠环境。比如当黛拉终于把所有的小伙伴哄睡后，拉下窗帘的那个画面：绘者把背景换成了大幅黑色，这既衬托出了夜晚的宁静，同时又营造出了一个温馨舒适的睡眠环境。这个场景对大人来说也格外意味深长，仿佛千辛万苦哄好孩子之后长长舒出的那一口气，有一种"啊，终于睡着了"的轻松感。

作者借一个角色扮演的游戏，让孩子将父母的身份投射到自己身上，在故事情节的推进中，巧妙地表达了"不睡觉世界冠军"真正的意义——让孩子感受和理解父母"哄"他们睡觉的无可奈何。此外，书名"不睡觉世界冠军"对孩子也非常具有吸引力。毕竟，只要涉及比赛，人人都想知道比赛的结果，孩子更是如此。

从阅读的乐趣上来说，本书还藏着一个小彩蛋。当我们以为故事真正的不睡觉冠军是女孩黛拉时，绘者却在封底处不露痕迹地描绘了一只月光下的猫头鹰！不是主角，却胜似主角的猫头鹰完美地成了点睛之笔，看似在意料之外，又在理所当然里。

将这类正话反说的睡觉类图画书发挥到极致的，非《不要睡觉，赛莉》莫属。类似于约翰·伯宁罕的《莎莉，离水远一点》，同样是一个典型的文图相异、自说自话的图画书故事。

## 二、当你的父母整个晚上都想玩：《不要睡觉，赛莉》

《不要睡觉，赛莉》讲述的是一个平凡三口之家的睡前故事，主要围绕小浣熊赛莉想睡觉、爸爸妈妈想方设法阻挠她睡觉的冲突矛盾来展开。

试想一下，如果我们问孩子："当你的父母整个晚上都想玩，不想让你睡觉的时候,会发生什么呢?"我们能得到的有趣又好玩的答案,估计不会少。

(一)在翻页处留下悬念

在第一个跨页的场景中,墙上的时钟指针刚刚指向晚上八点,穿着橙红色裙子的赛莉就来跟父母说晚安了。此时,妈妈正在绿色的青草地毯上看书,爸爸自在地在沙发上玩电脑。整个室内的灯光柔和,墙壁以大片橙黄、橙红、玫红、棕红等色调为主,三只熊的表情愉悦轻松。暖色调的画面背景、愉悦的人物表情,预设了一个温馨的三口之家的氛围。一般情况下,如果孩子主动提出要早点睡觉,父母肯定非常欢喜。但文中赛莉的父母呢?

当小熊赛莉说她准备睡觉的时候,熊爸爸和熊妈妈"却说——"

至于说什么?作者利用翻页揭秘的特点,在文字上故意给读者留下悬念。"却说"后面的破折号,顺理成章地指向了页面后的故事,从而引导读者迫不及待地翻页阅读。在第二个大跨页的场景中,压在图画上的文字就顺利承接了上一页没有说完的话。

然而让人大跌眼镜的是,他们竟然说:"不行!天还早着呢,来玩吧。不要睡觉,赛莉。不要上床去。"由此,开启了"不要睡觉,赛莉"的故事。

(二)不断累积相关事件,完成故事的叙述

《不要睡觉,赛莉》接下来的故事,通过不断累积的事件来完成。为了不让赛莉睡觉,她的父母耍了很多"小花招":先是用烤饼干、松饼、巧克力糕饼、六层蛋糕等食物,诱惑赛莉不要睡觉;接下来又利用玩玩具、做游戏等小孩爱玩的天性,劝说赛莉不要睡觉;后来,他们通过听音乐、跳舞等娱乐活动,骚扰赛莉……这对父母耍了这么多花招,目的只有一个——不要睡觉,赛莉!

当所有的招数使尽,赛莉依然坚决而果断地表达了要睡觉的意图。她有条不紊地刷牙、洗澡、换上睡衣,为睡觉做着准备。当赛莉提出希望有人为她读一个睡前故事时,不按常理出牌的爸爸妈妈却从书架上拿来了一大堆图画书。

赛莉的父母要做什么?

他们为赛莉读了不止一个故事,而且是一个又一个的故事。赛莉困得眼睛都睁不开了。然而,她的父母没有"饶"过她,而是进入了下一轮攻势:

"你想要喝点水吗？你确定你的肚子吃饱了吗？我们可以看看你的床底下是不是藏着个怪物呢？"天哪，赛莉简直被气疯了，她吼了起来："够了！你们必须离开。我很爱你们，可是我的回答是不行。"

直到这一刻，她的父母才终于放过了她，答应让她睡觉。

故事的结尾一如所有的睡前图画书，温馨、舒缓又恬静。闹腾的父母停止闹腾了，赛莉甜甜地进入了梦乡。

或许，我们从来没有见过这样顽皮又胡闹的父母，也从来没有见过这么无可奈何的孩子。故事中，赛莉乖巧、懂事又一本正经，她的父母好像跟她互换了身份，变得难缠又很不讲道理。这样的故事有趣、好玩，孩子们喜欢父母像他们一样"不懂事"。故事的精彩处，正在于它的无厘头！

然而，《不要睡觉，赛莉》是否真的就只是一个无厘头的故事呢？

### （三）"无厘头"表象下的故事丰富性

不止一个图画书研究者指出，图画书的玄妙在于故事的丰富性。因为它借助的媒介不只是文字，还有图画。图画也在用它们的方式，"暗示"文字没有说出来的那些事情。这告诫我们：在图画文学中，不要一味信任文字给你讲述的故事。没准，文字在故意欺骗你！

就讲述而言，《不要睡觉，赛莉》的文图讲述是一致的。然而这种一致，却因为赛莉父母行为的可笑和不可思议，理所当然地让人产生怀疑。这其实也就是图画书的一种创作技巧，即熊亮老师所说的"创作时，让你的内在核心紧密地贴合在轨道上，而外在情节脱轨"[①]。当他们拖着赛莉的手，求她不要睡觉时；当他们不停地纠缠赛莉，赛莉气得直跳脚和大喊大叫时……他们的可笑、幼稚、疯狂和胡闹——无须怀疑，就是赛莉自己真实的睡前状态。赛莉的看上去懂事、愤怒与父母看上去的无厘头和鸡飞狗跳一旦结合，便制造出了双重的好玩和好笑。这更容易让孩子代入自己的情感和情绪，在父母和孩子的"灵魂互换"中理解彼此。

实际上，《不要睡觉，赛莉》的故事场景，真真假假、假假真真。当我们把故事中的赛莉和父母互换一下的时候，发现故事不仅符合逻辑，而且明显

---

① 熊亮.不能忘记我们是给孩子做故事的人[M]//陈晖,[法]苏菲·范德林登,[美]伦纳德·S.马库斯.画里话外 01：儿童的想象.南京：南京大学出版社,2019:34.

更加顺理成章和符合现实生活。如果我们稍微注意一下其中的小细节,还能发现正话反说的叙事端倪。比如封面中赛莉床上的"sleep story",仿佛在直接彰显这本图画书真正的主题——这是一本睡前故事书!比如在场景 3 中,赛莉抱着几个小熊玩具站在楼梯上与父母告别的画面,赛莉的动作走向非常让人费解,读者很难确定她到底是准备上楼还是想要下楼。人物的动作和行为展示出来的不确定性,让我们对赛莉"想睡觉"的真实意图第一次产生了怀疑。当赛莉的父母正愉快地品尝饼干时,在浴室里刷牙的赛莉看上去并没有那么开心,镜子里的赛莉眼神落寞;当赛莉的父母在月光下起舞时,赛莉正透过树洞的窗户往外窥探,而通往屋外的房门紧紧关闭,似乎也暗示了这场月光舞会与她无关。至于那些父母死皮赖脸地请求赛莉不要睡觉的场景,我们终于明白:

"不要睡觉,赛莉",一切都只不过是小女孩赛莉的一场粉红色的浪漫幻想而已。

### (四) 当文、图与版式设计相结合时

当我们结合图画书的文图、排版样式及设计元素等来共同解读时,《不要睡觉,赛莉》的故事更加精彩。在图画版式上,绘者基本采用对开大跨页,间杂部分单页分图和多幅分割小图,文字全压在图画上。这种设计在图画书中本身比较常见,《不要睡觉,赛莉》却因为这样的设计,使得故事的解读具有了独特意味。比如场景 6、7、8 都是在大跨页上交叠多幅小图,而每一幅小图无疑都是一个呈现的角度。因为多角度的呈现,从而更加完整地表达出了故事蕴含的多重意义。

其中,场景 6 在一幅大跨页中分别安排了三幅小图:左页是整个粉红色的色块里压着文字;右上图描绘了赛莉在浴室刷牙的场景,冷冷的灰蓝色墙壁完美匹配了镜子前闷闷不乐的主人公;右下图描绘的是赛莉父母品尝饼干的画面,人物开心的笑容与暖暖的黄色墙壁非常协调。就这样,文字、图画利用自身的媒介表达优势,通过一种形式和设计,彰显出父母和孩子实际在自说自话。场景 7 和 8 的设计与场景 6 如出一辙,都是在大跨页中分割多幅小图,每一幅小图则分别讲述着自己的故事,仿佛《不要睡觉,赛莉》这个故事中的多个声部一样,此起彼伏。

这种叙述策略实现的表达效果是深刻的,艺术效果也更加强烈和震撼。

作者无疑深谙孩子心理，却又假借父母立场来呈现孩子内心所愿。在众多讲述孩子不想睡觉的图画书中，米塔罗·莫达瑞西以一种戏谑却又一本正经的形式，消解了父母和孩子在睡觉这一事上的冲突的严肃性，读来令人忍俊不禁、温暖动人。但同时，读者又隐隐地读出了那么一点儿小小的伤感，让人不由在内心"同情"置身于成人话语权下的孩子。

### 三、讲读建议

在诸多与睡眠有关的儿童绘本中，《不要睡觉，赛莉》是个异类。故事中，胡搅蛮缠得让人觉得不可思议的爸爸妈妈，懂事得像个小可怜的小浣熊赛莉，他们的故事读来让人十分好笑。然而在笑过之后，我们又明显地觉得自己被作者"耍了一把"，从而理解到了故事中那些正话反说的意义和内涵。我们要真正读懂或者把故事读得透彻些，或许需要把故事中的角色身份适当地互换一下。也就是说，爸爸妈妈的那些胡闹、捣乱和瞎玩，恰恰是小浣熊赛莉的日常行为，也是我们在阅读这本书的大多数小读者的所为。但因爸爸妈妈这两个人物形象对小读者的迷惑性，差点儿就要让不谙世事的他们真的以为，这个世界上有如小浣熊赛莉的爸爸妈妈那样的父母了。

不过，孩子终究是会回过神来的。鉴于故事的夸张离奇和无厘头，建议讲读者在讲读或与儿童共读时，和孩子一起充分地享受这种喜剧和好玩的阅读趣味，并观察孩子的反应。

同样地，在具体的讲读的过程中，遵循三个步骤：先带着孩子一起朗读文字，初步了解这个有趣的故事。其次，带着孩子阅读图画，通过画面来进一步领略故事。在此过程中，引导并提醒孩子观察画面中的一些细节，比如人物的神情、动作，还有画面的版式、设计等。第三，把文字和图画结合起来研读，与孩子深度互动、对话甚至展开讨论。这种文与图相结合的研读，主要目的在于深化对故事内容的理解，从而感受到图画故事的丰富性。小读者是否真的能通过这样的方式，获得图画书阅读的全新体验，其实并不重要。真正重要的是，读者需要具备这样的阅读意识和习惯，在一次一次的累积式的阅读和体会中，不断从画面中观察到更多信息，并在整个文本的阅读中获得更多的乐趣，领悟更多的文学语言、掌握更加丰富的口语及其表达技巧。

《不要睡觉，赛莉》的语言幽默、风趣，作者充分借用人物"身份互换"

后的言语模仿效果，制造出一种爸爸妈妈模仿孩子说话、孩子则模仿父母做事的行为。成人在讲读中，应引导幼儿去充分注意文图两种表达形式如何作用在赛莉和她爸爸妈妈的身上，以及他们在身份上的双重互换性。但不要明确告知孩子，而是要引导孩子自己去领会这层意义。

还有一点要注意的是，在儿童图画书的书写和表现领域，如果说睡前故事是安定孩子心神的灵魂书，那么，那些描写孩童梦境的故事，则开启了孩子在自我心灵世界的冒险旅程。这一类图画故事书为我们提供了一个了解孩子潜意识和本能的途径，也为我们建立了一个和孩子共同探索神秘世界的空间。更为重要的是，这一类故事纾解了孩子内心的焦虑和不安，让他们不再恐惧自己睡着以后的世界，有效地减轻和缓解他们被噩梦缠绕的心绪。所以，与孩子的睡觉问题相关的图画书，可以尽可能地把范围拓展出去，结合那些与梦境相关的图画书一起阅读。

很多孩子都曾有过被噩梦缠绕的经历，即便梦醒之后，梦中的恐惧也依然有如浓雾一般，蔓延游走于内心。如果能够让幼儿在天马行空的幻想和想象故事里，正视他们在意识深处所经历的那些神奇和不可思议的情景，又何乐不为呢？比如玛丽-阿利娜·巴文的《汤姆的噩梦》，借一只兔子的噩梦，还原了孩子在噩梦这一事件上的反应，从而较为科学地帮助孩子克服此类恐惧，并鼓励他们学习成为独立的个体——即不要因为噩梦和恐惧就无法离开父母的大床。我们可以大胆地告诉孩子们：睡着以后的世界很神奇，我们所感受到的恐惧只是其中的一段小插曲。在《疯狂星期二》中，青蛙还在午夜和凌晨上演了一出飞到老太太家里偷看电视的精彩故事，而更让人觉得不可思议的是，在下一个星期二，连猪都飞上天了呢！可见，黑夜并非只能孕育恐惧，许多神奇到让人不敢相信的故事，经常也发生在人们睡着以后的深夜。诸如《疯狂星期二》，不但给读者预设了故事的梦境属性，而且尽可能地渲染出如电影镜头般的戏剧性、神奇和梦幻色彩。给孩子们讲了《不要睡觉，赛莉》，再一起读一读《疯狂星期二》，让孩子们深度体验与夜晚、睡眠相关的故事，也会给他们带去不一样的阅读体验吧！

又比如《打瞌睡的房子》所营造出的夸张和离奇：谁能想到是一只小小的跳蚤，让打瞌睡的房子一下子变得鸡飞狗跳起来的呢？但转念一想，立马又觉得合情合理。儿童故事书不就是擅长或应当以这样的方式，在展现其幽默的同时又提升思想的深度吗？作者巧妙地借用累积式的情节推进模式，在故事发展的过程中不断加入新的人物，将气氛一步一步烘托到最高潮，在最后那一刹那——即由唯一醒着的跳蚤咬了老鼠一口后，让此前积累的紧张气氛如圆滚滚的气球被针扎破了般爆炸。最后的效果，当然也就惊人无比！如果仔细观察和留意画面就会发现，那只小跳蚤从头到尾都在参与叙事的进程，从一开始独立于众多角色之外，到一步一步接近椅子、镜子、床柱……最后跳到老鼠身上，把在屋内昏睡的众人搅得天翻地覆，最后以老奶奶把床压塌而结束，彻底打破了这个夏日雨天的沉闷气氛。

听读与睡觉有关的各类型图画书，可以给孩子们带去不同的乐趣和体验。因此，建议讲读者在某一个集中的时段内，带着孩子们一起阅读这个类型或与该类型相似的图画书，这有助于正处于分离阶段或成长转折期的幼童走出自身的困境。

## 四、阅读活动

1. 找一找，问一问。

在这本书中，赛莉的爸爸妈妈为了不让她上床睡觉，想出了哪些花招？让孩子们独立阅读一遍图画书，到故事中找一找并尝试说出来。追问孩子：你们的爸爸妈妈有过千方百计阻止你们上床睡觉的行为吗？如果有，是什么时候，又是在怎样的环境下发生的？

2. 一起玩游戏吧！

和小朋友或者父母一起玩一玩"不要睡觉，赛莉"的游戏吧。无论谁，都可以扮演故事中的赛莉或者爸爸妈妈，游戏之后，和大家分享一下自己的感受和体会。

## 五、拓展阅读

1.《睡觉去，小怪物！》
2.《不睡觉世界冠军》
3.《晚安，大猩猩》
4.《爸爸！》

## 第二节　没有文字的书

### 一、无字图画书的简与深

无字图画书是儿童图画书里非常重要的一个类别，有时候只有几个字，更多的时候一个字都没有。但这样的图画书并不会比有文字的图画书好读，甚至可能更容易让人摸不着头脑。很长一段时间以来，儿童文学界、教育界和童书出版界都认定一个事实：幼儿虽然不一定认识更多文字，但他们一定都能够读懂图画，因为图画直观、形象。但事实果真如此吗？图画一定就比文字形象吗？

对于孩子来说，他们从来没有见过的事物，与他们所听到的那些不认识的文字相比，又有什么差别呢？难道不是一样的抽象吗？毫不夸张地说，颜色并不会比声音更形象。生活经验和事实告诉我们，孩童并不是天生就能凭直觉读懂图画。他们或许更擅长"读"图，但如果缺乏相应的技巧和引导，同样无法读懂图画，更不要谈是否能理解故事的深刻含义和高效阅读了。一个众所周知的事实是，很多阅读信息的获取以及对文图的理解和创新运用，是来自后天习得的知识和经验的结果。比如我们所受到的各方教育以及日常在生活中积累起来的经验，或是受到文学、文化及背后的历史、种族、神话等传统因素的影响。而这一切，大多都需要通过学习和教导来获得。尤其是对一个字都没有的图画书的阅读和理解，更是如此。

《保罗奇遇记》《疯狂星期二》或《山中》等作品，每一部都饱含丰富的背景知识和深刻的文化常识的假设。它们或在科幻的外衣下，包裹着法国人对宇宙万物的探索内核；又或许在借西方人的常用习语，编织了一个异想天开又充满社会现实性的日常生活故事。当然，画家也可能通过艺术创作与读者玩各种隐喻的游戏。这些作品，在有趣好玩之余还有着内在的隐秘。故事本身或神秘、有趣，或是紧密连接现代人痛痒相关的对大自然的心灵回归……但这些有关文化和文学的背景，并不是任何一个读者随便读一读就能充分领略、进而享受到其阅读趣味的。当然，这并不是说儿童阅读一定要带上复杂的背景和文化去解读，因为即便是如孩童般单纯地"看"，本身也是一件很有趣味的事。优秀的图画书，无论有字或无字，它们都能在故事情节之余，熏陶和培养幼童对艺术的感受和体验，并且给予所有人以内心的安慰和治愈。但读者能了解到的文本背景和相关文化信息越多，能领略到的阅读趣味肯定也会更丰富。

像《保罗奇遇记》这样的低幼无字图画书，融入太空、海洋等多种元素，本身就充满奇思妙想，是好玩又有趣的。对低幼孩童来说，他们可以在阅读中跟随那只名叫保罗的小狗在太空、大海和荒岛等地冒险；他们会好奇保罗所居住的树屋、保罗号飞船和蜗牛巴士……保罗的那些充满科幻色彩的冒险经历，也会让年幼的孩子们兴奋不已。保罗一个人住在海上的树屋，估计也会让一些比较敏感的孩子感到好奇和忧伤。不过话说回来，拥有一个自己的树屋，是不是许多孩子的梦想呢？无论从哪个视角来看，《保罗奇遇记》这样的无字图画书，都对幼儿充满了吸引力。同时，由于作者表现的叙事进程非常明晰，不仅讲读者比较容易把握如何讲述，还能充分地开阔孩子的视野。

不过，像《疯狂星期二》《山中》这一类无字图画书，虽然看上去有几个字或几句话的零星提示，故事却不那么容易理解。如果没有导读，有一些讲读者自己都完全不知道这本图画书到底在讲什么。读懂图画，不只是考验读者能否识别出画面的内容，更考验读者的综合素养及能力。

讲读者有必要培养对无字图画书的鉴赏和领悟能力，学着去看懂图画背后的符号意义，积累一些文学、文化以及与艺术相关的背景知识。因为颜色、线条、形状与文字一样，它们不仅是符码，还指向具体的事物及其意义。

## 二、我们都是大自然的孩子：《山中》

《山中》是西班牙天才插画家曼努埃尔·马索尔和图画书文字创作者卡门·奇卡共同创作的一本图画书。很多人会觉得，既然是无字图画书，怎么会有文字呢？实际上，即使是无字图画书——哪怕图画书中仅仅只有几句话或几十个字，它也是由文字作者设计的。所谓的无字图画书，本身就是一个相对概念，指的是约等于无字或零星文字无法承担叙事重任。站在这样的角度来看，《山中》无疑是一部货真价实的无字图画书。

画家马索尔曾以《山中》的插图，获得了2017年博洛尼亚童书展的国际插画奖，专家评审团在评价这本书的插画时说：

> 马索尔的作品拥有极高的原创性和技巧性。艺术家超然于主流之外，以自己独立的声音发声，这是极为难得的品质。他运用具有强烈象征性的艺术语言，呈现出有视觉冲击力的画面，激起读者想要读下去、探索故事走向的好奇心。他的作品有着鲜明的个人风格，充满讽喻和诗意。同时，马索尔运用多种技法，结合精湛的图像造型能力与非凡的绘画才能，让图画具备了丰富的可阐释性，也使他的作品包含强烈的叙事魅力。[①]

法国著名童书评论家、编辑、作家苏菲·范德林登评价这本书时也说，这是"游走在平凡、魔幻与哲思之间，一本宏大而极其震撼的图画书"。事实上也如此，当我们第一眼看到这本图画书时就会被深深吸引。无论是版式设计、故事讲述还是图画的造型及其内在含蕴的传达，这本书都让人觉得很厚重，也就是范德林登所说的"宏大"和博洛尼亚书展评审团所说的"可阐释性"。这的确是一本意蕴非常丰富同时又有点"难解"的作品，到处都是隐喻和象征，读完之后给人一种中国古人说的"山中一天、人间千年"的感悟。

## （一）竖版长方形开本：从上往下读《山中》

在阅读正文之前，《山中》这本书的形状和开本，一定会先给阅读者留下深刻的印象。它与我们在市面上所见到的许多图画书都不一样，是一本竖版长方形的"大"书。全书几乎都采用跨页设计，如果读者将书页展开，便是一个方方正正的艺术世界，从而一下就中和了书页合起来时"过长"的视觉冲击。似乎是为了衬托和平衡图画书的"长"形，中文封面的书名"山中"二字的造型扁平、敦厚，营造出一种庄重、严肃之感。当读者从上往下阅读封面，那个坐在山中小石堆上的送货员，又带给人一种强烈的孤独、无助和渺小感。竖版长方形的书型，非常适合用来表现大山的巍峨、庄严，有利于表现步步深入"山中"的纵深穿透感。

该书的前后环衬，如故事的序曲和终章。读者稍微留意会发现，前后环

---

① 转引自《山中》导读部分。

衬交代了故事发生的前置背景——大山所连接着的两个人类文明小镇。山高大、巍峨而孤独，处在大山两端的小镇充满了人间烟火气息和勃勃的生机、活力。但前、后环衬又明显不一样。前环衬展现的是早晨的景致，朝霞刚铺上天空，山与城镇一起沐浴在晨光里。后环衬则展现的是夜晚的场景，城镇明亮耀眼，繁华的街灯代替了自然的天光，明亮如白昼；山笼罩在黑漆漆的夜里，独自静默着，城市的热闹与它无关。但山头那两点红色，仿佛黑夜精灵睁着的眼睛。这样一看，夜晚的山似乎又不是我们所以为的那么沉默。

仅从前、后环衬来看，一早一晚的对比，《山中》似乎给人们讲述了一个与时间有关的故事。

那么，《山中》到底讲了一个什么故事？

（二）十字路口上，你要选择哪一条路

《山中》的故事从扉页就已经开始。

在扉页的这个大跨页中，展现的是山脚下某个小镇的面貌——各类建筑、巨大的十字路口、盘山公路和红绿灯。在十字路口的红绿灯处，还停着一辆红色的大货车；另有三辆摩托车行驶在一条上山的泥土路上。从扉页呈现的画面看，该场景展现的坐落在大山脚下的一座小城镇的横截面。

许多童书评论者评论这本书里到处都藏着隐喻。一开始出现的"十字路口"，似乎就意有所指。一般而言，"十字路口"对应的正是现代人面临的选择困境问题。不同的人在不同的时空背景下，会根据自己的处境和心境去选择不同的道路，每一种选择会把我们带向不同的地方。但在人生的十字路口，我们到底要选择哪一条路走，才是合适的呢？故事刚开始，作者和画家就把这样一个重大的人生命题呈现在读者面前，再一步一步引导我们去探寻和体验。

本书的主人公是一个送货的货车司机，每天都奔波在大山之间的那两个小镇，从这个小镇到那个小镇，又从那个小镇回到这个小镇。他的生活与大多数平凡普通的现代人一样，是在日复一日、年复一年、机械般地重复中度过的。单调的生活不仅乏味和令人疲倦，还在不知不觉间让人变得迟钝、麻木，进而开始怀疑生活的意义。送货员面临着的"十字路口"时刻，也是很多现代人的人生十字路口时刻。今天的生活与昨天相比，会有什么不同吗？这样重复着昨日的生活和工作，又有什么意义呢？我们有时候会在内心问自己这个问题。仔细想想，好像日复一日的平庸生活就是人类大多数的日常，我们一直都奔忙和行走在既定的生活轨迹上。

不过，人生总有为数不多的例外和偏离日常轨迹的时候，所谓的故事，往往也是发生在这种"非正常"时刻。书里这位主人公也面临着一个"非正常"时刻——临时内急。插画家选择用"内急"迫使主人公临时停下奔驰的车轮，并让他进入"山"中去解决问题，让人玩味。车子当然是现代文明的产物，大山则是大自然的象征。《山中》的故事，似乎又在讲一个现代人回归自然并与自然深度对话的故事。如果要结合精神分析学或童话心理学的观点来看，主人公进入大山是偶然也是必然，因为他需要重新寻求人生的定位，因为他的心灵已经变得混沌、麻木和迷失了。而山的母题本身就表示自性，象征着自知之明以及意识、觉知的觉醒①。

### （三）感官回归，重拾去感受自然的能力

第1个跨页，描绘了送货员的车子开始穿过山中隧道；第2个跨页描绘了意外发生，送货员"内急"停车，进入山中；第3个跨页是送货员在山林里"方便"；第4个跨页描绘他准备返回；第6、7、8这三个大跨页，表现的都是主人公在"山中"迷路以及寻找出路的场景。迷路之后的送货员，焦急地在林子里打转，四处寻找出路却未果。于是他来到山的更高处，最终发现了红眼睛的小精灵。这是送货员与大山的第一次"对话"。

直到第9个大跨页，送货员才有了一个近景镜头，他的形象第一次显得高大起来。他变得很清晰，脸部有一个大大的特写，眼睛明亮有神。小精灵一个劲儿地往树洞里躲，送货员却把手伸进树洞去探寻它——他的好奇心苏醒了。

第10到第12个跨页，送货员的手、耳朵、鼻子和脚，仿佛被施了魔法，逐渐变得硕大无比，与他身体的其他部位极不协调。插画家用一种夸张的方式，表达的是现代人的感官在大自然的苏醒，触觉、听觉和嗅觉等都敏锐起来。他看见了红眼睛的小精灵；他试图用他的手去触摸它；他站在龟背石上闻着久违的花香、倾听雄鹰从高空飞过的嘶鸣声；他把脚伸进冰凉的溪水，

---

① ［瑞士］玛丽-路薏丝·冯·法兰兹.解读童话：遇见心灵深处的智慧与秘密[M].徐碧贞,译.北京：北京联合出版社,2019:171.

让小鱼儿在他的脚掌周围游来游去。故事发展到此，送货员的心仿佛溪流边的那个明黄世界一样，也变得亮堂起来了……有研究者指出："送货员享受身体的巨大化，这是他自我的扩大，也是肉体生命的释放和狂欢，使他与天地自然相往来。"①这点我深以为然。这个二十四小时为别人辛勤运送货物的货车司机，终于松下他为生活奔忙操劳的弦，开始用心去感受大山、亲近自然了。

森林在古老的民间文学视野里，是个人自我世界的象征，也是我们的意识与无意识的领域。童话研究者布鲁诺·贝特尔海姆认为，民间故事里的主人公进入森林，是一种对自我的深度探寻。"迷失在森林里并非象征着需要找到出路，而是象征着一个人必须发现和认识自我。"② 如果带着这种思路来认识《山中》，送货员进入大山的这一段有意或无意的旅程，也可以认为是一个重新认识自己、审视自己的生活和人生状态的契机，是再一次的自性之旅。

（四）山中的自由生活

从跨页13到21，场景不断转换，描绘的是放下日常生活琐碎与烦扰的送货员，像野人甚至野兽一样在山中的生活。人物外在形态的每一次"原始化"，都意味着他对大山和自然的进一步接近。等到最后与山中神灵一起徜徉其间时，主人公的心灵已经完全抵达自然，即本真的自我。在成为山的一部分的同时，他的自我意识也再一次从沉睡中完全苏醒。

跨页13中，送货员穿过山顶的龟背石堆，他的头突然变成了怪兽的头，长出了毛茸茸的野兽毛发，红眼睛小精灵第一次用双手迎接了他。戴在头上的那顶帽子，看上去又小又可爱；他的屁股后面，甚至长出了一棵植物似的尾巴。白云朵朵飘游，天空与大地一样宁静而闲适。

发展到跨页14，他变成了一个完全的野兽或野人，身上的红色毛衣变成了红色的绒毛。此时，红眼睛小精灵和他一起坐在高山之巅，周围只有蓝天、白云。主人公微闭双眼，感受着大山里的一切。或许他的日常生活已经够辛苦了，或许他从来都没有机会享受到内心的片刻宁静，但这一时半会儿的闲暇和安宁在逐渐治愈着他的身体和精神。

---

① 图画书研究者常立老师在给这本书的中文版本写导读时，提出了这一点。
② [美]布鲁诺·贝特尔海姆.童话的魅力：童话的心理意义与价值[M].舒伟，等译.北京：社会科学出版社，2015：333.

跨页 15 中，他开始放飞自我，就像动物一样彻底释放了自己的天性，全身心地拥抱着大自然。这一刻，他与自然合一。戴着送货员的帽子、拿着鲜活的树枝的红眼睛的小精灵，十分自在地趴在他的头上，陪他一起在大山里冒险。这当然不是文明社会中的现代人与原始的大自然之间的第一次对话。实际上，故事开始的时候，送货员改变既定的路线——停下来走向山林，像动物一样在林子里大小便的那一刻，他与自然的对话就已经发生了。

在接下来的几个对开页中，画家抛开了一开始的大跨页形式，转而采用对开页、四分之三分隔页和四分图的构图方式，展现主人公在山中不同时候、不同场景的画面。读者可以看到，每一次的翻页，既是场景的转换，也是人物意识的变化。也就是说，每一个场景的背后，都是作者在用具体的意象或画面呈现人物在某一时刻内心深处的意识和思维，是主人公的精神和心理状态的变换。

其中，在第 16 个跨页中，绘者将场景一分为二。左页中，一轮金黄的太阳高挂天空，送货员带着山中精灵从山顶奔向山脚，他像一只在山林里自由奔跑的四足野兽一样，开心地玩啊，闹啊，鸦群被惊得到处乱飞；右页中，主人公闭着眼睛，躺在开满鲜花的草地上，惬意地享受着撒欢之后的休息时光——野花静静地开着，蚂蚁排着队从他的手掌爬过，瓢虫在他的脚边爬来爬去，蝴蝶翩翩飞舞……小精灵舒适地躺在他的肚子上。他们都开心地笑着，一脸幸福。

在第 17 个对开页中，绘者设计了三个场景。

其中，左页作为一个单独的场景，描绘的是溪水中的画面：送货员将头伸进鱼、蛙畅游的溪流里，一串串水泡"咕嘟咕嘟"升起，水里的生物被吓得四处逃窜。小精灵急得一手抓着他的头发，一手拿着他的帽子向逃跑的鲶鱼解释。一只胆大的青蛙，似乎还想去他的头发里一探究竟。这个水中的画面场景，可以说是主人公自我意识的再一次提纯和净化。

右页被分割成上、下两格，描绘的是发生在同一场景、不同时段的两个画面：在右上页的图里，两头鹿正站在草地上吃红色的野果，石头后面微微露出一撇红色；右下图仍然是同一个场景，但画面的内容已经发生了变化——可以说，下图是对上图中的故事的发展和进一步揭秘：原来那两头鹿觅食的正是小精灵和送货员手里的红色野果。两头鹿吓坏了，一头吓得赶紧躲，一头吓得赶紧逃。再看画面上主人公，却是一幅恶作剧得逞的俏皮与得意神情。送货员内心的孩童天性和童真回归了，此时的他，不再是一个每天为了生活而奔波忙碌的现代人！

在对开页 18 中，插画家采用特写镜头，将页面分隔成了四幅小图，每一幅图都采用了独特微观视角。

左上和左下图描绘的内容同属一个场景，故事与一只甲虫的遭遇有关。其中，左上图的甲虫六脚朝天摔倒在地，小精灵想用自己手里的树枝帮它翻过身来，没有成功；在左下图里，送货员只用一个手指头就轻松解决了甲虫的困境。在上下两幅图的对比下，描绘了送货员的心灵与自然里的生灵进一步共情。更重要的是，他明显开始自然而然地回馈大山了。

右页的上下两幅图，与左页的设计版式一致。在右上图中，溪流在夕阳中金光闪闪，送货员蹲在溪水边，伸出手去摸了摸一头正要趟过小溪的小野猪仔；而在右下图中，三头长着獠牙的大野猪冲了过来，吓得主人公和小精灵转身就逃。在前一个对页中，他们曾把觅食的小鹿吓得躲的躲、逃的逃；此时，大野猪反倒把他们给吓坏了。这个对比画面，到底意味着什么呢？这虽然是物种本身属性的一种再现，比如鹿的胆小、野猪的凶狠，但更表达出了人类对自然万物的敬畏之心！

当人类恢复了对自然的那一份敬畏之心，也就看到了自然更多的神奇和奥秘。在场景 19 这个大跨页中，徜徉在云霞之下的送货员，真真实实地感受到了大山的一切，五感的能力如幼儿般细腻又敏锐——他看见了山中各种各样的神兽，或漫步或觅食。他的身心获得了彻底的解放，进而领略到了这些大山之精灵一直与人类同在。也正是在此刻，耽于凡俗琐事、终日奔波劳碌的现代人看见了山的"灵魂"的高大！这是整个叙事进程中的最高潮。

此后，他又逐渐由原始大自然的"兽"，转而变为现代文明社会的"人"。他需要回归现实世界。毕竟，对现代人而言，神奇的山中生活只是一段插曲。回到俗世继续奔波操劳，忠于一日三餐，才是现实生活和人生。

跨页 20 和 21 展现的画面，正是主人公重新回到入山时的起点的场景再现。

（五）生活如常，人生依然需要奔忙在路上

跨页 22 中，送货员又变成了一个文明世界的现代人的样子。

在这里最需要注意的，是人物的行动图示。如果我们稍微留意，就能看到故事的时间进程被改写了。一直以来，故事都是通过从左往右的翻页来展现时间的流逝。但我们在观察这个场景中的画面时，就不能再遵循从左往右看的顺序，而应反过来从右往左回看。因为他的动作真正要预示出来的意思是——"回归"，从偷得浮生半日闲的"山中"回归到现实世界。

当故事发展到跨页 23、24 这两个场景时，人物的活动又恢复了正常的时序，开启了从左往右的进程。在跨页 23 中，送货员对于自己在山中的那一段魔法时光充满了困惑、不解以及怀念，然后又带着这一份复杂的情感重新启程。跨页 24 描绘了送货员奔驰在路上的场景：货车从山上急速驶往山下，晚霞似火；公路上，奔驰的汽车灯光闪烁，远处的小镇依稀可见。时间，已是傍晚黄昏。

此时，不知道读者是否注意到了坐在路边石头上的那几个男女——穿着鲜丽衣衫的年轻人们，正在惬意地欣赏美丽的落日。尽管只是一个远远的镜头场景，可读者依然能感受到他们身上散发出来的那一份快乐和满足。其实，回到图画书最初的页面去看，这几位年轻人与主人公是同时出发的，只不过他们所走的道路不同而已。

想一想，作者为什么把他们同时安排在开头和结尾处？有什么深意？注意，一开始的时候，当主人公停在十字路口的红绿灯时，他们正骑着摩托车飞驰在山路上；而到结尾的时候，主人公的货车奔驰在下山的公路上，他们却停在公路之外，欣赏远方落日。这是两种人生吗？

山中处处都散现着或隐藏着这样让人不得不去思考的地方。

就版式和图画的表现来说，《山中》称得上是一部宝藏图画书。每读一次，就更加治愈一分。既有大跨页表现大场面和大场景，也会跟随故事的叙事节奏适当安排一些分隔小图。前后环衬如序曲和终章，层层叠叠晕染出一个现代文明人的心灵栖息之地。明亮淡雅的黄、粉，充满生机的绿和热情的红……色调饱和明亮、淡雅相宜。画家所使用的绘画媒材，既能看到粉笔画的影子，也有版画的刻痕。画面中，水彩、油画和粉彩等多种媒材交错累积，令人眼花缭乱。作者似乎总是在根据故事的进程，人物意识、心理情绪的变化，以及环境、场景的转换等，不断调整画面的叙事符号，从而构筑起一个完美的图画书世界。

这本图画书文字很少，堪称无字，其中的隐喻符号却非常多。

比如：十字路口、隧道、蜿蜒的公路、被放大的五官、送货员变身成为野人、龟背石、龟背纹与山之精灵……好几次，每当看到图画中的"龟背石"和主人公身上的"龟背纹"，都会起一阵鸡皮疙瘩。这种展现时间洪流和地老天荒的原始的特质，让人深刻地领悟到了一个现代人的孤独，生发出对现代人境遇的思考和审视。

此外，这本图画书的文字也带着独特的设计匠心。虽然全都是压在图画上的，但是所压的位置并不是根据背景色的浓淡来选择，这显然有作者特定的考虑。创作者和插画者到底想借此表达什么呢？

这无疑是一本让人着迷的图画书。插画家既给读者们设计了一个层层叠叠的艺术迷宫，又给我们依稀留下了找到迷宫出口的线团。正是在抽丝剥茧一般的解密过程中，阅读者食髓知味，欲罢不能。

## 三、讲读建议

《山中》是一部稍微有点费解的图画书，几乎只能依靠图画来解读和叙事。但这部作品的图画叙事，又较一般的儿童图画书复杂。不仅多次变换绘画媒材，而且它所表达的内容又较为抽象、宏观，融奇幻、魔幻、现实、象征等于一体，其主题思想充满哲理和寓意。这就对讲读者提出了极高的解读和阐释的要求。

首先，这本图画书是一本竖版长方形作品，这决定了我们的读图顺序是从上到下、再从左到右。图画书有自己基本的读图规律，这与具体的文化习惯有关。比如我们翻看中国古代的画卷或传统中国绘画艺术时，一般要遵循从右往左的顺序，但看一般的西方绘画就遵循常规的从左往右顺序即可。有时候，图画书也会因为不同的版式、形状和传统，而采取不同的读图顺序。要注意的一点是，其中的大跨页和分图的阅读顺序，大跨页应是当作一幅画来读，是整体从上到下；分割图则应遵循分隔的板块，从上到下、从左到右的顺序，逐次翻阅。

其次，讲读中注意观察插画者每一次的媒材转换，思考绘者为什么在该处使用了特定的某一种媒材？比如正文的第1、10、12、13、18个大跨页中，其中的刻痕到底有何深意？在晕染和表现林中那些高大的树木和天上的流云时，作者又为什么在油彩画中运用彩色粉笔调色，营造出一种孩童在画面上进行恶作剧的描摹和实验的效果？

第三，正如我们前面所说的，这本书的隐喻色彩很浓，到处都充满象征和寓言意境。要读明白这一本书或者能够阐释出更多阅读趣味，建议讲读者最好先行补充一下神话学、心理学、精神分析学和绘画艺术等理论。当然，了解画家本身的艺术文化背景，是基础和前提。

鉴于这本书的复杂性，如果条件允许，讲读者邀请有美术背景的人一起探讨。正如现在很多中小学已经采用的跨学科教学，复杂的图画书的解读，自然也更需要与其他学科的人才合作。唯其如此，才能读到一本精彩图画书的更多内在故事和深刻内涵。

## 四、阅读活动

1. 来一起认识动物呀！

和孩子们一起找一找，这本图画书中一共出现了多少种动物？这将会是一个非常有趣的阅读活动，因为在一些意想不到的角落里，可能就藏着我们见过或没有见过的小家伙。

2. 和孩子一起聊聊天吧！

送货员闭着眼遨游在群山之巅，身边出现了三头神兽。这些神兽当然不是现实生活中的林中野兽，那作者到底想表达什么？而且，闭眼在山里畅游的时候，送货员犹如无心插柳般，找到了回去的路。这又是为什么？

和大家探讨一下，故事中那个长着两只红色眼睛的精灵，他是山之精灵吗？我们可以凭借插画者提供的哪些线索来判断呢？

3. 对比观察前后环衬，找一找异同。

前后环衬的跨页图，作者明显采用了一种对比手法，呈现了同一场景在不同时段的画面。这个跨页图中的"山"，与送货员在山中遇见的小精灵有什么相似之处吗？

## 五、拓展阅读

1. 《巨人的时间》
2. 《亚哈与白鲸》

## 第三节　科普图画书在故事与科普之间的平衡

### 一、科普图画书和儿童文学对"此时此地"的关注

在儿童图画书领域，科普图画书一直以它的"科普"特质而备受瞩目。如《飞机场的一天》这类作品，都是孩子们非常喜欢的作品。这一类图画书基本摒弃了对童话故事和发生在很久以前的传说的追求，强调对"此时此地"的关注。这种风向的转变，与20世纪20年代美国银行街儿童教育学院的创始人露西·斯普拉格·米歇尔对儿童文学的传统审美及趣味的挑战不无关系。传统意义上，美国图书管理员们认为，那些远离现实的、发生在传说时代的童话故事是孩子们最为热衷的，但露西认为孩子们也关心与自己相关的日常生活，所以作为给孩子们写书和选书的大人应"有所保留地让孩子们了解自己所生活的世界"①。

这或许就是任何文学或艺术发展的必然。当某一理念发展到一定阶段就会逐渐寻求变化，我们应该给予孩子什么或者孩子需要什么，会随着时代的发展而变化。人类也总是在探索这个世界的必然性的同时，管窥那些正在发生的偶然性。对那些关注儿童教育的大人们而言，他们不仅希望年幼的孩子能在阅读中获得一些感悟、懂得一些做人做事的道理和生活的智慧、经验，也希望孩子们能学到一些实实在在的科学知识。在此背景之下，科普类图画书兴盛于儿童图画书市场，也就有迹可循了。然而，"科学绘本并不是为了传达知识和信息，而只是要让孩子感到惊异，产生兴趣，获得新发现……孩子的内心没有被触动，绘本就没有意义"②。触动孩子的心灵，才是文学的本质。这一点同样适用于科普图画书。

---

① 阿甲,[法]苏菲·范德林登,[美]伦纳德·S.马库斯.画里话外02:叙事[M].南京:南京大学出版社,2019:7.
② [日]河合隼雄,松居直,柳田邦男.绘本之力[M].朱自强,译.贵阳:贵州人民出版社,2018:96.

有一类科普图画书,不仅强调文字和图画要感染儿童的精神和心灵,还小心地在纯科普和叙事类图画书之间寻找平衡,以期达到科普和叙事的双重效果。在这方面,"第一眼看四季"系列堪称翘楚。

## 二、"第一眼看四季"系列:科普和叙事的双重表达

"第一眼看四季"系列由《生长在春天》《起飞在夏夜》《收获在深秋》《温暖在寒冬》四部作品共同组成。四部作品的故事分别发生在春、夏、秋、冬四个季节里,虽然每部作品的主人公不同,但是都分别对应着儿童成长的各个阶段,很好地示范了幼童如何战胜成长中面临的困境。

如果从弗拉基米尔·普洛普的故事形态学的角度审视"第一眼看四季"系列,我们会发现,在这个四季更迭的故事中,既出现了受助者,又有帮助者和加害者。这些角色如同民间童话里的典型人物一一登场,给人一种读科普同时又在读童话故事的既视感。也就是说,作者实际上是在一个民间故事的范式中,完成了对科普和文学的双重表达。四部作品从智慧、勇气、坚持和友善等多个维度,探讨了幼童在人生之初的成长情境。

表面上看,这四部作品的主人公都是动物,但实际上写的都是孩子。每一个幼童都能够在这些小动物的身上,看到自己和小伙伴们的影子。

这套书被儿童文学教授和儿童文学作家梅子涵先生称为"天空书"。因为在他看来,真正的好书是能够让孩子们的人生飞翔的。的确,从温暖清新的语言文字和环环相扣的成长主题,到对一年四季的物候和动物们生物属性的科学知识的普及,再到视觉图画的艺术展示等方面,"第一眼看四季"系列都表现出了非常高的水准。这个系列的文字作者是一直致力于儿童读物创作的英国作家、编剧马克·埃兹拉,其插画家加文·罗在图画书的创作领域享誉盛名,其译者是我国著名的翻译家、儿童文学作家任溶溶老先生。

从版式到内文,四本书如出一辙。比如各本书的封面、封底、环衬、扉页等风格皆一致。如果仔细研读其中的一本,也就自然而然地弄清楚了其他三本的外在装帧风格和内置的叙事结构。比如书名冠以春、夏、秋、冬,分别以生长、起飞、收获和温暖作为主要的题眼,预示了各个季节的故事基调和主题意蕴;在版权页和扉页部分,作者则巧妙地安排了故事的主要人物并暗示了故事的发展进程,从而引导读者进一步猜测故事的走向。

应该说,"第一眼看四季"系列有着非常明确的教育价值和意义。但这种教育意义是插画家和作家在不露痕迹之中来完成的。即文字作者、插画家和翻译家,三者将之巧妙贯穿,既保证了科普故事书的科学、客观和真实性,又传达出了文学作品的趣味及其在艺术上的审美愉悦,是故事性与知识性的和谐相融。

### (一)《生长在春天》:成长,是一件与力量有关的事

《生长在春天》主要讲述的是睡鼠、田鼠与鼠鼬之间的故事。其中,鼠鼬"邋遢山姆"抓捕了贪睡的睡鼠,把他关到了一个倒扣的空花盆里,每天给他投食喂水,准备养肥了再吃掉他。傻傻的睡鼠每天不是在吃,就是在睡,睡够了再吃,吃完再接着睡,根本没意识到自身处境的凶险。他就像一个处在襁褓的小宝宝,只知道吃、喝、睡。直到有一天,"邋遢山姆"准备要吃了他,他才清醒过来。睡鼠非常害怕,却又无能为力。幸亏聪明的田鼠伸出了友谊之手,他们不仅教睡鼠把葵花籽种到土里,还合力把睡鼠从花盆底下拉了出来,从而逃脱了鼠鼬——"邋遢山姆"的魔爪。

从"故事"的表层来看,《生长在春天》简直就是格林兄弟《亨舍尔与格莱特》的又一个版本,极具民间童话的故事性。大反派"邋遢山姆"对应着糖果屋里的"吃人巫婆",他希望把小睡鼠养肥了再吃掉。但邋遢山姆最终也像糖果屋里的那个吃人巫婆一样,鸡飞蛋打。

但这又的确是一部科普作品。睡鼠、田鼠和鼠鼬之间的生物属性和生态链,在一个完整的故事框架之下呈现。而向日葵等植物的生长习性,也是在故事情节的发展中巧妙呈现出来。

在绘画的表现上,插画家并没有因为是"故事",就随意夸张和虚构。故事中所涉及的动物、植物以及自然环境都非常具有写实性,不仅形似而且内在的逻辑也都符合科学真实性。比如从花盆底下生长出来的向日葵幼苗:根茎弯曲、植株瘦弱,这些特征就非常符合因为缺少光合作用和养料的植物生长情况。

无论是文字还是图画,《生长在春天》都非常符合"成长"的主题和基调。正是因为向日葵勃勃的生机,因为小田鼠团结和友爱的力量,小睡鼠才能够安然长大。成长的路上,小睡鼠就如襁褓中的婴儿一般弱小、无助,所以他需要像田鼠这样有智慧并友善的大人的帮助。但与此同时,我们也深知,

不是每一次遭遇人生困境都能得到及时救助。当无人可以依靠的时候，小小的睡鼠需要自己长大并变得强壮，强壮到能独自迎战那些有可能在成长中遭遇到的生命威胁。就像《起飞在夏夜》中的猫头鹰宝宝，当她需要独立自主的时候，她就必须去学习飞翔。唯其如此，她才能真正成长。

### （二）《起飞在夏夜》：走出家园，去勇敢飞翔

《起飞在夏夜》同样以唯美的图画，围绕一只出生不久的猫头鹰不得不去学习飞行展开故事，描绘了发生在夏夜森林中的成长故事。自从出生以来，小猫头鹰一直生活在妈妈给她营造的安全窝里，虽然森林里的风吹草动让她感到紧张和害怕，但只要一想到妈妈就在不远处守护着自己，小猫头鹰就觉得很安心。可是，所有的孩子终究都需要长大并学会独自去承担生活的风险，妈妈对她的庇护，也总有失效的那一天。在一个特别的夜晚，猫头鹰妈妈"失踪"了。

故事主要着眼于猫头鹰妈妈"失踪"后，围绕小猫头鹰的心路历程和行为展开叙述，生动地再现了一个孩子在远离父母和家人护佑的处境下，如何一步步直面现实并逐渐成长。如果对应到拉康的镜像理论或者儿童的成长阶段，《起飞在夏夜》实际是在借一只猫头鹰宝宝的境遇，给孩子们做了一个"勇敢走出母体营造的舒适边界"的良好示范。尤其重要的是，这部作品还告诉了孩子们一个残酷的生活真相：如果不主动选择张开翅膀去学习、飞翔，等生活教会我们的时候，可能就要付出更大的代价。比如小猫头鹰被一场大风吹到了树下，她如果无法飞起来，那么就再也没有办法回到家。主人公在被逼无奈之下，不得不迈出学习飞翔的第一步，并独自面对陌生的环境和内心的恐惧。

而小猫头鹰一次一次尝试想要飞起来的努力与不断地退缩，以及第一次飞起来后的兴奋，又因为飞行不熟悉而摔倒的场景等，生动还原了一个孩子在开始学习走路时的状态。当小猫头鹰进入一个全新的领域、学习一项全新的技能，一开始所表现出来的跌跌撞撞、惊慌失措和担惊受怕的状态，恰恰是许多成人都熟悉的孩子成长的状态。

小鹿温柔地鼓励小猫头鹰勇敢去飞翔，先是引导小猫头鹰仔细去倾听林中的声音，继而帮助小猫头鹰克服了畏惧的心理。人生路上就是这样的，各式各样的人会出现，有人给我们关心和爱，也有人会帮助我们成长。

故事里一个小插曲也非常有意思：当小猫头鹰因为撞到一棵树而掉落到地面时，吓到了一窝正在吃东西的小老鼠。小老鼠在老鼠妈妈一声令下的"快逃"中，转眼就跑得无影无踪。他们逃跑时的惊慌和害怕，与小猫头鹰独自面对黑夜和不得不学会飞翔的心境，在内在的关注上是一致的。可见，换一个叙事的视角，就会呈现出不同的人物对应关系。小猫头鹰撞上老鼠一家这个事件，虽是一个小小的插曲，却如画龙点睛般使人眼前一亮，既有故事的意料之外感，又有科普作品内在的情理之中感——如果小读者问老鼠一家为什么逃跑，不就自然地呈现了猫头鹰和老鼠是天敌这一事实吗？

画家在转换森林的白天和黑夜的场景时，巧用色彩渲染呈现出了不一样的气氛。除此以外，如果仔细观察图画，读者甚至还会发现文字没有说出来的另外一段小插曲。比如场景5中，在猫头鹰妈妈鼓励猫头鹰宝宝跟她一起飞出去寻找食物时，小猫头鹰因为害怕而挪回了树洞，猫头鹰妈妈摇摇头就独自飞走了，此时的大树下却出现了一只逡巡的狐狸。明显地，无法飞翔的幼鸟如果不小心掉到树下，很有可能就成为像狐狸这样的食肉动物的口粮。可以说，插画家看似不经意间描画的这只狐狸，实则对小猫头鹰这样的幼鸟充满了无声的威胁。像这样的画面，它既是真实的——森林中很可能会出现这样的场景；同时又充满故事和冲突性——树下的狐狸和树上的小猫头鹰于无声中，形成了一种"捕食者之于猎物的"叙事张力。顺应地，在场景6的画面中，空中的蝙蝠、黑漆漆的森林与天边的那一轮圆圆的月亮，与此时主人公内心的焦灼、恐惧和担忧相映成趣。画面以大幅度的黑色和暗影挤压明黄，将小猫头鹰即将振翅飞翔前最黑暗的浓烈气氛烘托至最高潮。

成长并非只是要穿越每个人心理的那一片黑暗森林，我们还要用身体和感官去触摸和探索这个神奇的世界，最终才能收获到成长的硕果。这一点，在《收获在深秋》中小刺猬的身上，格外突出。

（三）《收获在深秋》：成长是探索，也是收获

《收获在深秋》的主人公，是一只第一次跟着家人出门的小刺猬。作者巧妙地借助动物与植物外在的形似，建立一条去探索物种属性的叙事链——既能带领小读者认识动植物，还能了解它们的相关特性。

就故事的叙事技巧来说，《收获在深秋》有点类似《小蝌蚪找妈妈》。通过主人公错找妈妈，让小读者跟随小刺猬的脚步，认识了猴头菇、起绒果、

板栗等物种的外形以及刺猬的杂食性等特点。当小刺猬在大狗的帮助下回到家时，他还给家人带去了蘑菇和板栗，让人觉得小主人公的这一趟外出真是意义非凡。

通过故事让孩子获取知识并得到精神和心理的成长，无疑是一种理想的教育方式，尤其是作品的呈现方式还是典型的科普，就更让人信服了。同时，作者又充分利用刺猬多刺的特点，将"收获"的要义形象地诉诸画面和文字，让孩子可以直接感受"走出家门探索世界是会有所收获的"这一道理。

如《生长在春天》中的小田鼠和《起飞在夏夜》中的小鹿一样，人类的家养大狗在《收获在深秋》中也充当了帮助者的角色。但他体型庞大，突然出现、突然离开，又特别像那一类表面凶狠、内心柔软善良的助人者，很容易让人产生误会。小刺猬一开始很惧怕这个庞然大物，但大狗只是吓到了它，实际上并无恶意。如果从科普图画书的角度来看，这个情节并非只是出于叙事冲突的发展需要，还表现了刺猬是一种特别容易受到惊扰的动物的科学性。

当然，我们也不妨多一点儿人类与自然关系的解读维度：在作者的文字和图画下，隐含着一种人与自然的和谐共生的期待。

正如儿童文学"在家—离家—回家"这一基本故事范式所揭示的，孩子在离家的过程中，或许会遭受惊险、刺激甚至恐惧与害怕，但这绝对不会是一段白走的路，而是有所收获的。每一个孩子的成长也皆如此。只有走出家门，来到外面的世界经历风雨和体验人生，成长才会格外有价值和意义。所以，成长需要在探索中寻求收获，所谓的成长也就是身体和精神上的"上下求索"。

画面中，还出现了许多文字中未曾提及的动物和植物，比如绿头番鸭和两只大白鸭。他们好奇地围观着从板栗树上滚下来的小刺猬。尤其是张着吃惊的大嘴巴的那只绿头番鸭，样子滑稽又可爱，非常形象……

五彩斑斓的深秋美景，成熟的野果和开放的山花，鸟儿、蝴蝶在翩翩飞舞……到处都在彰显着丰收的喜悦气氛，也以此映衬了收获在深秋的故事含蕴。

(四)《温暖在寒冬》：友谊与互助，也是孩子要学习的一课

丰收的秋日让人喜悦，萧索的寒冬难免给人一种冷清、凄凉之感。但在

"第一眼看四季"系列的寒冬里,发生的是一个温暖的故事。

肚子饿了的小水獭独自溜出家门寻找食物,面对冻结的河面以及极目远眺的白茫茫世界,他觉得一切都很奇怪和陌生。熟悉的田野、草地和河水在一夜之间消失后,小水獭想要去寻找他平日里玩的泥滑梯。然而,令他大吃一惊的是,泥滑梯变成了一个光洁的冰面,上面还有一只大乌鸦正两脚朝天、扑扇着翅膀玩耍。是的,一只乌鸦抢了他的"玩具"。小水獭暗自生气,却见狐狸正要悄悄捕猎乌鸦,他毫不犹豫地大叫起来,让乌鸦快逃。故事从此时开始,就朝着"温暖"的基调行进。

小水獭救了乌鸦,接下来乌鸦帮助小水獭砸开冰冻的河面,然后小水獭又帮助乌鸦抓鱼,最后乌鸦又救了小水獭。整个故事始终处于一种叙事的平衡中,一张一弛均有度,符合儿童对故事的期待心理。一方面让他们在阅读进程中保持着高度的紧张感,另一方面又让他们在某个阶段去解除那种紧张。整个过程犹如坐过山车,既足够惊险刺激,又能保证安全着陆。

与四部曲中的前三部一样,《温暖在寒冬》始终保持故事性、科普性与教育性的融合。在故事的框架之下,作者将冬季的物候特点,巧妙地诉诸小水獭和乌鸦之间发生的故事,使得读者不仅获得故事的阅读体验和感受,还能直观地感知冬天的特点以及乌鸦、水獭等动物的生物属性。而关于小动物们身上所表现出来的友谊与互助的品质,孩子的体验也将是直接和真切的。因为在读乌鸦与水獭的故事时,孩子不会觉得他们只是动物。相反,他们很容易就代入自己去进行角色的认知,从而进一步理解故事所传达的含义。

作为科普类儿童故事,"第一眼看四季"系列在故事性的框架之下,非常注意对物种和气候等科普知识的正确传达。比如乌鸦从高空扔石块砸开冰面,人类已经较为熟悉。而乌鸦玩滑梯,看上去是天马行空的想象与幻想,实际上却是真实的。因为乌鸦是智商非常高的鸟儿,他们不仅知道怎么使用工具,而且也知道怎么自娱自乐。

丰富多彩的版式制作,精美的图画艺术,精彩的故事……让"第一眼看四季"系列成了梅子涵先生所说的真正意义上的"天空书"。

## 三、讲读建议

"第一眼看四季"系列是一套非常精彩的"天空书",孩子读了之后既能获得审美和艺术的愉悦，还能轻松学到许多科普知识。故事简单、内容朴实，但讲读者依然需要提前做一些必要的准备。

  与所有的图画书阅读一样，讲读者在讲读之前，首先需要好好阅读故事和欣赏图画，然后把自己的阅读体验记录下来。任何时候，个人切身的阅读体验更具有说服力。其次，对于书中任何有疑问的地方，应该通过权威的途径比如图书馆或科普博物馆等，查阅相关知识——因为是科普类书籍，科普知识的正确传达与讲解非常重要。第三，由于这个系列的科普图画书故事性很强，而且有很明显的民间童话的故事范式可以追寻，建议讲读之前还是适当积累一些故事形态学的知识，从而引导幼儿获得更多相关的阅读趣味。如弗拉基米尔·普罗普的《故事形态学》，认真研读，将有助于讲读者更透彻地理解这类带有民间故事色彩的图画书文本。

  此外，积极邀请孩子们参与到对故事的解读过程中来。比如，听听他们对故事的看法，听听他们对书中出现的那些动物、植物的评价，说不定能给我们一些新的启发和视角。永远不要忘了威廉·华兹华斯所说的："儿童是成人之父。"

## 四、阅读活动

1. 和孩子一起聊聊天吧！

  和孩子们一起聊一聊对于季节的看法，请孩子们讲一讲对于四季的认识和体验。可以将孩子分成不同的小组进行讨论。比如文中的小水獭觉得冰面仿佛一块大玻璃，生活在南方没有见过冰的小朋友，能体会和想象一下吗？

  "第一眼看四季"中的"第一眼"到底是什么意思？听听孩子们的看法。

2. 来一起认识植物呀！

  和孩子们一起找一找故事中出现的动物，以及一些较为常见的植物——无论是矮小的灌木还是高大的乔木，不用刻意要求他们必须认识，仅仅只是培养孩子们的一种习惯和意识，即对于自己认识或不认识的事物，保持探索的兴趣和欲望。

3. 演一演。

  虽然"第一眼看四季"是一个科普图画书系列，但其中的每一部都非常适合用来表演。不要浪费孩子们喜欢表演的细胞，更不要忽略在他们的人生之初去培育他们表现自己的细胞。把班级里的小朋友分成几个小组，分别表演这四个故事吧。通过角色分配以及参与不同的表演，我们会发现表演前后的孩子，对于故事的认识会有所差异。而他们对于植物的生长、迈出人生第一步的体验、友谊与互助……都会有更为深刻的体会。

## 五、拓展阅读

1. 《澡盆里的万物简史》
2. 《动物博物馆》
3. 《植物博物馆》

# 第三章

## 外国图画书作家经典作品赏析

图画书和别的文学形式一样，所有的阅读指向最终都与个体和世界有关。在图画书的阅读中，讲读者不应该只是把故事读一遍或两遍，而是要带着孩子一起探索故事里的人物和处境，认识自我并确立自我，并确定相对应的价值观。做什么样的自己、成为什么样的人，或许要我们终其一生寻找答案，如果在儿童的成长中，引导者们能通过文学作品去引导和启发孩子，那他们也能在不同的故事中发现、完善自己。阅读的第一要义，无外乎就是人对自我的认识、发现和建设。

在众多图画书中，没有一个作家像李欧·李奥尼那样，如此忠实又执着地探索着个人的"自我"问题。自我的成长和烙印是刻骨铭心的，认识自我也是我们来到人世间需要学习和具有的一种能力。

## 第一节 李欧·李奥尼与《田鼠阿佛》

### 一、李欧·李奥尼和他的图画书寓言世界

1910年5月，李欧·李奥尼出生在荷兰的阿姆斯特丹，父亲是比利时犹太商人，母亲是歌唱家。因家庭成员和亲戚大多从事艺术行业工作，所以他从小就在良好的艺术氛围中耳濡目染。13岁那年，因为父亲工作的关系，李奥尼一家辗转在美国和欧洲各地，后定居意大利。25岁那年，李奥尼获得了

经济学博士学位。他擅长绘画、雕刻、设计、印刷、陶艺和摄影等。在二战期间，因为犹太裔身份，加之早前又曾信奉马克思主义，李欧·李奥尼不得不带着家人来到美国避祸，后成为美国公民。1950年，美国掀起的麦卡锡主义运动给他的工作和生活带来了严重影响。作为一名曾经的共产主义者，李奥尼到处备受抨击，甚至连工作都几乎陷入停滞。然而，李奥尼始终坚持对艺术的热情，从来不曾放弃对生活和人生的热爱。那些来自生活和人生经历中的智慧和沉淀，后来全都以丰沛的人文精神和理性主义思想，进入他给儿童建造的图画故事书的世界里，成就了儿童图画书史上一大批以《小蓝和小黄》《小黑鱼》《一寸虫》《蒂莉和高墙》《鱼就是鱼》等为代表的经典杰作。这些作品影响了世界无数孩子的成长和人生，也安慰了在世俗人生和凡俗生活里饱受物质、精神磨难的成年人们的心灵。

而李欧·李奥尼传奇的地方还在于，他是在年近50岁时才正式进入儿童图画书的创作领域。而且，他还是在非常偶然的契机之下，无意中创作出了《小蓝和小黄》。此后，他又专门为儿童出版了《一寸虫》《小黑鱼》《田鼠阿佛》《字母树》《世界上最大的房子》《亚历山大和发条老鼠》《鱼就是鱼》《西奥多和会说话的蘑菇》《自己的颜色》《佩泽提诺》《蒂科与金翅膀》《鳄鱼哥尼流》《这是我的!》《蒂莉和高墙》《马修的梦想》《一只奇特的蛋》等二三十部作品。这些作品的中的主人公，有的渴望拥有一身金羽毛，但在愿望成真后又亲手一根一根拔掉了自己的金羽毛；有的离家出走去探索自我；有的在苦苦寻找归属何处……无论是以动物、色块或玩具等物品作为故事的主人公，他们的背后都有我们或我们身边的孩子的影子。

他为孩子们所创作的图画故事简洁、生动又饱含哲理和寓意。这些作品是如此动人又美丽，同时又是如此简单而深邃。作为资深图画设计者的李奥尼，在儿童图画书的绘画表现上，喜欢采用简单的色彩和线条，描绘出干净整齐的画面，将深刻的思想和清爽的绘画结合，共同营造出一部又一部激荡人心的传世经典。所以，他的作品还赢得了成年人们的真心。那些饱受世事和人生创痛的大人们，总是能在他的图画故事里获得一方心灵的栖息地。

李奥尼的图画书获奖无数，深受孩子们喜欢。其中，《一寸虫》《小黑鱼》《田鼠阿佛》《亚历山大和发条老鼠》均获得了美国凯迪克大奖。

1999年10月，被誉为"色彩魔术大师"的李欧·李奥尼在意大利去世。一直到去世前，这位天才的艺术家都耕耘在图画书的花园里。李奥尼用他的一生经历告诉我们,这个世界从来没有来不及做的事情。任何事情,只要开始去做并坚持做下去,都不会太晚。就像他年近50岁才出版第一本图画书,却一直写到89岁去世之前。这样的艺术家,一辈子都在用身体和灵魂践行对艺术的热爱和忠诚,不显山露水地张扬着对自我和生活的尊重,也极大地鼓舞了那些认为自己的人生已经来不及了的人们。

有人说李奥尼的图画书是寓言式的作品,年幼的孩子根本无法读懂。诚然,一个年近50岁才开始为孩子创作图画书的爷爷辈创绘者,他所讲述的故事必然沉淀着丰富的人生智慧、生活经验和个人感悟。这些厚重的东西,隐藏在他的图画故事里,或许我们的孩子的确读不懂。但每一个成年人都知道,李奥尼讲的那些故事,对每一个孩子的成长有多么重要——自我到底是什么。认识自我,个人如何在群体中忠于和坚持自我,这是我们的孩子在成长中最需要却又最不易获得的能力。智慧的李奥尼,用文字和图画将人们追寻自我的心路历程,形象地呈现在读者眼前。而且,孩子们也并不是真的不懂或不喜欢这些故事,我们在很多时候只是低估了孩子的接受能力和洞察力。

讲读者应该关注的是,我们要如何更好地读懂这样的故事并更好地引导孩子,让他们对故事产生更多认同、共鸣,让这些故事成为塑造他们精神和心灵的一部分,让幼儿通过阅读,养成辨别好坏优劣、惯于思考和探讨问题的解决之道。独立思考与集体探讨的结合、碰撞,一定是最好的学习方式。对于那些说孩子读不懂李奥尼的人,也没有必要就因此拒绝孩子们去阅读李奥尼的图画书。事实上,跟人自身相关的生活或处境,根本就不存在能不能读懂的问题,而是身处不同的阶段,我们到底能看到什么和会有什么感受的问题。孩子明白的,成年人未必就弄得清楚来龙去脉;而成年人感受到的万般滋味,孩子也不一定能够感同身受。但是,这个世界没有什么是一定的,都有例外。

当然,对于讲读者来说,最大的问题是如何带着阅读者一起把故事讲明白、讲得有趣和有意义。至于孩子能不能明白故事背后的那些寓意或道理,反倒并不是最重要的。时间长了,该读懂的时候,他们自然也就理解了。

## 二、《田鼠阿佛》:一个特立独行的艺术家的故事

《田鼠阿佛》是李奥尼一部获得美国凯迪克大奖的作品,主人公是一只特立独行的田鼠,他的名字叫阿佛。

(一) 阿佛和四只小田鼠

故事中，阿佛与四只田鼠一起住在古老的石墙里，一家人爱说爱闹，过得非常快乐。

冬日还未来到，田鼠们就已经开始采集谷粒、麦穗、玉米、禾秆和浆果，不亦乐乎地忙着储存冬粮。他们每天从早忙到晚，从晚忙到早，一心一意为冬天的生计做着准备。但阿佛从来不参加四只小田鼠的劳动，他总是一个人静静地待着。小田鼠们询问阿佛为什么不干活，阿佛却回答说自己正在工作。虽然他们偶尔会责备阿佛做白日梦，但还是尽可能地把时间和空间都留给了阿佛。阿佛依然特立独行，小田鼠们也依然忙忙碌碌地到处收集冬粮。

寒冷的冬天来临了，雪花在这片土地上飘起来了。五只小田鼠躲进了石墙里的藏身处，他们开心地啃食着浆果、谷粒、玉米和麦穗，还时不时地说起笨狐狸和蠢猫咪的故事。

然而，冬天太漫长了，日子又灰暗又寒冷，日渐空荡的藏身所让田鼠们连话都不想说了。后来，他们想起了阿佛曾收集的那些东西。于是，阿佛爬上石头，让大家闭上眼睛，开始把收集的那些"东西"分享给四只小田鼠。他给大家说起金色的阳光，他们的内心就莫名地觉得暖和；阿佛又讲起了蓝色的长春花、黄色的麦田和草莓丛中的绿叶等，此时的小田鼠们仿佛看到那个五颜六色的世界就画在了他们的心头上。当他们问起阿佛采集的那些词语时，阿佛则给他们创作了一首诗。小田鼠们觉得，阿佛采集的那些东西有魔法，连漫长的冬日生活也不再单调、寒冷了。他们由衷地夸赞阿佛是一个真正的诗人。

阿佛是独特的，一心只做自己喜欢做的事情。

但读完《田鼠阿佛》大家会发现，阿佛的特立独行并非心血来潮或一时兴起，而是始终忠于内心的那一份信念和热爱。当田鼠们辛苦劳作的时候，他并没有偷懒或装模作样地去劳作，而是真的用心在做自己喜欢做的那些事情——采集阳光、颜色和词语。在漫长的冬日里，当食物和聊天都变得无聊的时候，阿佛的那些曾经看似没有什么用的爱好就开始发挥起作用来，不但帮助田鼠们度过了难挨的冬日，还丰富了他们的生命和情感。

如果说小田鼠们收集的谷粒、麦穗、禾秆、玉米和浆果解决了生存所需的困境的话，那么阿佛采集的阳光、颜色和词语，则是大家在晦暗岁月里活下去的"精神食粮"。人生长长短短，阴晴圆缺、贫穷富有都是生命的形式和生活的形态，当有一天我们身处寒冷、绝望的处境，当我们觉得日子难过、了无生趣甚至毫无意义时，难道我们的心灵不需要金色的阳光来抚慰吗？当生活晦暗、世界只剩下单调又灰蒙蒙的一个样子时，斑斓的色彩总还是能给人眼前一亮之感吧？而在那些精神空虚、倍感生命无力又绝望的瞬间，那些温暖又体贴的语词一定能给我们继续前行的力量吧？正是那些在曾经看来稀松平常又没有什么"用"的东西，往往能在有一天的某一刻，成为激励我们的内在精神驱动力。

当另外四只小田鼠发自内心地夸赞阿佛是诗人的时候，那一刻的阿佛散发着迷人的魅力。这是阿佛的高光时刻。

这就是像阿佛那样充满人文精神和理性主义色彩的艺术家们的力量！

阿佛，就是一个特立独行的艺术家啊。

但阿佛的特立独行，并非一开始就显得自洽。当他的家庭成员们都忙于为漫长的冬日做储备的时候，阿佛与他们格格不入。他既不是旁观者，也不是参与者，而是一个完全独立的存在。这种独立于众人的生活，既需要主人公耐得了真正的寂寞、能承受不被人理解的孤独，也需要他所在群体的包容、接纳和认同。阿佛当然是了不起的，但他的家人们同样伟大——他们包容、接纳了特立独行的阿佛。

人类的群体生活，不只是需要像阿佛这样的孩子，还需要有像他身边的那四只小田鼠一样的亲人、朋友——他们的度量和对待阿佛的方式，能给阿佛这样的孩子更大的成长空间。这难道不能给我们一些启发和体悟吗？如果大人们能像那四只小田鼠一般，呵护着像阿佛这样的孩子成长，孩子们的人生应该也会更加快乐和幸福一些。

正是因为如此，《田鼠阿佛》的故事才更为动人。

## （二）故事的发生

阿佛与四只小田鼠的故事，发生在文字的叙述中，也体现在图形、线条和色彩建构的图画世界里。

第1个跨页，交代了故事发生的空间背景：古老的石墙边，青青的草地上散落着各色小花，一棵高大的树矗立在旁，棕色的树皮上点缀着一片又一片的光斑。文字和图画共同营造出了一幅静态的美景——美丽祥和的乡村、大自然。

　　第 2 个跨页，画家进一步将故事的空间具体化，逐步引入主人公以及与主人公有关的人、事——一家子爱说爱闹的小田鼠。该场景在图画部分，补充了文字未能提及的内容——五只小田鼠中的四只正在努力搬运红色的浆果，另外一只小田鼠独自在看蚂蚁走路。蝴蝶在天上飞，石墙上爬着星星一般的绿叶。无论是图画的色调还是文字的叙述，都在告诉我们，这个地方是如此美丽而祥和。

　　第 3 个跨页交代了小田鼠们面临的生存困境：农夫们搬走了，牲口棚废弃了，谷仓空了，而且冬天要到了。小田鼠们的生活将比以往任何时候都要更加艰难！在接下来的日子里，他们必须每天从早到晚、从晚到早地忙碌，想方设法为漫长的冬天多储备一点儿粮食。每一只小田鼠都在忙着干活，除了阿佛。

　　第 4 到第 6 个跨页的场景，作者进一步集中描绘了阿佛与四只小田鼠的截然不同——当大家都在忙着采集浆果、麦穗、禾秆等，阿佛却说他在采集阳光、颜色和词语。

　　这是一个渐进的过程：在第 4 个跨页里，当四只小田鼠询问阿佛为什么不干活时，阿佛回答——他正在为又黑又冷的冬天采集阳光。从图画的展示来看，太阳高高地挂着，四只小田鼠两两组队，正抬着玉米往石墙里搬；但闭着眼睛的阿佛什么都没有干，他背对着四只小田鼠，仿佛与他们的生活毫无关联。第 5 个跨页描绘的画面宁静、美好，草地上开满了红、蓝、白、紫等各色鲜花。当四只小田鼠依然在忙碌地收集冬粮时，阿佛只是呆呆地坐在一块大石头上。小田鼠们询问他为什么不劳动，他却说自己在为灰色的冬天采集颜色。在第 6 个跨页的场景里，新翻的土地上已长出嫩绿的庄稼，田鼠们抬着禾秆往石墙里搬，阿佛静静地坐在那里。小田鼠们责备他是在白日做梦，阿佛却说自己是在为漫长的冬天采集词语。

　　从这三个跨页的场景来看，阿佛的四个同伴虽然不明白阿佛这项工作的意义，偶尔也会不满阿佛的"无所事事"，但他们没有喋喋不休的抱怨和责怪阿佛，而是尽可能地包容着他。即便在第六个场景中，已经有了第四、第五个场景的积淀——阿佛说他在做的那些事情，小田鼠们没有看到什么实质性的成效，开始对他所做的工作有点微词，然而当阿佛说他是在为冬天收集词语的时候，他们就停止了指责。

第 7、8 个跨页场景，描绘的是漫长的冬天来临后，田鼠们的第一个越冬阶段。他们躲进了石墙里的藏身处，开始享用之前储存的冬粮，还时不时地说点好玩的故事打发时间。他们过得很快乐。

### （三）诗人的力量有魔法

物质带来的满足感，持续的时间是有限的，世界向来如此。故事就这样自然而然地，转到了第 9 个跨页的场景。藏身处所囤的冬粮快吃光了，禾秆没有了，玉米成了回忆，石墙很冷，日子乏味、难过得让大家连话都不想说。此时的小田鼠们，处在那个冬天最绝望的时候。

故事就这样转到了第 10 个跨页的场景：小田鼠们想起了阿佛采集过的那些东西：阳光、颜色和词语。或许，我们可以大胆猜想一下，此时的小田鼠们本来只是抱着试一试的心态，提起阿佛曾经采集到的那些东西。至于阳光、颜色和词语真正能带来什么，他们并不知道，甚至也没有很期待。然而，这正是阳光、颜色和词语绽放光彩和安抚人心的时候。

第 11、12、13 个跨页的场景，集中描绘的就是阿佛和他的同伴们一起分享阳光、颜色和词语的画面。这几个场景与小田鼠们此前一起分享浆果、玉米、麦穗和禾秆的画面，对比强烈。同时，这三个场景与前面第 4、5、6 个跨页中阿佛采集阳光、颜色和词语的场景也遥相呼应。与前面场景中阿佛看上去什么都没有对比，这三个跨页场景中的阿佛变成了那个一直在劳动的人——他正在把他收集的阳光、颜色和词语一一分享给他的同伴们。

比如在第 11 个跨页中，他让小田鼠们闭上眼睛，自己爬上石头，像一个舞台上的演讲者一样，给他的同伴们描述金色的太阳洒在他们身上的场景。小田鼠们在这一刻觉得，阿佛的话仿佛有魔力，一听到他说起太阳，他们就觉得自己的身体也变得暖和多了。而在图画的表现上，李奥尼让金色的光芒一块一块地铺洒在石头上，四只小田鼠则面对读者，仿佛在邀请读者走进那一片阿佛所播撒下的金色阳光里。在第 12 个场景里，阿佛又说起了蓝色的长春花、黄色的麦田和草莓丛中的绿叶。此时，四只小田鼠面向阿佛，他们仿佛看到了阿佛描绘的那个斑斓世界，那些缤纷的色彩似乎纷纷画进了他们的心里。到第 13 个场景里，小田鼠们越来越幸福，他们开始向往阿佛所描绘的那个世界，于是又"贪婪"地问起了阿佛所收集的词语。阿佛沉思了一会儿，他清了清嗓子，给他的同伴们创作了一首诗。这首诗歌是那么动人、温暖和有力量，小田鼠们面向石墙，完全沉浸在阿佛创造的那个诗歌的世界里。他们为阿佛和阿佛的诗歌由衷鼓掌，称赞他是一个真正的诗人！

诗人都是孤独的，但诗人的力量又有魔力。至此，阿佛为冬天采集的阳光、颜色和词语，终于在小田鼠们最需要的时刻发挥出了前所未有的力量。在故事的最后一个场景里，阿佛的高光时刻似乎也在告诉我们：坚持自己的梦想和所爱，绝不是一件轻松自在的事情，不仅要忍受长时间的孤独，还有可能被人误解。但这一切都是值得的。也正因为如此，那些坚持自我和理想、并努力在世间播撒温暖、美好和情感的诗人和艺术家们，才让人感佩。

在最孤独和无助的时候还能坚持自己，最终迎来涅槃重生，这当然不是每一个人都能拥有的勇气和毅力。同时，我们也并不需要每一个孩子都像阿佛那样与众不同、特立独行。毕竟，天才的艺术家和诗人也只是少数，芸芸众生中的你我和我们的孩子，大多都平凡而普通。无论何种情况，如果我们尊重每一个孩子的个性和能力差异，给予他们充分的成长空间，做像阿佛身边的那四只小田鼠一样的家人和朋友，对孩子的成长都是珍贵的支持。

李欧·李奥尼一生创作了许多图画书，主人公大多都是一些"独特"的人。在他们当中，有的面临着人生的终极困境，有的因为自己的性格缺陷和贪婪而不得不背负着沉重的负担，有的一直在不断地寻找自我，有的在为坚守自己的理想而不停奔波……这种独特，既有"阿佛"式的主人公作为艺术家的特立独行，也有像蒂科、哥尼流、佩泽提诺、小黑鱼等因为外貌、生活习惯、行为方式与群体的格格不入。能否融入群体，始终是孩子成长中关注的焦点，也是他们常常面临的一个难题。比如那个一开始没有翅膀飞翔的蒂科，他得到了伙伴们对他无私的关爱，后来，他却因为拥有了一双金色的翅膀而被族群所孤立。不被群体接纳的蒂科，感到十分悲伤，却不知所措。他到处流浪，遇到需要帮助的穷人，就把神灵赐予他的金羽毛拔下来送给他们。这一身让他被同伴所厌弃的金羽毛，帮助很多人度过了困境时刻。令人意外的是，当最后一根金羽毛被拔下来后，蒂科长出了全新的羽毛，与其他鸟儿的羽毛一模一样。他回到了自己的族群，而他的伙伴们也重新接纳了他。

发生在李奥尼笔下这些主人公身上的故事，对于大部分时间都处在班级等群体里的孩子们而言，一定有着真切的体验。换句话说，当个体与群体面临冲突，个体在此过程中对自我的再认识、寻找和坚持，是我们在研读李欧·李奥尼图画书时需要注意的一个重要方面。当孩子们读懂了他图画书里的主人公，理解了他们的处境和最终选择，那么他们的自我、认知和人格的成长，一定也是必然的。

## 三、讲读建议

《田鼠阿佛》的故事，文字优美、诗意，图画简单生动。鉴于李欧·李奥尼图画书强烈的寓言性，建议讲读者在讲读给孩子听前，自己先行多次翻看、阅读和体会，尽可能多地扩大文本的阐释空间。

如果条件允许，应把李欧·李奥尼的图画书、自传都找来读一读，充分了解作者以及与作者创作有关的人生经历、生活。即便是图画书这样高度凝练的作品，通常里面也浓缩了作者一生的故事。了解作者的相关信息，有助于我们更加深入地解读和理解作品，也能体会到更多的阅读乐趣，提取到更多的信息并提升阅读的价值。

具体的讲读过程中，讲读者可以先带着孩子朗读一遍故事，对阿佛的特立独行和与众不同形成一个初步印象。接下来，紧紧围绕阿佛的特立独行，带着孩子认真翻阅和观察图画内容。比如就图形、线条和色彩营造的图画而言，作者是如何表达阿佛的特立独行的？如果仔细观察画面，孩子们很容易就能找到阿佛，因为每一个场景中的阿佛与别的田鼠的动向都不一样。这种观察和发现，有助于他们对阿佛的"特立独行"建立认识。

在这本书中，阿佛和他的四个同伴都有被探讨的价值和意义。我们很难用佼佼者或平庸者来界定、区分他们。有的孩子可能是阿佛，更多的孩子可能是他那四个同伴。在群体生活中，做一个什么样的自己或许是我们一生都在面对的课题。阿佛告诉我们每一个人，坚持做自己需要勇气，更多的时候还需要运气。如果我们无法遇见像阿佛的伙伴那样的家人或朋友，孤注一掷的梦想要么注定是一场白日梦，要么他的这场追梦之路将千辛万苦。在图画书的阅读中，让我们的孩子去学着看清自己的处境、遇到问题就想办法去努力解决，这一定不是坏事情。

此外，对于阿佛艺术家的身份，也有必要与孩子们一起探讨。实际上，阿佛坚持的自我和梦想，都与他专注于对艺术和文学的热爱有关。他所收集的阳光、颜色和词语，正是文学艺术的象征。让孩子们认识到文学艺术在人的生命中的力量和重要性，也是一种对孩子素养的训练。

建议开展李欧·李奥尼图画书的系列讲读活动，和孩子们一起探讨其图画故事中的人物及其行为。比如蒂科、阿佛、哥尼流……以及主人公身边的每一个角色。通过代入角色或讨论等方式，帮助小朋友确立自我，以及更好地认识和理解世界的多元和人格的多样。

## 四、阅读活动

1. 认一认，找一找。

针对低龄幼儿的阅读和接受程度，阅读活动应主要围绕主人公阿佛与他的同伴们的差异来进行。其中，让孩子们从图画中准确地辨别阿佛这一人物形象，意义重大。特别需要提醒小朋友们的是，阿佛的特立独行在故事的前后阶段是不一样的。讲读者带着孩子们去故事里好好找一找，看看有什么不同，我们从中能得到什么启发呢？

2. 讨论一下吧！

也可以适当组织讨论，让小朋友们说一说对阿佛的认识。比如，当所有的同伴都在忙着为冬天储备冬粮的时候，阿佛却没有和他们一起干活，孩子们会认可这样的行为吗？如果孩子们是图画书里阿佛的四个同伴，面对阿佛的特立独行，他们又会做出怎样的回应呢？不妨和孩子们一起讨论讨论，听听他们的声音。

3. 演一演或画一画。

此外，还可以安排一些阅读外的活动与综合实践。比如组织孩子们进行《田鼠阿佛》的课本剧表演、海报绘制等，让孩子们能进一步体会角色以及对自我的认同感。

## 五、拓展阅读

1.《蒂科与金翅膀》
2.《鳄鱼哥尼流》
3.《佩泽提诺》
4.《小蓝和小黄》

# 第二节 威廉·史塔克与《驴小弟变石头》

同样以高龄姿态进入图画书的创作领域的作家，还有来自美国的威廉·史塔克。他甚至比李欧·李奥尼开始图画书创作还要晚，是在 61 岁退休后才正式进入儿童文学和图画书的创作大军。此前，他主要以漫画家的身份活跃在《纽约客》等杂志，是一位资深的漫画家，被《新闻周刊》等评为"漫画之王"。1968 年，威廉·史塔克在同事的建议下开始为儿童写故事和画图画书，从而开启了畅销童书作家之路。他的创作成就有目共睹，不仅写了像《帅狗多米尼克》这一类孩子喜欢的流浪英雄故事，还画出了诸如《驴小弟变石头》《老鼠牙医——地嗖头》和《会唱歌的骨头》等深受孩童欢迎的儿童图画书，并斩获各类大奖。

### 一、威廉·史塔克和他的半开玩笑式图画书创作

1907 年，威廉·史塔克出生在纽约的布鲁克林，因为父母都是绘画爱好者，哥哥又是专业的画家，史塔克从小就耳濡目染在艺术和绘画的氛围之下。他兴趣颇多，喜欢各类体育运动，还非常浪漫和富有幻想精神，甚至有过要做流浪汉的梦想。但因为父亲破产、哥哥结婚，17 岁的史塔克开始给《纽约客》提供漫画以支撑家庭的生活和开支。从 23 岁开始，史塔克便成了一名职业的漫画家。

虽然进入童书领域的时间很晚，但威廉·史塔克一出手便是精品佳作。1968 年，《驴小弟变石头》刚出版，便斩获当年的凯迪克金奖，而这只不过是他的第二部童书作品。之后，他又出版了《老鼠牙医——地嗖头》《会唱歌的骨头》等图画书和《帅狗多米尼克》等儿童小说，成就斐然。

与李欧·李奥尼的严肃和寓言式讲述故事的方式不同，威廉·史塔克的作品喜欢用幽默和半开玩笑的基调，讲述诸如人生的选择、面对死亡的态度等严肃议题，读来诙谐、有趣但又受益终身。人生就是一个不断做选择的过程，有过丰富人生经历的成年人一定深知"选择"的重要与艰难。如何在恰

当的时机做出正确的选择，需要一定的勇气，也需要更多的智慧和判断。威廉·史塔克这一类爷爷级的作者，给了孩子们最好的指引。

其中，《老鼠牙医——地嗖头》主要探讨的是某种处境下的个人选择问题。地嗖头夫妇经营着一家牙科诊所，面对因为牙疼难耐而到诊所拔牙的狐狸，他们十分为难：帮狐狸拔牙的话，他们可能会面临生命危险；但作为牙医，不帮狐狸拔牙的话，又与他们的职业身份不符。作者主要描绘的就是地嗖头夫妇如何在保全自己的情况下，成功地帮狐狸拔掉了坏牙。整个故事读来十分轻松、有趣。

与《老鼠牙医——地嗖头》相比，《驴小弟变石头》则更关注儿童自身的处境和他们的现实生活。

## 二、《驴小弟变石头》：爱与分离体验

《驴小弟变石头》是威廉·史塔克获得凯迪克金奖的图画书杰作，通过驴小弟变形成为石头的故事，展现了一个孩子既害怕却又渴望与父母分离的体验，以在此过程中投射出"爱"的主题。分离体验，是每一个孩子的成长必修课。孩子与父母之间的"断乳"式分离，一方面会因摆脱父母的掌控而产生短暂的欣喜；另一方面又必然伴随脱离父母安全港湾后的恐惧与不安。

应该说，威廉·史塔克在《驴小弟变石头》中表现子女与父母的分离体验非常含蓄。从表面上看，它讲的就是一个"走失"的孩子，在经历了漫长的春夏秋冬的蛰伏和冷静期后，最终又回到父母身边的皆大欢喜的故事。其中，魔法、变身和重生等奇幻元素，带有鲜明的民间童话烙印，也是这部图画书主要的阐释要素。驴小弟变成石头后在父母的触摸和怀念中重生的情节，是睡美人昏睡百年后被王子吻醒的重现，也是躺在水晶棺里的白雪公主意外醒来的翻版。在驴小弟变成石头的这一年时光中，无论是他还是他的父母，内心都经历了多次的坍塌、重建，并在此过程中日益成长。

### （一）那个孤独的孩子：渴望又害怕分离

在无数次翻阅《驴小弟变石头》的过程中，我们不仅会发出这样的疑问：

驴小弟为什么那么热衷于收集各类石头①？如果仔细看过图画后就会发现，故事的第一个场景，就给我们展现了驴小弟的家庭日常：爸爸戴着眼镜，正叼着烟斗读书看报；妈妈打扫，把屋子收拾得干净、漂亮；驴小弟独自玩着小石头。从画面的色调和布局构图来看，这是一个温馨的三口之家。可仔细观察并略微思索就会发现，他们各自沉浸在自己的世界的画面，似乎又传递出他们之间缺乏基本的交流和沟通。这种互不相扰，表面看着平静，却给人一种莫名的冷淡、疏离和孤独之感。

场景2到6，描写的是一个下雨的周六，驴小弟独自一人在野外的河边找到了一颗红色的石头。这是一颗魔法石，对着魔法石许愿，要什么就有什么，想怎样就能怎样。驴小弟兴奋又激动。然而，广袤开阔的野外，绿草茵茵、河水流淌，除了两只大白鹅，只有驴小弟。在空旷无人的野外，他验证了红色石头的魔力——打雷、下雨和太阳天，原来天气真的可以随心所欲地切换。他想要把发现魔法的快乐跟家人和朋友分享。这五个场景的布局，从单页插图、文图并茂到单页分图的形式，很好地用构图和版式再现了驴小弟得到魔法石时的心情：一开始是困惑，接下来是紧张，然后才是激动。他迫不及待地想要用魔法石一鸣惊人，在平时忽略他的家人和亲朋好友面前炫耀一翻。他期望成为大家关注的焦点。

然而，故事一转到场景7，高兴过头的驴小弟遭遇了一头饥饿又凶狠的狮子。驴小弟害怕极了，脱口而出"我希望变成石头"，他刚说完，就真的变成了草莓山上的一块大石头。场景8和9，采用单页分图的形式，再现了狮子与已经变成石头的驴小弟之间的画面。石头一动不动，狮子围着石头来回转圈，困惑不解，以为刚看到的大肥驴，不过是自己眼花产生的错觉，最后狮子只好带着一肚子疑惑离开了。就这样，驴小弟逃脱了狮子口。但是，他也遇到了大麻烦，他变成了既不能说话也不能行动的石头！

自此，他陷入了深深的孤独和寂寞中。

在场景10中，威廉·史塔克用一个大跨页，描绘了群星闪耀的蓝色天幕

---

① 根据作者自己所说，驴小弟热衷收集石头，就像他本人喜欢在垃圾桶里翻腾一样。史塔克和他的第四任妻子，都热衷捡别人丢弃的东西进行艺术再创作。一块废弃的蓄电池，在他眼里也是闪闪发光的精美物品。石头具有魔法，与史塔克非常尊敬的一位神秘学家——威廉·赖希有关。因为他认为石头是有能量的，正如一个人的肉体死亡后，他的灵魂还会一直活着。驴小弟随意捡到的一块石头具有魔法的力量，也就不足为怪了。

和变成石头的驴小弟躺在草莓山的画面。草莓山仿佛在一夜之间变成了一个蓝紫色的世界，红色的花、黄色的花、白色的花……点缀在草地上，近旁的两棵树的树干也染上了一层蓝紫色，整个画面仿佛都透露出淡淡的神秘色彩。再看近旁的"驴小弟石头"，笼罩在一片暖黄色的光晕中，与周围大片的蓝底色调形成了强烈的反差。那一颗小小的红色的魔法石，就像一颗亮晶晶的宝石，无声无息地躺在"驴小弟石头"旁的草地上。

如果说图画书中的各类色彩，首先是为了营造出一个真实的世界，那么在叙事型的图画书中，色彩和色调无疑是渲染场景、烘托气氛的主要手段。在该场景中，"驴小弟石头"的身上笼罩着淡淡的暖黄色光泽，似乎也宣示了主人公初步逃离有狮子威胁的那个世界的激动和快乐心情。或者可以这样说，驴小弟以一种变成石头的方式，暂时逃离了无人关注的现实世界，以此对抗外在世界对他的忽略、漠视和束缚。

试问，又有哪个孩子的童年没有幻想过拥有魔法并能随心所欲呢？在情绪失控或不如意、害怕的时候，我们是不是也有过马上消失不见的愿望？从这个角度来说，《驴小弟变石头》再现了人类童年时期某一个阶段或场景的画面，它亲切得真实，所以让孩子们着迷，也让无数成年人欲罢不能。

威廉·史塔克借孩子天真的视角，用略带幽默的笔触，在看不见的冲突矛盾中，展现孩子的日常生活和内心的渴望。这种表现甚至带着一点儿世俗的气息，不露痕迹地把邻里关系、生活环境等一一显露。虽然假借动物的外在形态，但画面中人物的服饰、生活的环境、室内的家居摆设和风格，都是典型的现代家庭的缩影。他并非只是单纯地指向美国，将之放在世界上大多数国家的家庭也都是适用的。正因为如此，读故事的大人和孩子可以毫不费力地代入自己的角色，顺利地在其中找到自己的定位，从而介入对自我的发现和重建。

## （二）满世界寻找孩子的父母：爱的主题

正如天底下所有爱着孩子的父母，在孩子失踪后，驴小弟的父母不仅担惊受怕，还让自己的生活陷入了长时间的混乱和悲痛。他们满世界寻找驴小弟，一天又一天、一月又一月，他们白天黑夜都生活在失去儿子的巨大悲伤中。

场景11，作者详细描绘了因为担心驴小弟而一夜无眠的驴爸爸和驴妈妈的状态，他们依偎在窗前，驴妈妈眼角含泪。为了烘托此时人物的心情和故事气氛，连窗外的夜空也是悲伤的蓝色。在驴小弟家中，最开始出现的大面积的温馨的粉红色,从这个场景逐渐被削减。图画在色调的比例上,高度配合了场景中人物的情感、情绪,渲染了故事的悲伤氛围。

场景12到14,描绘的是驴爸爸和驴妈妈到处寻找驴小弟的画面。他们一夜未眠,第二天太阳刚刚露出红红的脸儿,就到处去打听、寻找驴小弟。他们询问猪太太、小公鸡,向草地上玩耍的小狗、猫咪、小马和小猪打听驴小弟,他们向警察报案……然而,谁也找不到驴小弟。

场景15采用一个大跨页,描绘了燕麦谷的小狗们,全体出动去寻找驴小弟的画面。从画面上来看,这是一个生机勃勃的春日,蓝天上飘着朵朵白云,狗儿们在山坡上闻来闻去,从一棵树到一片草叶,甚至"驴小弟"石头都没有放过。然而,没有人知道驴小弟就在眼前。从哪个角度来看,故事在这里要表达的都是爱和希望。或许,这个画面也是驴小弟的心情。他终于成了所有人关注的焦点!

值得一提的是,在驴小弟失踪后,燕麦谷从官方到民间都在积极搜寻,人与人之间友爱而贴心,画面始终洋溢在一种温暖和关爱的氛围里。比如驴爸爸和驴妈妈请求警察们帮忙寻找驴小弟而没找到时,如果我们注意到两位警察的表情,一定能够感受到他们对驴小弟的担心、对驴爸爸驴妈妈的歉疚。燕麦谷的小狗们,闻遍每一片草叶的背面、帮忙寻找驴小弟的那个大跨页场景,不只是温暖了"失去"儿子的驴爸爸和驴妈妈,也温暖了所有阅读这本书的大人和孩子。

驴爸爸、驴妈妈到处寻找驴小弟,他们已经反反复复找了一个月了。

在场景16中,驴妈妈眼角挂着一滴泪,正坐在红色的摇椅上织一条蓝色的围巾,蓝色的毛线团在篓子里一动不动。小桌上的花儿,也耷拉着脑袋,蔫蔫的没有活力。场景17中,驴爸爸无精打采地趴在桌子上,而烟斗被扔在一边,厚厚的大书压根儿就没再翻开。这两个场景,从文字的叙述到画面的描绘,都在极力诉说一件事:在驴小弟变成石头的这一个月的时间里,驴爸爸和驴妈妈的生活简直糟透了!枯萎的花、一动不动的毛线团,或者是被扔在一边的烟斗、未翻开的书……甚至是这两处场景中的地板——晦暗的色彩以及杂乱的色域的搭配、排列,都在暗示人物的处境和心情。因为驴小弟的失踪,驴爸爸和驴妈妈没有过上一天正常的日子,也从侧面烘托出他们对驴小弟深沉的爱。

威廉·史塔克充分利用细节,渲染了故事氛围并进一步完善叙事,提升了爱的主题思想。

## （三）蛰伏、等待、新生：一家三口的团圆

场景 18 到 20 均采用大跨页，分别叙述和描绘了草莓山的秋天、冬天和又一个春天的景色。三个大跨页对应三个季节，是驴小弟变成石头后漫长的蛰伏和等待期。就像跟大人玩捉迷藏的小朋友，一开始，驴小弟因为大家都找不到他还有一些得意。然而时间一长，玩够了的驴小弟发现，即便自己就在眼前，大家也没有发现他。慢慢地，他越来越失望，不想再醒着，只想安安静静地做一块草莓山上的石头。

场景 18 描绘了草莓山的秋天。由黄转红的树叶一片一片往下掉，白色的"驴小弟石头"身上，飘零的几片树叶如蝴蝶点缀，看上去又美又凄凉；草地枯黄，花儿消失了，荒草没精打采地弯下了腰。

场景 19 描绘的是一幅草莓山的雪景图。在这个冰天雪地的世界里，除了坐在驴小弟变成的石头上嚎叫的荒原狼，四周寂然，动物们全都躲在了温暖的家里。狼的嚎叫声把草莓山衬托得越发萧索、寒冷、寂静，驴小弟的孤独感也在这一个场景中达到了极点。

场景 20，画家以深情的笔墨描绘了草莓山的又一个春天的景象。时间的轮回开始了。去年春天开过的花，今年又开了；去年秋天枯萎的草，重新变绿了；去年冬天光秃秃的高大灌木，如今再一次长出了嫩绿的枝叶。叶嫩花红，到处生机勃勃，草莓山的一切，仿佛都从漫长的冬天中醒过来了。只有一个例外，还没有从那漫长的冬天苏醒。这个例外，就是驴小弟。驴小弟变成的那块石头，仍然静静地躺在草莓山上。

然而，这毕竟是春天呀。在这样一个到处都生机勃发的季节，所有的生命要么苏醒，要么正在蠢蠢萌动，驴小弟难道要一直沉睡下去吗？他是不是也需要有人来叫醒他？

童话故事里，王子吻醒了睡美人。那么，谁会来唤醒驴小弟呢？

从场景 21 到 24，描绘了五月的燕麦谷和草莓山。距离驴小弟变成石头，已经过去了整整一年。五月[①]的某一天，驴爸爸带着驴妈妈到草莓山散心和野

---

[①] 在一些西方的文化传统里，人们会在五月来临时，以跳舞或野餐的形式庆祝五月节。一是感受美丽的仲春初夏时光，再即庆祝植物等生命的新生。史塔克安排驴小弟的父母在五月的时候到草莓山野餐，很难不让人去思考这背后的宗教意味。

餐。他们的神色依然悲伤，但他们正在准备走出失去儿子的悲痛，重新开始新的生活。亮丽的遮阳伞撑在驴小弟变成的那块石头上方，野餐盘摆放在驴小弟变成的那块石头身上。一切似乎都在暗示读者，驴爸爸和驴妈妈应该要发现驴小弟了吧？果然，驴爸爸发现那颗红色的魔法石，想起驴小弟喜欢收集这样漂亮的石头，于是把它捡起来放到了"驴小弟石头"的身上。魔法石就这样借由最爱的人之手，重新回到了驴小弟手里！

　　场景25到26，描绘的是一家三口的久别重逢。场面有点失控，画面有点混乱。驴小弟身上的野餐盘撒了一地，驴爸爸高兴得手舞足蹈，驴妈妈激动得说不出话来。那如烟花一样绽放的遮阳伞，似乎也在为这一家三口的团圆而庆祝。威廉·史塔克采用夸张又不失幽默的手法，表现了这一家三口团聚的喜庆场景，消解了驴小弟在变成石头的那一段漫长岁月中的恐惧、失望和等待的心理。

　　至于那颗红色的魔法石，就像一个纽带，连接着驴小弟与父母之间的温情。事实上，我们也可以做这样的解读，正是他们对驴小弟的思念，才会唤醒那个沉睡的、已经变成石头一年的驴小弟。驴小弟石头重新变回了驴小弟，是红色宝石的魔法吗？当然。但不要忘记了，启动红色宝石魔法的是驴爸爸和驴妈妈的爱。爱，永远是最强大的魔法！

　　故事最后，一家三口在红色的沙发上紧紧相拥。这个画面，再次映衬和对照了故事开端的那个各行其是的场景。威廉·史塔克用这样的图画设计，暗示经过短暂分别之后的主人公的新生与成长。明显地，经历这一年的分别，驴小弟和父母的心贴得更近、更紧，他们不再是各行其是的三个人，而是紧紧依偎在一起的一家人。

　　同时，驴小弟与父母分别的故事情节，似乎又暗示了一个渴望得到父母关注的孩子与父母玩"躲猫猫"的游戏事件。威廉·史塔克用一双饱经世事的慧眼，深刻地洞悉了孩子们内在的精神世界和渴望，不仅有对人类永恒的爱的温暖呈现，而且对现代家庭生活中的亲子关系也有深深的反思，对成人有着直接的启发和警示。

## 三、讲读建议

　　《驴小弟变石头》是威廉·史塔克的一部图画书杰作，文字亲切自然，如原野吹拂的风清爽；绘画精美，以鲜艳的笔墨晕染了大自然的一年四季和村落、民居等场景，不仅给我们呈现出了一个又一个身边真实的世界，还恰如其分地运用饱和度极高的红、黄、蓝等主色调渲染和烘托故事的环境、气氛。

在版式的制作上，《驴小弟变石头》显得丰富而多元。威廉·史塔克总是巧妙地根据故事的叙事所需，或采用大跨页，或是运用单页插图，或分割单页小图，恰到好处地实现文字与图画、版式之间的浑融。比如其中的五个跨页场景，明显是作者的有意安排。除了场景15，描绘了燕麦谷的狗儿们漫山遍野寻找驴小弟的热闹画面，场景10、18、19、20这几幅跨页图，描绘的都是驴小弟变身成为石头之后的草莓山风景——夜晚的草莓山、秋风吹过之后的草莓山、冬雪覆盖之下的草莓山以及百花盛开的春日的草莓山。这四幅大跨页图，不仅符合宏阔、壮观的草莓山的景观，而且与周围的山峦和天空所组成的叙事视野一致，比较适合表现旷野这个宽广的世界。更重要的是，驴小弟在与广袤的大自然的对照下，更加渲染和映现出了他内心的孤独与寂寞，为他在之后与父母重聚时的欢腾气氛埋下了伏笔。

讲读前，建议讲读者先了解有关威廉·史塔克的基本资料，可以跟孩子们适当分享一下作者的故事。比如关于致使驴小弟变成石头的那块红色的魔法石，如果我们足够了解威廉·史塔克，就不会忽略作者本人喜欢收集垃圾并常在垃圾桶翻腾[①]寻找东西的爱好。此外，一颗小小的石头被史塔克赋予神奇的魔力，还与他非常敬重和喜欢的一个美国精神治疗师、精神分析学家威廉·赖希有关。史塔克曾在与伦纳德·S.马库斯的访谈中说，他认为威廉·赖希是"二十世纪最重要的人物，没有之一"[②]。赖希发现了"一块石头虽然看起来没有生命，却充满了能量，因而是活的。人死的时候，只是肉身死亡，能量却没有终结"[③]。如果我们不了解《驴小弟变石头》背后的作者故事，可能就会简单地将这个故事归于一个魔法故事。

由于《驴小弟变石头》文字篇幅较长，建议先给孩子们朗读两遍文字，再带着孩子们看图，最后文字和图画结合起来再阅读一遍。同时，提醒孩子

---

① [美]伦纳德·S.马库斯.图画书为什么重要——二十一位世界顶级插画家访谈集[M].阿甲,等译.南京:江苏凤凰美术出版社,2017:217.

② [美]伦纳德·S.马库斯.图画书为什么重要——二十一位世界顶级插画家访谈集[M].阿甲,等译.南京:江苏凤凰美术出版社,2017:226.

③ [美]伦纳德·S.马库斯.图画书为什么重要——二十一位世界顶级插画家访谈集[M].阿甲,等译.南京:江苏凤凰美术出版社,2017:226.

们注意观察作者的用色,听听孩子们对画面所描述内容的看法。

组织孩子阅读和欣赏《驴小弟变石头》,采用游戏的方式或许更为恰当。家庭和亲子关系是该故事的核心,讲读指导者在为幼儿讲读的过程中,一定要注意让孩子能够理解这一点。换句话说,从表面上看,现代孩子似乎比从前的孩子过得幸福,但实际上,他们同样深陷在孤独、不安、缺爱或焦虑等各式各样的精神困境里。就像故事里的驴小弟虽然安静、乖巧,家庭幸福和睦,却总是自己一个人在玩耍。被忽略的孩子,可能会以他们的方式来反抗并吸引父母的注意。无疑,故事中的驴爸爸和驴妈妈发自内心地爱着驴小弟,可大人并不能无时无刻都理解孩子。与孩子有效对话和精神交流,是现代亲子关系中一个重要的环节。

这本图画书的讲读,可以适当结合《白雪公主》《睡美人》的故事,帮助孩子理解和认识驴小弟变石头的象征意义。

## 四、阅读活动

1. 演一演。

针对低龄儿童的情感和阅读接受特点,强调关爱依然是最重要的。可以组织孩子,把《驴小弟变石头》的故事用戏剧的形式表演出来,分配清楚驴小弟、驴小弟父母、燕麦谷的居民以及警察等角色,甚至可以反复多次表演,换不同的孩子演绎不同的角色,并进一步了解他们各自在扮演了相关角色之后的心理,从而体会作为孩子、父母、警察、邻居和朋友的心情,这也不失为一个培养亲子情感和良好交流的途径。

2. 画一画。

可以组织孩子们学习威廉·史塔克的绘画风格,让他们自己来画一画故事中的某一些场景。

## 五、拓展阅读

1.《老鼠牙医——地嗖头》
2.《会说话的骨头》
3.《乔的第一次派对》

## 第三节  莫里斯·桑达克与《野兽国》

### 一、桑达克和他的小野兽、小妖怪们

莫里斯·桑达克是美国当代著名的儿童插画家和作家，1928年出生在美国纽约的布鲁克林，父母都是波兰犹太裔。在儿童图画书的发展史上，桑达克以其独特的绘画风格和叙事结构，影响了整个世界儿童图画书的格局。正是通过他的图画书，人们开始承认并正视儿童内心的阴暗面、负面情绪，并致力于以文学或别的方式纾解孩童的压抑、委屈、恐惧和不甘心，衍生出了一大波要帮孩子"出气"的作品。

由于从小体弱多病，加之多次与死神擦肩而过，造就了桑达克比同龄人更为敏感和悲观的内心。加上犹太裔身份和童年时好朋友被撞身亡，多种精神和心灵上的创伤使得他对人世和生命的体验格外细腻。

20来岁的时候，桑达克的工作主要是为一些作家画插图，后来在厄苏拉·诺德斯特姆①的鼓励下，他开始自己创作图画书。1963年，桑达克出版了《野兽国》，并一举获得凯迪克金奖；1970年、1981年他分别出版了《厨房狂欢夜》和《在那遥远的地方》，后来还出版了《亲爱的小莉》，均获得凯迪克奖。其中，前三部作品被他自己认为是儿童心灵探险的三部曲，也是为自己"解释难解的生活困境"②。此外，露丝·克劳斯的《一座特别的小房子》、珍妮斯·梅·奥黛莉的《跳月精灵》和埃尔斯·米纳里克的《小熊来访》等，均是由桑达克绘图的儿童图画书典藏佳作。因为在儿童图画书上的突

---

①  厄苏拉·诺德斯特姆曾是美国哈珀出版社的童书部负责人，在她为哈珀出版社工作的几十年中，她合作了包括莫里斯·桑达克、玛格丽特·怀兹·布朗、露丝·克劳斯、汤米·温格尔等一大批天才的作家和插画家，出版了无数经典童书。桑达克的儿童图画书创作，也始于这位著名的童书出版人的慧眼。

②  [美]伦纳德·S.马库斯.图画书为什么重要——二十一位世界顶级插画家访谈集[M].阿甲,等译.南京:江苏凤凰美术出版社,2017:181.

出成就，桑达克曾 8 次获得凯迪克奖，也曾获得阿斯特丽德·林格伦纪念奖，还是第一位获得国际安徒生奖的美国人，被誉为图画书创作史上伟大的创作者。

桑达克的图画书故事，喜欢关注人们内在的精神世界。在他的画笔和文字里，故事里的主人公经常处于诸如愤怒、嫉妒和无能为力等多种情绪的困境中。这些人类心中的阴影，就像小野兽和小妖怪一样困扰着主人公们。但故事的最后，经历一番心灵世界大冒险之后的男孩女孩们，总是在幻想和角色扮演中平复了心情并与自我和解。比如麦克斯的气愤和歇斯底里、艾达对妹妹的嫉妒或照顾妹妹时的那种无能为力感，都是生活中一个正常孩子的正常情绪表现。换句话说，这些内在的情绪，是孩子们身上真实存在并需要正确释放的坏情绪。正确认识和处理个人的情绪、情感，是孩子情商培养的重要方法。

试想一下，现实生活中的我们和孩子，是否有过无法控制自己坏脾气的时候呢？或者我们的内心偶尔是否也会有不太阳光的时候呢？如果是，那么我们该如何正视这种坏情绪，并从这种坏情绪的控制中走出来呢？这些问题就需要我们认真思考。

## 二、《野兽国》：在想象王国里，赶跑那些情绪性的小怪兽

桑达克把孩子内心的愤怒、害怕或者不安，恰当地借助图画书这一生动又具体的形式进行了再现。尽管有无数的评论者或图画书研究者都曾对此有过深入的探讨，但不同的读者基于不同的语境与处境，总是能够读出属于自己的情绪和感触。比如男孩麦克斯在家里到处调皮捣蛋，麦克斯妈妈气得骂他野兽并惩罚他不许吃饭的现场感，甚至调皮男孩和愤怒妈妈之间的对垒冲突、对话的内容和画面的视觉都极其真实。这些来自日常生活中的困境，恰当地借用一个男孩在自己房间的离奇幻想，化解了自身内在的压抑情绪。

故事的版式设计以及文图安排、图画的表达方式等，都呈现出了与以往的儿童图画书迥异的风格。那些尖牙利嘴的野兽，从桑达克让他们出现在孩子们的面前开始，便穿越了时代和国界，走向了世界上无数孩子的阅读书桌。

## (一) 从现实到梦境中的野兽王国

《野兽国》中的主人公麦克斯是一个调皮的男孩,他时常在家里制造"事端"。他之所以被妈妈呵斥为"野兽"并不许他吃饭,就源于他穿着野狼的装扮服,在家里没完没了地胡闹!

在场景1中,麦克斯站在厚书上,用榔头正往墙壁上打钉子、挂绳子。从画面来看,他是想玩野营的游戏——挂在绳子上的床单对开,下面放着的一张小凳子,支起了一个简易的"帐篷"。绳子的衣架上,还挂着一只玩具小怪兽。从麦克斯气鼓鼓的表情来看,他好像已经憋了一肚子火。

翻页过后的下一个场景,麦克斯正拿着餐叉在追赶家里的宠物小狗,神情变得愉悦、畅快。为了表现出男孩的胡闹是没完没了的,作者的设计独具匠心。左边几乎空白的页面配合右图大比例的留白空间,很好地体现出了胡闹的"没完没了",造成一种独特的情绪和空间张力,使读者确信麦克斯的胡闹行为即将带来灾难性的后果。

自然而然地,画面就顺接到了场景3中,妈妈呵斥他"胡闹的男孩是野兽",而麦克斯则立马回击妈妈"我要把你吃掉"!

这个场景和对话熟悉吗?日常生活中,很多父母和孩子都有过类似的对话或画面。当然,大人们大概猜到了后面会发生什么——掌握绝对话语权的麦克斯的妈妈,惩罚了这个如野兽般不消停的男孩。她不准他吃晚饭,让他直接去睡觉。麦克斯生气地回到了自己的房间,左手叉腰,侧身盯着门的方向,眼睛里的怒气仿佛都要冲出来了。故事发展到这里,人物之间的冲突主要停留在外在的言语和行为的对撞。

在这之后的母子较量,则全都转移到了心理和精神层面。当然,一切都是站在麦克斯的视角。麦克斯开始在心理——也就是想象中跟他的妈妈较量!

到场景4,麦克斯开始玩起了想象游戏——通过想象,他让自己的房间里"长"出了树。床上的四根床柱、两边的门框,全都变成了一棵又一棵高大挺直的树。此时,画面中的小男孩瘪着嘴巴、双眼耷拉,左脚微微上抬,双手背在身后。麦克斯身上的每一个部分,都在做着"我很委屈"的控诉和告白。

场景5中,麦克斯想象中的世界进一步发生变化,房间长成了一片森林。原先放置着绿色植物的地方,"长"出了茂盛的灌木,桌子和绿色的小盆景消失了。床和枕头还在,但只有一个依稀可见的轮廓和影子。窗户由原先的绿色变成了跟墙纸一样的灰蓝色，月亮仍然高高地挂在窗外。此时的男孩麦克斯呢？他把双手从后背放回了前面，用一只手捂嘴偷笑，把左脚抬得更高，感觉他已经想到了一个好点子，马上就要去某一个地方了。

场景6中，除了天上那轮弯月，麦克斯的房间在我们的视觉空间里完全消失了。画面上只有高大的树木、落花、草地……这是一个完完全全的野外世界。麦克斯还是待在他刚进门时站的位置，但他的身体相比前面几个场景而言，已经背离了门的方向，双手和双脚扑向原先房间里的床的位置：麦克斯即将进入梦乡，开启他在野兽王国的冒险之旅！

场景1到6，文图的比例一直在不断发生改变。一开始是一小幅图，随着场景的转移，图画所占据的空间逐渐有规律地变大；到第6个场景，图画已经占满了半个页面，文图之间的比例首次平分秋色，实现了平衡。如果说文字所代表的是成人以及现实世界的话，那么图画部分展现的就是麦克斯的幻想世界。在《野兽国》中，事实上也如此。我们虽然看不到麦克斯的妈妈，却能在图画之外的空间"听"到她无处不在的权威的声音。场景6中，文图的比例第一次实现了平衡，意味着儿童与成人权力的第一次平等。但需要注意的是，这种平衡，出现在孩子即将进入梦境世界之时。也就是说，儿童与成人之间根本不可能实现权力的平衡，对抗会一直存在。但孩子知道如何给自己戴上面具，选择一种非正面、直接的对抗方式——即依赖于他们狂野无边的幻想，在心理上去实施与家长或成年人的权威的抗争。

现实的残酷性就在于此，孩子们只有在一个自己虚构的幻想世界里，才能打败掌握这个世界话语权的成年人。

（二）野兽王国的梦境冒险之旅

从场景7开始，文图的比例再次发生变化，图画开始逐渐侵吞文字空间，到场景8时，图画所侵吞的空间越来越大。从场景9到场景11，文字空间依然存在，但被挤压到了页面的下方。图画则以大跨页的形式占据着版面，其比例逐渐由四分之三跨页延伸到五分之四、六分之五跨页。场景12到14，由三个完整的大跨页组成，文字空间彻底从页面消失！

因为这是属于麦克斯的野兽王国，它与成人的权力无关。

场景7中，海浪为麦克斯送来了一艘粉红色的写着他名字的"MAX"号小船。黄色的风帆被海风吹得鼓鼓的，旗帜高高飘扬，同时，一棵高大的树正肆无忌惮地侵占左页的文字空间。天空灰白，依稀可以看到麦克斯家的灰蓝色墙纸的影子。小主人公麦克斯右手叉腰、左手则扶着船舷，小船在蓝色的波浪中奋勇向前。这位意气风发的舵手，即将正式造访他梦境中的野兽王国了！

"过了一周又一周，过了几乎一整年，终于到达了野兽国。"

场景8描绘了麦克斯即将到达野兽王国时的画面：鼻孔喷着粗气的野兽，正站在麦克斯身后的海里，而麦克斯似乎受到了威胁，双手做出准备战斗的态势。这种姿态仍然出现在场景9中，气鼓鼓的麦克斯在野兽王国遭遇到了一群向他咆哮、怒吼的野兽。与在之前的场景中的被动不同，从海里到了陆地之后的麦克斯主动应战野兽们：他双眼瞪着野兽们黄色的眼睛，眼睛一眨也不眨[①]，然后还对它们说："不许动！"

"不许动"这三个字仿佛有魔力，麦克斯居然驯服了野兽们。在场景10中，野兽们吓坏了，说麦克斯才是最最厉害的野兽。

试想一下，大人们是不是常常对胡闹的孩子们说"不许动""不要动"呢？孩子们在游戏中，是不是也经常发出这样的命令呢？是的，"不许动"意味着权力，因为它是命令。小小的麦克斯在高大威猛的野兽们面前如法炮制，扮演了成年人并实施了成年人理所当然的权威。在场景11中，野兽们还封麦克斯做了野兽王国的最高统帅。王冠在麦克斯小小的头上戴着、权杖在麦克斯小小的手上举着，平时颐指气使的大人们在这一刻全都成了被麦克斯统治的野兽，他们在他面前弯腰屈身，臣服于他，然后和他一起开闹！

场景12到14的三个大跨页图，描绘的就是麦克斯和野兽们狂欢胡闹的画面，主人公终于酣畅淋漓地宣泄了他的坏情绪。麦克斯所有的愤怒与委屈，在这三个跨页里的怪兽身上——释放——他手舞足蹈、大吼大叫、挂在高处摇来晃去，骑在一个长着人类的脚的怪兽身上游行。这三个跨页场景中的麦

---

[①] 根据伦纳德·S. 马库斯先生在《图画书为什么重要——二十一位世界顶级插画家访谈集》中所记载，莫里斯·桑达克在接受他的采访时曾提及，"眼睛一眨不眨"是他小时候经常跟家里人玩的游戏。桑达克的父亲告诉他们几个孩子，说只要坚持眼睛一眨不眨地盯着窗外看，就会看到天使飞过。他自己说他童年时真的看到了天使。在他的许多图画书里，"桑达克式的孩子"似乎都是不眨眼的，这基本成了一个定律。当然，正如作者说他的图画书都是在写自己和自己的恐惧，是在进行自我的疗愈，所以很多场景都是他本人童年或日常生活的艺术化再现。比如野兽王国里生活着五个野兽，而桑达克从小也正好生活在一个五口之家里。

克斯是自己的王，他随心所欲地做着一切想做的事情，胡闹到没边，却不会有大人来呵斥与管束他。画面中有一个细节值得注意，即人脚野兽。它的出现，它一起参与胡闹时的表情都是意味深长的。尤其是麦克斯骑在它身上游行时，人脚野兽黄色的大眼睛仿佛要喷出火来，双手叉腰。显然，这是一个处于生气和愤怒状态下的野兽！

正如所有的冒险故事终将结束，野兽王国的国王麦克斯终究也会对随心所欲的胡闹产生厌倦。这就是孩子。或者说，所有人都如此。我们总是到了某一个极致之后，会忽然想回到从前的某一个时候。

就像作者本人所说的那样，麦克斯就像所有的孩子一样，尽兴之后的他也很快就泄气了。他饿了，他累了，然后他想回家了。

### （三）告别野兽王国，回家！

他不让野兽们吃饭，要他们去睡觉。在场景15中，麦克斯再次完美复制了妈妈对自己的态度。从场景15一直到场景18，是麦克斯从梦境中的野兽王国回到现实世界的过程。这也体现了麦克斯睡前愤怒到极致的情绪的逐渐回落，以及最后的归于平静。

这一阶段，作者同样利用文图的比例，让冲突的紧张感慢慢回落，直到回归到平凡普通的日常生活。其中，场景15采用四分之三大跨页，文字被放置于图画下方。野兽们在麦克斯的命令下，坐着打盹；戴着王冠坐在帐篷里小凳子上的麦克斯，左手托腮，一脸惆怅。没错，麦克斯想家了，他决定要放弃野兽王国的国王之位。故事发展到场景16，文图版式就变成了三分之二跨页，图画的空间进一步缩小。此时，麦克斯不顾野兽们的挽留和威胁，扬起风帆，重新驾驶着"MAX"号起航了。只不过，这一次，他朝着家的方向前进。画面一如麦克斯刚到野兽王国的场景，只不过这回，野兽们试图把他留下，张牙舞爪地扑向他，似乎下一秒就要把他扑倒！然而，情绪已经平复的麦克斯，压根儿就不在乎野兽们的愤怒，兀自心情愉快地跟他们告了别。

到场景17，文图的比例重新恢复成了左文右图的版式，图画依然占据更大的空间。圆圆的月亮挂在蓝色的夜空中，群星闪烁。麦克斯双手扶着船舷，双眼紧闭，仿佛正在熟睡。叶子尖尖的树，出现在了画面中，麦克斯快要到家了。他即将从梦中醒来。一旦主人公从梦境中的野兽王国回到现实生活中来，生气的妈妈和愤怒的孩子就将重新达成和解。桑达克在场景18中，巧妙地利用文图对开页的版式，完美地实现了这一内涵的表达。麦克斯回到了自己的房间，野狼的帽子被拉下，画面中出现的是一个心情愉快的男孩。与此同时，画面中还有什么别的细节也一并发生了变化呢？窗外，弯月已经变成了圆圆的月亮；一开始只摆放着绿色植物的桌面上，多了几个盛放食物的餐具。

此前，生气的妈妈呵斥他是野兽，而且不准他吃晚饭就让他去睡觉。此时，餐具好好地被摆放在桌面上。翻到最后一个场景图，"还是热的"几个字赫然出现在几乎空白的页面上。热热的晚饭，正等着麦克斯呢！

至此，主人公在野兽王国的冒险旅程正式结束。

乍一看，最后的这个安排让人有点意外，但成人终究还是一下就明白了其中的真相。作者仿佛在说，情绪糟糕的时候，去睡一觉吧；睡醒后，再吃上一顿热热的饭菜，坏情绪也就慢慢跑掉啦！

这点同样是适用于大人的。

日常生活和工作的烦琐，让很多大人的内心堆积了许多的负能量、坏情绪。凶孩子、说不让孩子吃饭的大人们，往往也是因为没有控制好自己的情绪。但他们是爱孩子的。一旦情绪平复，对孩子说过的那些凶狠的话，也会让他们后悔和懊恼不已。对孩子来说，他们身处于一个由成人制定规则的世界，无论他们怎样胡闹和不知天高地厚，大人们都是掌握着实际话语权的一方。所以，如果他们与成人在现实生活中产生冲突，他们不仅无处可逃，而且毫无胜算。只有在一个儿童自己想象或幻想出来的地方，他们才能暂时释放和纾解自己的情绪。

也正因为如此，想象和幻想之于儿童，才尤其珍贵。

如果按照佩里·诺德曼说的"在家—离家—回家"这一基本的儿童文学图式来解读《野兽国》，同样是恰当的。

场景1到6，是引发主人公从现实逐渐走向梦境中的野兽王国的开始，也是整个《野兽国》故事的开始。现实世界中，儿童想要随心所欲尽情胡闹的天性被成人的规范和理智所挤压，所以麦克斯一开始在家里的胡闹场景便被框定在一个小小的框架内，而以文字空间为代表的成人权力则笼罩和吞噬着儿童的乐园。这即是儿童在家的困境。框架越小，标志着儿童所遭受到的束缚和压抑越多。

因为在现实的家庭生活里感受到了强烈的压抑，麦克斯需要借助一个虚构出来的世界，让内心的那些小情绪如小怪兽一般去尽情捣乱、使坏。作者把框定童年的那个边界不断外延，把成人挤出那个边界，但又让他们以野兽的形态在麦克斯的野兽王国占据一席之地，让孩子释放玩闹的天性，这又何尝不是在补偿成年人日常生活中被束缚、压抑的那些坏情绪呢？！

场景7到14既是主人公真正的冒险之旅，也是儿童内心世界的图景再现，故事在此时逐渐走向高潮。而边框越来越大，似乎也在暗示麦克斯内心的束缚越来越少，直至彻底释放自己的天性，在野兽王国尽情地闹腾。

然而，外面的世界再精彩、刺激，终究抵不过一个有爸爸妈妈的地方。麦克斯仿佛闻到熟悉的饭香，他想家了。场景15到18，是主人公冒险的结束——他从梦境回到了现实世界。此时，代表儿童内心胡闹的那个小怪兽的边框逐渐收缩。

儿童文学喜欢这样的图式，绝大多数冒险类儿童图画书也如此。

但正如无数儿童文学研究者所探讨的那样，离家之后的再次回家，主人公在心境或很多方面都必然与离家之前迥然有别。麦克斯也是如此。离家之前气鼓鼓的"野兽"麦克斯不见了。再次回家的他，把野狼道具服的帽子脱掉，展现给读者一个笑眯眯的可爱的男孩麦克斯形象。男孩的心情平复，意味着一个阶段的成长的完成。一个新的冒险或许也会在某一天重新开始，继而再不断地重复、累积。但是，所有的孩子包括大人的成长，不都是这样循环往复的吗？

## 三、讲读建议

《野兽国》是莫里斯·桑达克最著名的作品，文图的版式设计非常独特。尤其是文字和图画之间的比例安排和设计，如他自己所说，完全按照舞台的戏剧冲突来展开。这是桑达克自己摸索出来的一套图画书的创作技法——"通过图画戏剧性地展现正在发生的事情。当麦克斯被自己的狂怒吞噬，图画在页面中充盈。当他的愤怒转向一种置身狂野丛林的愉悦，文字就被完全地推出了页面。接下来，他就像普通孩子那样泄气了，他饿了，他累了，然后他想要回家了。"[1] 读者可以试着体会和理解这种文图的版式设计。

《野兽国》非常适合亲子共读，有助于成人和孩子正视自己的情绪和情绪

---

[1] [美]伦纳德·S.马库斯.图画书为什么重要——二十一位世界顶级插画家访谈集[M].阿甲,等译.南京:江苏凤凰美术出版社,2017:178.

管理的问题。成年人在讲读《野兽国》之前，建议先充分了解作家的生活和具体的人生经历。比如他的家庭背景，童年时多次与死神擦肩而过的经历以及目睹小伙伴被撞身亡后留下的精神创伤，以及他对凡·高的喜爱……当然，这些背景的知识没有必要跟孩子一一说明，但作为讲读者是需要知道的。因为这将有助于我们自己更好地理解桑达克的作品，从而更加真诚、充分地把我们的那一份理解传递给孩子。

在讲读《野兽国》具体的过程中：首先需要注意和把握图画中的细节。图画书中的任何细节都不要遗漏，因为阅读图画书的很多乐趣，往往就在于那些不被人注意的细节里。其次在图文阅读中，注意划分故事的叙事节奏。无论图画还是文字，都有着自己的结构和节奏，这一点在《野兽国》中表现得非常分明和典型。把故事结构和叙事节奏理清楚，将有助于讲读者把文本解读得更加透彻。第三，在和孩子们一起充分阅读《野兽国》的基础之上，邀请他们一起玩一个类似野兽国大冒险的装扮游戏。"野兽王国"里的众多野兽和麦克斯玩的游戏，实际上就是一个人类童年时期常玩的装扮游戏。大家把各种面具戴在头上，假装自己是大野狼、喷气怪兽、牛角怪……和孩子一起体验装扮游戏带来的好玩和有趣，既能加深对作品的理解，又拉近了亲子关系。

桑达克的儿童图画书很多，但情绪始终是他关注的焦点。坏情绪和偶尔的坏心眼，总是会在他的图画书里变成一个又一个小野兽和小妖怪。如果说《野兽国》集中表现了"小野兽"们的故事的话，那么《在那遥远的地方》则把人性中的阴影和阴暗面投射到了那一个个偷小孩的小妖怪身上。借用精神分析学派的观点，主人公艾达吹起号角从妖怪手里夺回妹妹的这一旅程，实际隐喻的就是艾达战胜自己内心对妹妹的嫉妒和不耐烦等负面情绪的艰难过程。在多子女家庭环境中，民间故事中的"两兄弟"和"三姐妹"类型故事，似乎重新具有了探讨的意义。恰当的时候，不妨在某一年龄群中的孩子中，组织一个系统学习和探讨桑达克图画书的活动。

总之，让孩子们正确认识和接受自己的各种情绪，并学会纾解那些坏情绪、小脾气，偶尔还要帮助孩子们出一出心里的那一口"恶"气，是讲读者在讲读的过程中需要抓住的重点。

## 四、阅读活动

1. 从细节中发现乐趣。

细节是图画书阅读的关键。回忆一下，在《野兽国》的阅读过程中，是否漏掉了一些重要的细节？比如场景 1 中绳结的花形，场景 2 中墙上挂的那一幅麦克斯画的野兽画和多次出现的月亮……组织孩子们一起讨论一下，它们在故事中到底有什么作用？从对细节的探讨中，去获得更多阅读的乐趣。

2. 玩一玩角色扮演。

游戏和扮演，是童年期孩子们非常喜爱的娱乐活动，也是他们自我建构和介入这个世界的重要方式。在《野兽国》的阅读活动中，尝试和孩子们一起玩一玩装扮游戏，去深入地感受和体会故事中的麦克斯和野兽们的处境，并借此排解情绪。

3. 找一找爸爸和妈妈。

此外，和小朋友们一起找一找变成野兽的麦克斯的妈妈和爸爸。比如，那个人脚牛形野兽是麦克斯的爸爸吗？麦克斯在即将到达野兽王国时，遇到的第一个野兽——即那个在海里朝他喷气的野兽，是他的妈妈吗？为什么？尝试大胆猜测和想象一下，看看有没有合理的理由来支撑自己的答案。

## 五、拓展阅读

1. 《兔子先生和美好的礼物》
2. 《格里格里砰!》
3. 《跳月的精灵》
4. 《一座特别的房子》

## 第四节　安东尼·布朗与《朱家故事》

在世界儿童图画书的发展史上，英国的安东尼·布朗绝对算是一个出类拔萃的作家和画家，是一个通过图画书在想象王国和现实世界穿梭的巨人。他用一种超乎现实的想象，结合自己的画笔和艺术修养，打造了一部又一部精美的图画书故事。在夸张、怪诞和离奇的手法中，安东尼·布朗真实地再现了与儿童、儿童生活、儿童心理、儿童情感和儿童精神世界相关的社会人生。

### 一、安东尼·布朗：在想象王国和现实世界穿梭的巨人

1946年，安东尼·布朗出生在英国谢菲尔德，之后在约克郡的一个乡村小酒馆度过了他的少年时代。从小，安东尼·布朗就跟着父亲学画画，表现出对艺术的浓厚兴趣。中学毕业后，安东尼·布朗进入利兹艺术学院学习绘画，后来成为一名绘制医学知识的插画师。涉世未深时，他还曾在广告界待过一段时间，设计过许多明信片。但在步入儿童图画书的创作领域后，安东尼·布朗就成了一名专门为儿童创作图画故事书的人。

丰富的生活经历和对社会人生的深刻洞察，造就了安东尼·布朗开朗活泼的个性以及画笔中的幽默和冷峻，并一举将儿童图画书这一艺术形式带向了一个全新的表达空间。

安东尼·布朗的图画书，不但画风严谨、写实，而且故事真实、深刻又非常具有生活感，一个故事中往往蕴含着多重的主题思想和人文关怀。在他幽默、饱满的绘画风格背后，不但涉及诸如阶层、种族、性别、动物生态主义等严肃问题，也有对现代亲子关系和家庭伦理的揭露与批判。他擅长发挥自己天才的想象力和在艺术上的创造才能，通过描写儿童的生活和内在的心理情绪，探索和表现这个世界的复杂性和多面性。正因如此，我们得以在他的图画书的世界里窥探到深广的社会现实图景和繁复多彩的人生百态。

1976年，安东尼·布朗创作了自己的第一本儿童图画书《穿过魔镜》，该

作品基本奠定了他的儿童图画书的风格和在行业内的地位。他采用超现实的笔触，在夸张和超常规的表达中，呈现了一个怪诞、离奇却又真实的儿童世界。此后出版的《公园里的声音》《大猩猩》《小凯的家不一样了》《隧道》《魔术师威利》《威利和朋友》《朱家故事》《动物园》《乔的第一次派对》《你的心情好吗？》《我爸爸》《我妈妈》《我哥哥》……这些作品或荒诞、夸张、神奇又充满魔法的元素，或平凡普通又如日常生活的场景再现，但所有的关注都围绕着孩童的心理和行为展开，呈现的是一个个丰富多样的儿童世界。

他的每一部图画书都可以有多种解读，不能单纯地以某一个主题来概括。比如爱幻想的"胆小鬼威利"系列，我们既能在小猩猩威利的身上看到一个孩子在成长中面临的内在、外在两种环境的挑战，还能读到安东尼·布朗对弱势群体的温柔关怀。在《公园里的声音》中，作者借四个叙述的声音和视角，完整地再现了发生在公园某一时段的故事，既直观地再现了儿童与成人看待世界的不同方式，又深刻地揭露了阶层、种族的不平等这类严肃的社会问题。就这个角度来说，《公园里的声音》最大的创造便在于叙述视角的多重转换，这点在儿童书籍尤其在图画书里，是非常罕见的。

《动物园》一篇，给安东尼·布朗带来了巨大的声誉。作者借一个四口之家的动物园之旅，将一个发生在动物园里的小事件最终指向人与动物关系的生态学意义思考。在"看"与"被看"的视角之下，借用图画这一视觉媒介表达了动物的立场，从而引发读者去思考——到底是谁在看谁，又是谁被关在笼子里？《动物园》虽然不像《我爸爸》《我妈妈》系列在中国读者中那么有名，然而这的确是一部非常优秀的图画书。它告诉我们，要让人与动物能更加和谐地相处，或许应该摒弃的是高高在上的人类思维。

《小凯的家不一样了》《穿越魔镜》《隧道》虽然表面夸张到不可思议，但表达的仍然是与孩子们的日常生活和心理情绪相关的内容。在作者的文字和图画下，那些荒诞、变形的想象所描绘的不过是这些孩子复杂的内心世界：或因对小宝宝的到来感到不安、焦虑，或因父母的无视而百无聊赖、情绪压抑，又或是同胞兄妹因个性差异产生龃龉等。在所有的想象和幻想背后，这些作品映现的主要是孩子们的情绪问题和精神关照。

实际上，在安东尼·布朗的每一本图画书里，无论故事形态与主题思想如何、想象与幻想多么天马行空，但焦点几乎都集中在孩子以及与孩子有关的家庭和日常社会生活。如《我爸爸》《我妈妈》《我哥哥》《隧道》《朱家故事》《大猩猩》等作品，莫不如是。或许可以这样说，安东尼·布朗的图画书以孩子为中心，但关注的不只是孩子，而是这个世界的万事万物。

因为在儿童图画书上的突出成就和贡献，安东尼·布朗曾多次获得国际、国内大奖，包括两次凯特·格林纳威奖，三次库特·马斯勒奖，德国绘本奖，荷兰银铅笔奖等。2000年，凭借在图画书上的艺术成就，安东尼·布朗获得了世界儿童文学的最高奖项——安徒生奖。2009年，他还当选为第六届英国儿童文学桂冠作家。

2019年6月至9月，安东尼·布朗的图画书中的一些手迹还来到中国，国家典籍博物馆集中展览了其图画书中的162幅绘画原作。无所不能的"我爸爸""我妈妈"、爱幻想的"胆小鬼威利"，以及"大猩猩"等备受中国读者喜爱的主人公形象，第一次以画展的形式出现在大众的视野中，其丰富的内在层次和高超的审美艺术，让许多图画书爱好者享用了一场极致的视觉艺术与文化盛宴。

## 二、《朱家故事》：每个家庭的隐喻故事

《朱家故事》（1986）在安东尼·布朗的诸多儿童图画书中，以一种无法想象的平凡、普通，打动了世界各地的读者。整个故事的语言十分简单、干净，画面有趣而可爱，文本呈现的是我们非常熟悉的家庭生活，但又处处带着隐喻的色彩。这部作品带有安东尼·布朗一贯的超现实主义风格，魔幻而现实。无论是大人还是孩子，无论是男人还是女人，仿佛都能在这本充满生活色彩的图画书里，找到一种情感的共鸣或引人深思——它让人联想到自己在家庭中的角色、地位，并进一步思考自己需要去面对的处境。

故事本身并不复杂，讲的是朱先生、朱太太和他们的两个儿子平凡普通的日常生活。每天，他们该上班的上班，该上学的上学，该做家务的做家务，周而复始。某天，意外毫无征兆地降临朱家——朱太太留下一张"你们是猪"的纸条，离家出走了！那张纸条仿佛有魔法，没有了朱太太，朱家父子竟然真的变成了"猪"，他们漂亮的房子也几乎成了一个脏兮兮的"猪圈"。

（一）你们是猪：懒惰的视觉化意象隐喻

从头到尾，《朱家故事》都在叙说一个"懒惰即猪"的隐喻。这种隐喻和

象征，主要通过朱家父子的形象转变以及家庭内部物象的视觉变化来展示。

当朱家父子接触到壁炉上那张朱太太写的纸条的瞬间，他们的身体就发生了神奇的变形：手变成了猪蹄，脑袋在接下来的页面中也变成了猪头。"你们是猪"，这句话仿佛女巫的咒语般产生了魔法效应。

然而仔细想想，所谓的魔法和变形，不就是因为他们懒惰成性么？从内文的场景 2 到场景 15 所描绘的朱家日常生活，可窥一斑：每天早上，朱家父子只需要张大嘴巴大喊："亲爱的/妈，早餐呢？快点儿！"等他们出门后，朱太太再洗碗碟、整理床铺、清洁地毯……然后再去上班；每天傍晚，朱家父子三人回到家，同样也只需要张大嘴巴大喊："老太婆/妈，晚餐呢？快点儿！"吃完晚餐，朱太太洗碗、洗衣服、熨衣服……当朱太太忙着这些烦琐的家务时，朱家父子或看报或懒散地倚靠在沙发看电视。他们的日子过得就像家里的宠物猫和狗一样——不需要参与家务与生活琐事，他们在这个家里唯一需要做的就是张嘴吃饭！

日复一日，朱家父子与朱太太都过着这样的生活。一方无所事事，另一方累死累活。但这样的生活能一直继续下去吗？

显然不能！长时间的身心俱疲，朱太太终于爆发，她撇下朱家父子，离家出走了。朱家父子衣来伸手、饭来张口的生活，被按下了暂停键。但他们除了吃饭，什么都不会做——不会做饭、洗衣服，也不会收拾房子和照顾宠物，朱家父子接下来的生活变得像猪一般糟糕，也就不足为奇了。场景 18 到场景 24，主要描绘的就是朱家父子三人在变成猪头之后的狼狈生活。

但故事发展到场景 25 时，朱家父子又开始慢慢恢复人形了。因为，离家多日的朱太太回来了！

朱家父子由人变成猪，再由猪变回人，并非是因为童话里的某个恶毒女巫施展了什么神奇魔法。无论是他们变形成为猪或是由猪变回人形，不过都是一个对"懒惰"这种行为和品质的视觉化隐喻。

除了朱家父子的形象，"猪"这一符号在《朱家故事》中的出镜率极高。比如朱先生一直佩戴在外套上的"猪猪"胸章，男孩们校服上的"猪猪"装饰，桌子上的"猪猪"存钱罐等，一系列与猪这一符号相关的元素在朱家频繁出现。尤其是朱太太离家后，围绕朱家父子混乱的日常生活，更是出现了一大批莫名其妙的"猪形"意象：墙纸上的玫瑰花变成了粉红猪猪头，门把手、花瓶、调料瓶、座机电话、宠物狗也变成了可爱的小猪模样，相框里的人变得"猪模猪样",甚至连窗外的月亮里都有一个猪头……在这些古怪的猪猪形象下,对应出现的是一片狼藉的地板、桌面,没有人收拾清洗的杯碟碗盘、锅子,到处都是污迹的墙纸、沙发,以及朱家父子身上穿着的脏衣服……

"意象是生理行为的催化剂,同时也代表行为的意义。"[①] 童话心理学和精神分析学派的学者们如是说。"你们是猪"的"咒语",以及在朱家随处可见的"猪猪"意象,当然是在批判朱家父子的懒惰行为。

但更深层的意蕴在于,在男人们理所当然地忽视家务琐事的背后,安东尼·布朗将批判的矛头指向了父权文化背景下的性别不平等,谴责了男性们在无意识中对女性习以为常的无情压榨和剥夺。

### (二) 文字和图画细节里的性别不平等

作者通过文字的双关、谐音和散布在图画中的各类细节,表现了"猪"这一意象的隐喻意义和背后的性别不平等。朱先生和他的两个儿子遭逢变故,变形成"猪"的诅咒和"厄运",皆源于他们对女性人物和女性元素的无视。也可以说,是他们高高在上的男性思维和男权思想,让他们经历了"猪圈"生活。

在故事一开始的布局即朱家人物出场时,安东尼·布朗就用文字和图画铺垫了性别不平等。首先,作者用文字直接表明了朱家父子对朱太太的物化:"朱先生有两个儿子,西蒙和帕克。他们住在一栋很好的房子里,有很好的花园。有一辆很好的车子在很好的车库里。房子里还有他的妻子。"朱太太在家庭中的地位,犹如房子、花园、车子和车库,同属于朱家的财产。其次,在该页面的视觉图像表达中,朱家父子三人及其背后的房子、车子牢牢占据着画面的中心位置,朱太太连一根头发丝都没有出现。在朱家父子眼中,朱太太连朱家的房子、车子都不如。第三,到朱太太离家出走前,画面中的朱家父子不是在张着嘴巴下达指示,就是坐在餐桌前大快朵颐,要么就是懒散地斜靠在沙发上看电视、报纸打发时间。与之形成鲜明对比的是,朱太太一人忙进忙出、忙里忙外,不是在做饭就是在清洗、打扫或熨烫衣物……

---

① [瑞士]玛丽-路蕙丝·冯·法兰兹.解读童话:遇见心灵深处的智慧与秘密[M].徐碧贞,译.北京:北京联合出版社,2019:175.

最有意思的，是男性与女性人物的神情对比：画面中，离家出走前的朱太太几乎从未正面示人，因为她永远都在忙——在厨房忙碌的时候，她给我们留下的是一个背影；当她整理床铺的时候，读者看到的是她弯腰的侧影；她或是在低头使用吸尘器打扫房间、清洗碗碟，又或是蹲在地上洗衣服……因为朱太太永远都有做不完的事情，所以我们无法看到她朝向读者的正面形象和她脸上的表情。从这个人物的躯体动作、姿态与神情，读者很容易就捕捉到了朱太太的疲倦、身上背负着的不快情绪以及从里到外散发出来的压抑感。与此同时，画家对朱先生和两个儿子的造型，则完全相反。这三位男性，不但全部以正面形象示人，且神情轻松愉快、无忧无虑。从躯体动作到面部表情，读者可以非常清晰地感受到他们身上所散发出来的松弛感。但在朱太太离家出走后的场景里，朱家父子脸上的幸福与轻松神情消失殆尽。这种差异，正好说明男性在家庭中的清闲和无所作为，其实就是建立在对女性的无情压榨基础之上。

千百年来，身处父权文化背景下的各国女性，都遭受到了来自男性的无视甚至歧视。即便是在女性地位得到大幅度提升的当下，社会对女性的歧视和不公也仍未消失。正如安东尼·布朗在《朱家故事》中展示的，朱太太并非全职家庭主妇，她与朱家父子三人一样参与社会/学校事务，需要外出工作/学习。但回到家里，朱先生和两个儿子无所作为，他们衣来伸手、饭来张口，坐享其成；朱太太则需要在完成自己社会工作的同时，还要负责一家四口的饮食起居和家务琐事。她额外承担了这个家庭的保姆和清洁工等工作。这种不平等的背后，涂抹的当然是浓重的男权色彩。

朱太太的离家出走，无疑是女性反抗男权的一种姿态。这一点，在朱太太离家出走后归来，朱家终于迎来幸福和圆满的生活，颇能说明。因为朱家父子重新整合了女性元素，接受了那些原本被他们视为女性专属的洗衣、做饭、打扫卫生等活动，从而补偿并中和了在故事一开始时出现的极端男权情境。可见，《朱家故事》并非女权主义宣言书，而是在呼唤一个男女平等、协作的家庭氛围，致力于建构一种性别与生活平衡的社会环境。

（三）离奇想象下的家庭生活故事

撇开性别不平等这一严肃话题，而是把《朱家故事》作为一个普通的亲子家庭故事来解读，或许对于年幼的读者更有价值和意义。

《朱家故事》在夸张到离奇的想象中，再现的本就是一个发生在身边或我们自己家庭的生活故事。如果回想自己的家庭生活，有多少爸爸在家务中是缺席的？又有多少孩子从来没有参与过做饭、洗衣、擦地等家庭琐事？每个人心中一定都有属于自己的答案。

对于孩子来说，一个完整的家庭不仅需要爸爸、妈妈或兄弟姐妹，更需要家庭成员之间的和谐、平等和互帮互助。和谐、平衡的家庭氛围是孩子健康成长的要素，参与家庭事务也是孩子理应承担的家庭责任。家庭成员都参与家庭琐事，各司其职，不仅能更好地培养亲子感情，也能为孩子的成长做好必要准备。一旦让家庭中的某一个成员背负所有琐碎的事务和繁杂家务，那么结果也是显而易见的。"你们是猪"的魔法、变成猪的朱家父子的故事，就会再次上演。

《朱家故事》的文字叙述和图画表达非常离奇，但夸张到匪夷所思的情节所对应的，不过是许多家庭的真实写照。给孩子们讲《朱家故事》，仿佛古老的民间故事又一次在家庭的炉火边响起。只不过故事里的主人公，已经由王子、公主、国王和王后变成了每一个平凡的你、我、他。角色发生了改变，但故事的本质依然与人类原初的思维、情绪和冲动有关。

朱太太的离家出走，对朱家父子而言是灾难，也是成长。在没有朱太太的那些日子里，他们变成了"猪"，他们的家沦为了一个脏兮兮的"猪圈"。然而，也正是经历此番"变形"，他们才明白以往在家里所享受到的幸福和快乐，全都是朱太太的付出和牺牲换来的。换句话说，经此一事，他们的心灵才得以有机会历练并改过自新。事实也的确如此。在这之后的朱家父子，不再是家庭生活和家务劳动的指挥官，他们积极参与并乐在其中，洗碗碟、烹饪美食、熨衣服……朱太太也不再只是围着灶台与锅碗瓢盆打转，她还开心地修理起了家里的小汽车。所以，离家归来的朱太太不只是解救了朱家父子，还在某种程度上解放了自己的身心，并开拓了女性的活动空间。这让读故事的人也不由得思考自己在家庭的角色和地位，尤其是打破了人们习以为常的性别刻板印象，告诉人们这个世界并不存在所谓专属于男人/女人干的活。

真正幸福的家庭是什么样的？一定不是只有父母在为孩子付出或只有母亲/妻子在为孩子/丈夫付出，反之亦然。真正幸福的家庭，一定会让孩子觉得自己是幸福的，父母也是幸福的；妻子觉得自己很幸福，丈夫也认为自己很幸福。只有所有家庭成员都觉得自己是幸福的时候，一个家庭才可能是真正幸福的。也即，幸福需要相互给予和相互成全。

站在这个角度来看，朱家故事又恰如一个寓言故事，它让平凡的我们明白了幸福的真义、个体的情绪价值与亲身体验的意义。

### 三、讲读建议

安东尼·布朗的儿童图画书的创作经验十分丰富，作品数量多、质量高，且非常有自己的特色。建议在有条件的情况下，尽可能多地阅读他的作品并了解作者的人生经历，这有助于讲读者更好地理解作家的创作，从而更好地向孩童传达作品思想和内在意蕴。

安东尼·布朗的图画书虽时常采用离奇、怪诞的手法表现各类主题，但切入点和关注的焦点全都集中在孩子们的日常生活里。比如记录在公园里看到的一个小场景，在游览动物园时引发的一个小感想……引发作者创作这些故事的契机都很日常，几乎每一个人都曾经历过。但安东尼·布朗了不起的地方在于，他把这些日常生活中的平凡见闻、随想以一种艺术家式的想象与幻想诉诸文字和画笔，不但感动了成千上万的孩子，也触动了无数的成年人。由小事件串起多重事件，并最终指向宏大的主题，是安东尼·布朗图画书的一贯策略，也是一种标志性的视角。

《朱家故事》是一个家庭故事，故事中的那些场景生动又平凡，非常具有真实性。因为幸福、和谐而美好的家庭环境，无论对孩子还是大人都是非常重要的，然而在现实生活里，不幸福的大人和孩子很多。父母和子女之间存在无法消弭的代沟，夫妻或家庭成员之间也有许多隔膜……大人和孩子都觉得自己越来越不幸福了。但实际上，几乎所有的家庭在一开始的时候，都是快乐又幸福的。是什么让人们觉得自己不幸福的呢？虽然原因很多，但家庭成员之间的相互信任、有效沟通、彼此尊重和换位思考，一定能避免许多不幸感的产生。

所以从故事中总结幸福生活的秘籍，不失为一种好的途径。《朱家故事》因为其日常生活的属性，爸爸、妈妈和孩子的人物设置，变形的魔法元素等，非常适合亲子共读。

教师或家长在讲读过程中，建议从封面开始阅读，然后翻到封底，和孩子们一起猜一猜，朱家到底正在发生一个什么样的故事。至于讲读方法，建议采用对照和对比的手法。

在具体的讲读中，建议先朗读一遍文字内容，让孩子通过听读文字故事后，形成对文本的初步印象；其次，在进行第二次朗读时，让孩子对照文字部分的内容翻看图画，在文、图对照中进一步理解故事；第三，把文字和图画结合起来仔细研读，注意带着孩子一起寻宝——比如找一找故事中的"猪猪"图案，想一想该图案有何内涵；最后，采用对照和对比手法，以朱太太离家出走作为分水岭，引导孩子观察画面中人物的造型、神情等细节前后有哪些具体的不同。

这是《朱家故事》在讲读过程中尤其需要注意的一点。

此外，如果因为阅读形式发生了改变，那么读图的顺序和方向也要相应变化。比如在看完封面再看封底时，就应该是从封底最后一幅小框格图开始读，再逐渐往左移动，使之更加符合故事的时序和内在叙事逻辑。

同时，注意提醒孩子注意图画中的细节，有些细节是安东尼·布朗其他图画书所共有的。比如他经常会出于某种表达需要，让框格里的人物或事物溢出边框。《公园里的声音》中的树，《朱家故事》中儿子的书包、朱家父子跪在朱太太面前时朱太太的头、朱家父子戴着厨师高帽煮饭时朱先生的头……都溢出了边框。在这里，人物溢出边框到底有什么意义呢？去听一听孩子们的想法和感受，或许我们会有意外的发现。又比如图画中的色调变化：在故事的前半部分，朱太太出现时画面十分昏暗，此时的朱太太神情模糊、精神萎靡、情绪压抑且疲态尽显；但在后半部分，从朱太太离家出走归来时开始，画面色调变得越来越明亮；等到了故事最后部分，朱太太不仅穿上了亮丽的红色衣服，脸上还第一次出现了清晰而轻松的神情，且面部轮廓清晰分明，这也是她在书中第一次正式面向读者；到最后一个场景时，即便是一个远镜头的视角，读者也能清楚地看到朱太太回眸一笑时的灿烂神态。这种前后对比，对朱太太、朱家父子而言，又分别意味着什么？

如果懒惰成性，妈妈一句"你们是猪"的话就能让懒惰的爸爸和孩子变成真正的猪头，这未免夸张了一些。然而，安东尼·布朗借这种类似魔法或咒语的变形手段，成功地把他的家庭观念和对父权的批判投射到了这个故事里。在夸张的变形和离奇的幻想表象之下，让年幼的孩子理解了什么才是合理的家庭氛围和家庭环境。让孩子明白这一点，也是讲读这本图画书的重点。

还有一点就是，不要专门告诉孩子诸如"如果不干活、不劳动，就会像书中的朱家父子一样，可能会变成猪"之类的话。因为，让孩子自己在故事中领会，永远比大人直接告诉他们更加有效。毕竟，给孩子看的书，关注的是孩子的精神和人格成长，而这种意义是需要他们自己从中体验、领悟出来的，成人只需要当好带路者的角色即可。如果只想着直接点明故事的道理，反而只会让孩子对书本的阅读及其传递的情感和价值观产生排斥和抵触的心理，也不利于激发出孩子更多的阅读发现。况且，《朱家故事》本身就是每个家庭的隐喻故事。无论是孩子还是家长，对于发生的故事都会有自己真实的感受和体会，我们应该相信孩子自己的判断和认识，不要急着一味对孩子说教。

最好能有一个安东尼·布朗的讲读专题，或许可以尝试在某一个时段、某一个班级，集中讲读安东尼·布朗的经典图画书。

## 四、阅读活动

1. 玩一玩角色扮演的游戏吧！

和孩子一起玩一玩《朱家故事》中的角色扮演游戏，最好是让孩子把故事里的每个家庭角色都演一遍。

扮演前后，可以试着询问一下孩子对朱太太、两个儿子和朱先生的认识和评价。如果在扮演前，孩子对人物的认识模糊、含混，那么提醒孩子们在扮演时注意领会朱太太和朱家父子前后的神情和心理状态的变化。

2. 讨论一下，说一说自己的想法。

可以尝试和孩子们讨论一下：为什么朱家父子会因为朱太太的一张"你们是猪"的纸条，就变成了真正的"猪头"呢？是这句话有魔法，还是朱太太是一个女巫？或者又是其他什么因素导致的？

引导孩子们说一说他们的想法。

3. 找一找，故事里藏着哪些小秘密。

如果读过安东尼·布朗别的图画书，可以和孩子们一起找一找《朱家故事》中出现的某一些画面细节，在他的其他图画书里有吗？比如碎花纹路的背景墙纸、鲜花图样的大沙发、大猩猩……

在对照阅读中，激发幼童的好奇心，并让他们能领略到探索和发现的乐趣。

### 五、拓展阅读

1. 《小凯的家不一样了》
2. 《隧道》
3. 《我爸爸》
4. 《我妈妈》
5. 《我哥哥》

## 第五节　雅诺什与《噢，美丽的巴拿马》

### 一、雅诺什：一个自写自画的幼儿文学大师

　　儿童文学作家安武林曾说："德国作家雅诺什是不能被忽略的，忽略雅诺什，世界经典的幼儿文学就会成为空白。无论我们怎样发掘和寻找，都找不到可以与雅诺什相媲美的幼儿文学作家。"[1]事实上也是如此。雅诺什那些脍炙人口的幼儿经典佳作，吸引了无论是幼儿还是大人关注的目光。《噢，美丽的巴拿马》[2]《妈妈你说，孩子从哪儿来》《老虎学数数》《雨汽车》《小猪，你好》《我说，你是一头熊》《小老虎，你的信》等等，又有几个孩子不喜欢呢？这些故事的主人公说的话、做的事让幼儿身临其境，故事温馨、有趣，画面十分精美。

　　1931年，雅诺什出生在波兰边境的一个小村庄，童年与爷爷奶奶一起生活。雅诺什的幼儿图画书非常符合幼儿的心理接受特点和文学阅读要求，游戏性强。他的作品，密切关注与孩童日常生活相关的各个方面，但又极具诗

---

[1] 安武林.雅诺什的启示[N].中华读书报,2002-05-27.
[2] 《噢，美丽的巴拿马》与《小老虎和小熊的发明》《老虎，我会把你治好的》《小老虎交了新朋友》《小老虎的生日聚会》《走，我们去寻宝》《小老虎和小熊找幸福》七本书为一个系列，讲的都是小老虎和小熊之间温馨、有趣的友情故事，图画十分优美。

情画意，带有淡淡的牧歌色彩。他用平静而温情的笔触，展现了孩子生命成长中最重要的情感形式之一——友情。当然，他也写家庭和家庭生活，关爱生命和幼儿的成长。在他的笔下，幼儿图画故事如小童话一般唯美、空灵、温馨又不乏幽默和天真。他与李欧·李奥尼、威廉·史塔克等图画书大家一样，不仅自己写故事，还自己为故事配插画。但与后两者不同的是，雅诺什始终把自己的图画书定位在幼儿这个群体，创作的是真正的幼儿图画书。

雅诺什从来不会刻意追求图画书的场景设计技巧，而是专注于在故事和图画中传达出更加丰富的内容。在篇幅上，雅诺什的幼儿图画书并非一般意义上的"32页"，几乎都超过了40页；很多时候，文字甚至充当起了更加重要的叙事作用，有评论家因此而认为他将文字和图画的匹配度完成得恰到好处。

其"老虎与小熊"系列，借小老虎和小熊这两个动物之间的故事，给我们展示了日常生活中孩童的方方面面。《老虎学数数》在一种故事的氛围和日常生活的情境之下，自然而顺利地将幼童带进了一个学习数字的世界。雅诺什借小熊——老虎的朋友的身份，以身边日常相关的人、事、物等为对象，让孩子在亲切、友好和轻松的阅读环境之下，跟着故事中的小老虎认识数字并逐渐获得"数"的概念。读者和孩子从中感受到的是纯粹的阅读趣味，毫无任何说教的气息。比如小老虎想吃的食物是"两个沾奶油的蘑菇和一个土豆"，画面上就对应着两个蘑菇和土豆的具体图像。而他们的饭后甜点又到底吃了多少个覆盆子，则需要小朋友自己来数一数才知道。也就是说，雅诺什热情地把小朋友邀请到了小老虎和小熊的这个数数游戏中，让阅读的孩子成了游戏活动中的一员。当然，他并不会把难题抛给孩子，而是一边引导孩子参与数数的这个活动，一边又在适当的时候告知答案，丝毫不会向幼童渲染学习数数可能需要背负压力的坏情绪。故事的整个氛围，是轻松和愉快的。这样的幼儿图画书，体现了雅诺什非常明确的"为幼儿创作"的意识。所以，当孩子和大人一起阅读的时候，能自觉参与他所设计的故事情节，幼儿的参与感极强。

应该说，幼童不仅可以从这样的故事中感受到友谊、就近获得日常生活的经验，还能顺利地学习数字、概念以及对应的具体物象，提升了认知能力和发展水平。由此可见，雅诺什的图画书虽然是专门为幼儿提供的，但一点儿都不肤浅，是在小人书里面藏着大智慧的真正杰作。在《老虎学数数》中，故事的讲述目的仍然致力于幼童学习数数的认知训练，而外在的故事形态则发生了一些小小的变化。即作者在其中的某一个数数场景，穿插了一则古老的"狐狸和鹅"的故事，营造出了一种大故事套小故事的叙述效果：

"我家里有三个孩子和一个好妻子，"狐狸对鹅说，"你来我们家做客吧，你是最受欢迎的！"多可惜，鹅竟然跟回去了。谁能数一数，在狐狸家，吃饭前有几个动物？谁还能再数一数，吃饭后还有几个动物？①

对于狐狸的认识——我们一般意义上所理解的好或坏，雅诺什不会直接说出来，而是让幼童自己去建构角色，完成人物的设定。这样的情节安排，作者显然不仅是在强调幼儿对数字的掌握，而是让孩子在日常生活经验和常识中，发挥自己的想象并进行深入的思考，进一步感受其蕴含的智慧。雅诺什经常讲狐狸和鹅的故事，只不过在诸如《亲爱的狐狸大叔》这样的故事里，自以为聪明的狐狸夫妇倒是被看上去笨笨的大鹅们打败了。这或许能让孩子们回忆起以往对狐狸的认知经验，这比单纯地数数或讲述坏狐狸吃鹅的故事要更有意义。

特别值得一提的是，雅诺什决不纠缠幼童是否一定要把这个真相弄清楚，仿佛真相本身并不重要——而事实上很多时候也如此。他总是很快就让故事里的主人公带着读书的孩子，一起转移到了下一个跟数数有关的情节中。比如小老虎说他要把世界上所有的草都数一遍、小老虎数面包渣、朋友、各种各样的动物……一切的一切，幼儿都可以跟随故事情节的发展，不停地数来数去。这样的图画书，既有对幼童认知能力的训练，也含有哲学意义的思考和文学素养的熏陶的价值。

在《妈妈你说，孩子从哪儿来》中，雅诺什借助一个又一个生动的故事，带领孩子去探索生命的来处。"我们来自哪里"从来都是一个哲学命题。雅诺什借一群老鼠的生活日常，带着孩子去直面这个问题。还有什么是比这个更好的生命教育呢？而《雨汽车》则在夸张、大胆、离奇和不可思议中，再现了一个祖孙之间的温情故事。

雅诺什的幼儿图画书贴近幼童的心灵，在一个潜藏着丰富的语言、数字

---

① [德]雅诺什.老虎学数数[M].皮皮,译.沈阳:春风文艺出版社,1998:15.

和人生智慧的故事世界里，滋润着幼儿的精神成长。难怪雅诺什会被安武林称为最伟大的幼儿文学大师，因为他的确是！

尤其值得一提的，是"老虎和小熊"系列中的《噢，美丽的巴拿马》。这是一篇脍炙人口又传播极广的杰作，也是一个典型的儿童故事。与雅诺什的其他幼儿图画书一样，《噢，美丽的巴拿马》是一个文、图之间相互联系非常紧密的故事，文字甚至可以独立构成一个完整的故事系统，图画却能给人意想不到的惊喜。

## 二、《噢，美丽的巴拿马》：一个有关家和远行的古老故事

《噢，美丽的巴拿马》无疑是雅诺什的代表作，他讲述了一个儿童文学或者所有的文学都在讲述的古老故事，即"家与远行"——一个有关"出发与归来"的人生故事。

故事一开始，就交代了小熊与小老虎的背景。他们住在河边的大树旁，有一条小船和一幢很小却很舒适的房子，他们惬意地采蘑菇、钓鱼，生活非常幸福和美好。然而，平静的生活因为一个写着"PANAMA"字样、散发着香蕉味的木箱打断了。小熊和小老虎决定外出旅行，去寻找充满香蕉味的梦中王国——巴拿马。

由此，一个寻找巴拿马的外出冒险故事开始了。

小老虎带着自己的小老虎车、煮饭用的红色锅子，小熊带着他的钓鱼竿，他们沿着河边，就这样开启了前往巴拿马的梦想之路。

一路上，他们遇见了老鼠、老狐狸和母牛，并向他们询问去巴拿马的路。当然，没有动物知道巴拿马到底在哪里，他们随手一指，小熊和小老虎就跟着他们所指的方向前进。他们遭遇了一场大雨，临时搭起一个雨棚用来躲雨、御寒。雨停了，他们也饿了，小熊想用钓鱼竿钓鱼，附近却没有河，最后还是小老虎采的蘑菇填饱了他俩的肚子。

他们继续往前走，遇见了兔子和刺猬并到他们家做客。一晚上，他们都在给兔子和刺猬讲巴拿马。他们遇见了乌鸦，乌鸦让他们跟着他一起飞。然而，小熊和小老虎不会飞，他们只好费劲地爬上高高的树，去鸟瞰乌鸦所说的那个一辈子见过的最美的地方。站在高高的大树之巅，他们发现远处那个有河有小房子的地方简直太美了，完全就是他们一直在寻找的那个梦想王

国——巴拿马。而事实上,乌鸦所说的这个美丽的地方,正是小熊和小老虎一直生活的地方。

这就是故事最耐人寻味的一点。作为幼童,他们会因为阅历、人生经验或别的因素,导致他们无法像成年人一样,根据蛛丝马迹识别出这个地方与家的一致性。所以,这对好朋友没有把这个美丽地方与他们的家园画上等号。他们就像第一次到访这个地方,带着激动而美好的心情,走过那些从前走过的道路,然后造船、修补房屋和他们的小桥,最后找到那个东倒西歪的"PANAMA"的路标,并把它作为已经到达巴拿马的证据。因为幼童的认知差异,从而带来了好玩、有趣又可爱的戏剧性效果。于是,小熊和小老虎为找到了自己心目中的梦想王国而欢欣鼓舞,小读者们也为主人公终于找到了自己的梦想王国而欢欣鼓舞。小老虎和小熊的行为,"让人觉得可笑可爱又迷人,从而证实了无知的美德"[①]。的确,儿童故事类的文本赞美孩童的无知/无邪。事实上,幼儿们似乎也更享受这种阅读体验带来的快乐和愉悦。画面上,小老虎和小熊击掌庆祝的那个场景,画活了孩子们欢快的神情。

故事的结局,当然是他们又回到了从前的家里,过着跟从前一样的生活。但经历这一番对巴拿马的寻找,有一点儿东西却改变了。从此以后,他们坐在一张像兔子和刺猬家那么舒服的沙发椅上,幸福快乐地生活着。舒适的沙发椅带给他们的幸福和满足感,是离家之前所没有的。

人们常说,生命并不在于最终的结果是什么,而是那些走过的路和遇见的人、事带给我们的触动和启示。正是在各种各样的生命进程和自我旅行中,我们的生命体验和感受变得充实和丰富起来。终其一生,我们所做的不就是跟小老虎和小熊一样的事情吗?在"出发—寻找—回家"的生命模式中,不断充盈生命的色调和韵味,在看似无意义的旅程中,完成对自我的进一步发现与建构。

(一) 从安全区离开,是孩子探索世界的重要一步

与自己熟悉的空间分离,跨越某一个安全环境的边界,是处于成长转折阶段的孩子需要去经历的一个过程。这个过程伴随着担忧、恐惧和好奇等复

---

① [加]佩里·诺德曼,梅维丝·雷默.儿童文学的乐趣(第三版)[M].陈中美,译.上海:少年儿童出版社,2008:311.

杂情绪，这些复杂的体验会在幼儿的人生中留下深刻的烙印。

从表面上看，小老虎和小熊没有来自父母和家庭的困扰，他们已经是自己的主人。因为受到充满着香蕉味的"PANAMA"箱子的诱惑，这两个具有独立精神又乐观的主人公，主动选择走出熟悉的家园，去探索那个梦想中的美丽世界。但他们的这一行为，与正处于想要摆脱父母所营造的安全空间的孩童的心理，恰恰是一致的。

小熊从河里捞起的那个散发着香蕉味的"PANAMA"箱子，是两位主人公人生转折的开始。他们虽然在言辞上表现得很像大人，行为却非常孩童化。他们一边进行着自我的心理建设，说服自己走出家园去探险："我们应该马上动身，明天一早就去巴拿马……马上，明天一早！……我们什么都不用害怕。"但在另一方面，那个无法确定的未知世界，又让两位主人公十分忐忑和不安。当小老虎附和小熊说"马上，明天一早"就出发去巴拿马的时候，读者也能在接下来的对话中，发现主人公的内心充满了担忧和害怕。

对于第一次独自出远门的孩子来说，会产生这种心理十分正常。要让孩子从熟悉的安全区离开，独自外出去冒险和探索世界，是成长的必然。然而，难就难在最开始的这第一步。

## （二）小老虎车的隐含意义

"对独立的向往"和对"丧失安全时的恐惧"，常常统一在儿童的身上。于是，幼童在成长过程中，常常会表现出对玩具等物品的情感依赖心理。在《噢，美丽的巴拿马》中，小老虎坚持要带他的玩具小老虎车一起去远行，根源也大抵如此。

小老虎离不开他的玩具小老虎车。每当平静生活被暂时地打破，小老虎总是会不同程度地表现出对他的玩具小老虎车的关注和在意。比如当他们走出家门，半路上遭遇一场大雨后，小老虎说："如果我的小老虎车不被浇湿，我就什么都不怕。"这句话，实际就隐藏着小老虎在丧失安全感时的恐惧心理。他对外面这个世界的不确定，对即将要遭受的风雨生活，充满恐惧的心理和担忧的情绪。此时，他从家里带出来的这个最爱的玩具，就成为缓解他的焦虑与不安感的情感载体。小老虎车，就是熟悉的、温暖的、安全的家的隐喻。

所以，当小熊用两个旧铁皮盒子搭了一个小雨棚，点燃一堆火取暖后，小老虎的不安情绪马上就一扫而光。"这真是太好了。"小老虎说,"如果人们有一个会搭雨棚的朋友,就什么都不用怕了。"有了遮风挡雨的小雨棚,就有了家的感觉,小老虎的安全感自然也就回来了。此时,他也就没有那么需要小老虎车了。小老虎车的每一次出场,都伴随着小老虎的安全感丧失的焦虑。在两人后来的旅途中,小老虎车也表现出了相同的功能。

小熊似乎一直像个大人,他总是致力于解决各种问题。那么,他对于去探索除了家以外的世界,有没有产生不安呢?

当然也是有的。比如,当他们肚子饿的时候,小熊提出去钓鱼,然而这附近并没有河。这个时候,小老虎采来了许多蘑菇,从而化解了小熊的焦虑。所以小熊说:"有一个会采蘑菇的朋友,就什么都不用怕。"小老虎一直带着他的小老虎车,小熊一直带着钓鱼竿,因为这些都是能够给他们额外安全感的东西。就像《阿文的小毯子》中,阿文对小毯子的那一份依赖一样。

无论是小老虎还是小熊,他们都觉得只要自己的朋友在身边,那就什么都不用害怕。故事里的那个小老虎玩具车,仿佛就是他们情谊的外在体现物。一个无论何时都坚定的好朋友,对处于转折阶段的幼童来说,的确是非常重要的存在。正是因为有彼此的陪伴和鼓励,他们才能一起迈出探险的坚定步伐。

为了说明这种坚定情谊的重要意义,雅诺什在故事中巧妙地设置了另一对朋友:刺猬和兔子。从某种程度上说,刺猬和兔子就像小老虎和小熊的镜像。他们喜欢自己当下的生存处境,觉得那片田地就是他们的梦想王国。当听了小熊和小老虎的巴拿马故事后,巴拿马也成了他们的理想王国。当天晚上,四个人一起梦见了巴拿马。对孩子来说,如果同行者越来越多,那让人害怕和担忧的外面世界,也就没有那么担忧和可怕了。就这一点而言,兔子和刺猬以一种"梦"到巴拿马的方式,从情感上支持了小熊和熊老虎寻找巴拿马的梦想。很有意思的一点是,整个旅程下来,小熊和小老虎最后的可见变化,也是来自刺猬和兔子家的舒服沙发。

经历冒险之后的回归,他们的家庭既有修复和重建,也有新的东西进入。他们在美丽的"PANAMA",把被那场大雨冲刷毁坏的小桥、房子全都修复如初,并且还买了一个又软又好的丝绒沙发。

从头到尾,小老虎车就像一个无声的见证者一样,陪着小熊和小老虎完成了他们的旅行。"它"和他们一起离家冒险,然后看着他们最后又如何重复了从前的生活。

一切都没有变，然而一切都变了。

(三) 温情又幽默的幼儿语言

《噢，美丽的巴拿马》语言温情空灵，叙事宁静又极具幽默色彩，于自然而然中，再现了孩童的天真和无邪气质。他们碰见人就问路，问了路就照着别人告诉的路线走，无条件地相信那些在路上遇见的人。这既是幼童的正常思维，也奠定了作家幽默温情的语言及其叙事效果。

比如，当他们又一次迷路，在开口向乌鸦问路之前，先进行了一番自我说服："鸟儿都不笨。"在这个心理建设的前提下，小老虎和小熊果断向乌鸦打听去巴拿马的路，由此有了全书最让人忍俊不禁的一段对话：

"哪一条路啊？"

乌鸦说："有成百上千条路呢。"

"去我们梦想王国的那条路。"小熊说，"那儿的什么东西都和这里不一样，不仅比这儿的大，还比这儿的美……"

"这个地方我可以指给你们看。"乌鸦满有把握地说，因为乌鸦什么都知道，"跟上我，一起飞，走……"[①]

小老虎、小熊与乌鸦的这一段对话，是很典型的幼童的对话。大人们面对突如其来的"哪一条路啊"估计会感到莫名其妙，但孩子们似乎没有任何的语境困扰。他们知道主人公们在交流什么。在故事里，乌鸦用一句"有成百上千条路呢"回答他们，非常可爱又充满哲学的趣味，还不失幽默和滑稽。而当我们读到那句"跟上我，一起飞，走……"，无论是大人还是孩子，估计都会笑得前仰后合。雅诺什实在是太了解孩子了，他把孩子们惯用的语言运用得娴熟又高明，也借此制造出了故事情节进程中的戏剧效果，不由让人会心一笑。

正如在前面讨论到的，雅诺什的幼儿图画书充分发挥了文字在叙事上的功能，文字讲述的故事非常完整、有趣和温情。与此同时，他在图画的表现

---

① [德]雅诺什.噢,美丽的巴拿马[M].皮皮,译.沈阳:春风文艺出版社,1999:30.

上也绝不含糊,充分发挥了线条、色彩、构图以及文图之间的关联性,不仅补充了文字未曾提及的部分,而且让读者获得了更为丰富的审美体验和艺术享受。松居直认为:"雅诺什的插图给人的印象是略带稚拙,却有着诙谐的亲切感和表现主义风格的苍劲笔触。"①

《噢,美丽的巴拿马》图画设置的场景都非常生活化,同时还非常具有游戏的特质。主人公的每一段进程,几乎都对应着一个游戏环节。对小朋友而言,每读一段这样的故事,就是从心理和情感上体验一个与朋友玩的游戏。这种感觉是美妙的,也是难忘的。

虽然这部图画书的篇幅对于幼儿而言偏长,有多达 46 页的容量,且文字还不算少。但它之所以成为一本经典的幼儿图画书,除了故事本身的好玩、有趣和符合幼儿的心理、情感和阅读需求,还在于作品本身的故事情节发展进程具有明显的阶段性。也就是说,在不同的环节,讲故事的大人可以随时停下来,直到下一个阶段的旅程开始,故事再继续讲述下去。好比电视连续剧,可以一集一集往下播,进而让小朋友持续保持对故事情节的关注。

雅诺什实在是讲故事的高手!

## 三、讲读建议

相比于一般的儿童图画书,《噢,美丽的巴拿马》文字偏多。讲读者在讲读的过程中,可以尝试先将作品的主要事件捋出来,给孩子做一个详细的讲读计划。因为这本图画书的篇幅偏长、文字偏多,对于幼儿来说,不太适合一次性把故事全讲完。当然,这个并非绝对。幼儿的阅读基础不一样,我们应该根据具体的讲读对象,适当调整讲读策略和重难点。事实上,如果对故事的节奏把握得好,往往就能够把小朋友的胃口吊得足足的,让他们完全沉浸在故事世界的情境中去。再加上,《噢,美丽的巴拿马》的确具备这样的阅读特质和趣味。

其中,最重要的一点是,讲读者要根据讲读对象的实际情况,恰当地把握讲读的节奏。

---

① [日]松居直.我的图画书论[M].王林,选编.郭雯霞,等译.乌鲁木齐:新疆青少年出版社,2017:55.

比如，从故事的第 1 页"从前，有一头小熊和一只小老虎"开始，到第 7 页"直到有一天……"，可以做一个简单的停顿。这个部分是故事真正的开始，而省略号又恰到好处地起到了吸引孩子继续翻页和听读的作用。第 8、9 页是故事即将要开启的部分，在第 9 页结束的时候，可以邀请小朋友来猜一猜，他们接下来会做什么。这又是一种吸引孩子翻页的小窍门。第 10 页就可以验证前面的猜测，无论幼童猜没猜对，孩子对于他们接下来发生的故事都会好奇。

总之，就是通过各种方式，不断吸引孩子参与到小熊和小老虎的冒险故事中来。等他们跟着主人公一路走出家门，走过河边，遇到田鼠、老狐狸和母牛，遭遇暴雨，再到刺猬和兔子的家里做客、聊天，最后遇见乌鸦并第一次爬上高高的大树，当它们像鸟儿一样站在高高的地方去审视一个地方的时候……这个过程一定会让他们激动不已。

通过完整地听读文字，孩子们能很快了解故事，感受到两位主人公一路的遭遇和心路历程，从而建立起一个共情的阅读空间。为了让这种共情的功能发挥到极致，在文字之外，同样需要讲读者带着孩子一起仔细"读"图画。因为《噢，美丽的巴拿马》的图画叙事同样精彩，一些看似不起眼的细节，恰到好处地弥补了文字未曾提及的内容，进一步提高了文本可阐释和解读的容量。

比如故事中的两位主人公，虽然属于熊和老虎这样的大型猛兽，但在雅诺什的图画描述中，他们几乎比出现的所有动物（除了老鼠之外）都要矮小。这除了因为视角差异导致的比例问题外，其实还跟作者极力想要营造出的"孩子形象"有关。因为小老虎和小熊，就是正在看书的幼童们。矮小或弱小的主人公更容易让孩子代入自我，一起参与到主人公在故事里的旅程，从而更好地理解两个主人公的行为，并信任他们产生的示范作用。

此外还有一些细节，也需要讲读者自己去深刻体会，再在此基础上跟孩子聊一聊。一路上，这两位朋友无论处在什么境遇之下，始终相互依靠、彼此鼓励和包容着对方，最终顺利到达了心目中的"梦想王国"。正因如此，他们最后那一刻发现"PANAMA"的欢欣鼓舞，才会让人觉得格外真实。或许，通过阅读了一本这样的图画书，孩子们也会学着慢慢去建立起一种类似小老虎和小熊一样的友谊。朋友的相处，或人与人的相处到底应该是什么样子？理想的范式不就是小老虎和小熊那样的吗？我们要看得见朋友的付出，也会在适当的时候对朋友说甜甜的感谢的话,当朋友需要自己的时候,我们也要毫不犹豫地选择陪伴在朋友身边。雅诺什将友谊的真谛,透过故事尤其是透过一些文字和图画里的细节,如涓涓细流般浸入了孩子的心灵。

所以在讲读过程中,讲读者要能透过把握文本的细节并结合自己的阅读经验、体会,让孩子更加有效阅读。

## 四、阅读活动

1. 练一练,学一学作家的语言表达。

在课堂阅读或亲子讲读中,《噢,美丽的巴拿马》非常适合以情景剧的形式展开,可以选取文本中的经典对话片段,让孩子们尝试用表演的方式来模仿对话,学习作家的语言表达并拓展故事的文本空间。

2. 讨论一下,深化对故事的理解。

和小朋友一起探讨一下,小老虎和小熊到底有没有找到美丽的巴拿马?经历这一场"离家—回家"的冒险后,有没有什么东西发生了改变呢?

3. 变换视角,一起编个新故事。

因为故事中出现的角色很多,作者在安排这些角色的时候也非常巧妙。在讲读的过程中,可以尝试从小老虎和小熊以外的角色来讲述这个故事,在变换视角的过程中感受文学的阅读乐趣。如果是高年级段的孩子,可以让他们从不同的叙事视角来对这个故事进行文字改编,看看会呈现出一个什么样的故事效果。比如从乌鸦、刺猬、兔子、老鼠和狐狸等不同的视角来讲述小熊和小老虎的故事,看看会有什么不一样。说不定,孩子们能自己创作出一个新的故事呢!

## 五、拓展阅读

1. 《雨汽车》
2. 《老虎学数数》
3. 《小猪,你好》

# 第四章

## 现代图画书的中国表达

中国现代图画书的成长和发展离不开日本和欧美国家的影响。很长一段时间以来，西方文化就代表现代文化的观念可谓深入人心，也深刻地影响着中国现代图画书的发展。这一点，从常年在童书市场占据畅销、经典榜单的那些引进的外版书，可见一斑。

当前，中国本土原创图画书的发展日益壮大，出现了各式各样的儿童图画书。在诸如表彰作家、画家创作优质华文儿童图画书的"丰子恺儿童图画书奖"等图书奖项的催生下，越来越多的作家和画家开始投入图画书的创作。无论是原创还是改编，当前的中国图画书的创作仍然处于探索的阶段。阿甲和熊亮两位老师曾在许多场合谈到，我们不缺好的故事和好的素材，无论是历史上曾经发生过或被记录下来的故事，还是当下正在发生的故事，我们的图画书的内容和题材都很多。但其中蕴含的某些价值观、主旨以及表达方式和表现手法略显刻板和老套。中国现代图画书的内容当然可以是传统的，而且中国的传统文化本身已经流传几千年，我们今天不仅需要将之传承下去，还要与时俱进地丰富和发展它，这也是中华文明得以一直流传的根本。在面对传统文化和典籍的时候，如何让那些具有传统文化色彩的故事焕发新生，让孩子们发自内心地热爱和喜欢这些故事，就涉及如何表达传统的问题。即图画和文字要用什么样的形式和表现手法来进行叙事才有活力，才会让孩子们觉得有趣？

归根结底，这就是中国图画书的现代性问题。

但现代性并非只有西方意义上的一种现代性，中国有属于自己的现代性。李欧凡、王德威等人都曾专门研究过中国的现代性和中国文学的现代性问题。那么，中国图画书的现代性到底是什么？中国本土原创图画书到底要怎样才能走出一条符合我们自身发展的道路？比如站在儿童的立场，对早期连环画的重新整理和再次出版,是不是一种现代性的探索?或是站在现代儿童文学的立场,让《漏》这样古老的民间故事在生动、好玩又有趣的现代图画里,活力四射,充满儿童性和故事性,这才是现代性吗?或者我们换一个场域,站在西方文化的角度审视东方的文学传统——像美籍华裔杨志成老先生的图画书的创作道路,能为我们的现代图画书的创作提供一些什么启示呢?西方人根据"狐假虎威"和"愚公移山"改编的经典畅销图画书《咕噜牛》[1] 和《明锣移山》,又能给中国本土原创图画书的创作者们一些什么借鉴呢?

凡此种种,都与中国现代图画书的现代性及其探索有关。

# 第一节　早期连环画与贺友直《大画家给孩子的中国节日故事》

20世纪可谓是中国连环画发展历程中最令人瞩目的一个时代,古今中外的各类经典文学作品,很多都以连环画的形式出现在中国人的阅读视野里。朱润斋、丰子恺、胡若佛、张令涛、王叔晖、董天野、赵隆义、邓柯、张乐平、贺友直等人,都是享誉盛名的连环画名家。除了采用素描和油彩等西方绘画媒介外,在中国连环画艺术中最为常见的是意笔、白描、线描、工笔淡彩、木刻、彩墨、水墨等中国画的表现手法。

《呼延庆》《天宝图》《薛丁山征西》《薛刚反唐》《说岳》《英烈传》《乾隆皇帝下江南》《十美图》《包公案》《水浒传》《三国演义》《红楼梦》《西厢记》《穆桂英挂帅》《牛郎织女》等,把中国人熟悉的传奇、话本、小说和民间故事都纳入连环画创作中,出版之后备受广大读者欢迎。此外,丰子恺以大量

---

[1] 这个改编版饱满而动人,一方面使人在阅读中能感受到古老的东方寓言的哲理韵味,另一方面又具有十足的儿童属性,深受小读者欢迎。在角色的选择上,改编者舍弃了原文中"标签化"很严重的狐狸这一角色,选择了一只小老鼠作为故事的主人公。小东西总是更能够让小读者产生共鸣,正如儿童文学作品喜欢以小小的东西作为主人公一样,小东西与小孩子之间总是能很快建立起一种微妙的联系。而小东西凭借自己的智慧去战胜强大的天敌如狐狸、老鹰、蛇等,无疑又给了孩子强烈的自我暗示——他们也如故事里的小东西一样,拥有足以战胜强敌的巨大力量。

孩童及其生活为主要表现对象的连环画则采用漫画的手法，寥寥几笔，又以写意的形式，鲜活地再现了童真、童趣和童心，别具一格。根据《洋葱头历险记》《假话国历险记》等西方儿童文学名著改编的连环画故事，有着非常明确的"为儿童"创作的意识。

可以说，中国早期连环画的创作成果就像一座金银宝山，堆满了无数奇珍异宝，值得今天的创作者和画家们好好挖掘和整理。

## 一、早期连环画的重新整理与出版

早期出版的传统连环画，是阅读贫乏时期无数成人与儿童的主要读物，影响了中国几代人的童年和成长。这些根据民间故事、古代神话传说以及古典名著改编的连环画，蕴含着中华民族丰富的历史和文化，是当代少年儿童需要补充的文学和文化素养读物。同时，这一类连环画故事特有的叙事形式和表达手法，还为今天想要去进一步了解中国传统文学和艺术的读者，提供了一条独特的路径。

阅读和了解早期连环画作品，将有助于年幼的读者建立起对民族和文化传统的深刻认识。此外，作为20世纪最重要的文化表达媒介之一，连环画本身植根于叙事绘画，有很强的故事讲述性和传播价值。鉴于此，早期出版的那些传统连环画当然就具有了持久弥新的生命力，也可以说是真正意义上的儿童图画书。同时，因为早期连环画的绘者大多是著名的老画家，有着非常出色的探索精神且善于兼收并蓄，他们一方面从中国的传统文化尤其是古代流传下来的经典画作中吸取了丰富的养分，另一方面又积极接纳西方传入的绘画理念与表达技法，艺术修养和绘画水准都较高。诸多因素，均决定了连环画故事能给予读者额外的文学、文化和艺术审美的补充。比如贺友直的节日故事系列，采用传统彩墨技法，结合运笔细腻又洒脱的写意画风，让孩子们在阅读中国的节日和民俗故事时，能受到良好的传统绘画艺术的熏染。又如连环画版的"聊斋"故事系列、《西厢记》《木兰辞》等，文字故事改编自古典文学作品，绘者则是知名的中国画画家。这种以传统的工笔、写意画的形式对古典文学名著进行再创作，既可以让小读者欣赏到大画家们的绘画艺术，还能带领小读者领略古典文学和传统文化的韵味。许多少儿图画书出版人注意到早期连环画在艺术审美和文化涵养上的价值，于是着手把20世纪出版的大量连环画进行重新整理和改写，以期再版发行后成为少儿读者的案头读物。

但一个时代有一个时代的文化标记和气质。早期出版的这些连环画作品，文字大都带有特定的时代烙印，且说教色彩较浓，有的地方甚至明显已经不符合当下少年儿童的阅读趣味，需要经过再次加工、创造。由于出版机构想尽可能地保留一些老画家的绘画艺术特色，他们对早期出版连环画的重新整理，大多针对的是文字故事的改写。新的文字撰稿人，主要是一些有儿童文学专业背景或文学创作经验的人，在文字的改写过程中，一方面注重保留故事的精髓，强调语言文字的儿童性和艺术性；另一方面，又以学术研究的态度追溯故事内在的逻辑性、真实性，强调故事叙事要与当代儿童的生活和精神气质吻合，注重文化和传统的内在精神表达，以期在最大程度上让典型的中国故事得以在典型的中国画的色彩、线条和形状中圆满呈现。

## 二、《大画家给孩子的中国节日故事》：民俗与民间传统的当代性

### （一）自学成才、无师自通的连环画艺术大师

在一众连环画大家中，贺友直的连环画作品独树一帜，《山乡巨变》《白光》《十五贯》等都获得过全国连环画创作大奖，他本人也曾获得过中国连环画终身成就奖。

作为自学成才、无师自通的连环画艺术大师，贺友直终其一生耕耘在连环画坛，绘制出了100多本连环画故事，为中国的连环画艺术事业做出了巨大的贡献。《山乡巨变》《白光》是贺友直当之无愧的代表作，奠定了贺友直在连环画坛的地位。

他专为少年儿童绘制的《中国诗歌故事》《中国成语故事》《胖子和瘦子》《曹冲称象》《包公审石头》，带有非常浓厚的儿童情趣和教育意义。尤其是他为儿童绘制的传统民俗节日故事系列，人物和动物虽采用写意手法描绘，却显得十分真实，既生动又传神。他笔下的那些故事场景，造型和构图都有中国传统纹样的风格，且与故事氛围相宜。

在《贺友直谈连环画创作》一书中，他结合自己多年的创作经历和体会，回顾了自己的创作道路；在与他人的通信部分，从给作品定基调，如何给创

作立意，为故事做"戏"，"制造"情节，根据文本体裁将舞台语言变为绘画语言，善用小动作、小孩儿、小道具和小动物表现细节，以及制造惊喜、戏剧性并烘托气氛等方面，细致入微地畅谈了连环画的创作经验；对于构思、构图等造型问题，画面如何表现故事情节的发展进程等，贺友直则强调要多从生活、优秀的古典画作里学习并做研究比较，从技法、表现手法等方面去学习和借鉴……从中，我们可以看出老艺术家们对艺术创作态度的严谨、真诚。

因为对连环画怀着无比的热爱，所以他总在积极揣摩、学习和研究古今中外的优秀画作，加之他又善于观察生活，并把日常所思、所想和见闻巧妙地运用到自己的创作中，不拘一格地表现现实生活和人物，从而成就了贺友直在连环画领域的崇高地位与成就。

连环画出版社在2018年前后将《胖子和瘦子》《包公审石头》《曹冲称象》等一大批作品进行重新整理，加入"绘本中国故事"系列，力图重振连环画昔日的辉煌。在这一大背景之下，贺友直的许多的连环画作品开始陆续出现在当下中国孩子的书桌案头。

同时，对有着悠久历史、灿烂文化的中华民族而言，以取其精华的态度重拾各民族的民俗与民间文化传统，对今天的我们尤其是浸淫在西方现代文化泡沫里的孩子们而言，也是十分重要的。就此而言，对贺友直的这一套《大画家给孩子的中国节日故事》的重新整理和出版，正当其时。

（二）民俗与民间传统的当下意义

《大画家给孩子的中国节日故事》是贺友直晚年的作品，绘画风格更为老到、圆熟，每一幅图画几乎都可以作为收藏品慢慢揣摩和反复品味。该系列由《春节》《元宵节》《龙头节》《上巳节》《寒食节》《端午节》《乞巧节》《中元节》《中秋节》《重阳节》《腊八节》《祭灶节》十二个节日故事组成。每一个民俗节日，虽多穿凿附会在各地流传的民间故事中，但皆指向中国深厚丰富的民间习俗和地方文化传统。

春节、端午和中秋等节日，今天依然是世界华人的重要传统节日，也是一年一度家人团圆、祭祖的大日子，非常隆重。龙头节、乞巧节、中元节、重阳节、腊八节、祭灶节的民俗传统，虽远不及春节盛大，也仍以各种各样的形式存在于人们当下的日常生活，在当代华人世界占据着一席之地。比如在二月二的龙头节当天，华人普遍都会去理发店理发，名曰"剃龙头"；在农历七月初七那天，恋人们也会过七夕情人节；中元节期间，人们会专门准备纸钱、瓜果贡品等祭祀祖先、慰问亡灵；重阳节时，大家组织登高、赏菊和为老年人祈福的"敬老"活动；腊八节时，家庭主妇们也不会忘记给家人们煮一碗甜甜的腊八粥；在腊月二十三或二十四，南北方的民间会依循各地风俗，给灶王爷供奉糖瓜、糕点和菜肴，希望他在玉皇大帝面前能多为家里美言几句，祈祷来年平安和丰衣足食等。但上巳节、寒食节则随着时代的变化与发展，在历史的长河里逐渐式微，今天几乎已经无人提及。

不但如此，即便对于大家很熟悉的春节、端午、中秋等节日背后的农耕文化内涵，以及一些节日实际映射的是水神崇拜传统和古人的天体、天象知识等，现代中国人都缺乏认识和了解。

2021年1月，连环画出版社将贺友直的十二个节日故事重新整理，以精装套书的形式出版。一方面，可以让孩子们充分领略和欣赏像贺友直这样的大画家的绘画艺术，另一方面也能让儿童重新了解古老的民间习俗，为中华民族深厚的历史和文化底蕴骄傲、自豪，从而更好地认识和传承传统文化。

就绘画来说，贺友直的这十二个节日故事系列，以中国传统的水墨为底，再敷色、点彩，画面既写意传神又具有很强的写实性。每一幅画的造型、色彩点缀、布局等，都根据人物身份、社会地位与历史背景来营造，非常符合故事语境与人物处境。该表现贵族文人典雅品位的绝对不会含糊、敷衍，而描绘寻常小老百姓日常生活的故事，也一定会充满人间的烟火气息。

以《上巳节》《腊八节》为例，可管窥贺友直连环画伟大的艺术成就。

### （三）上巳节：在古代人物画和山水画的神韵中讲述贵族文人的风雅故事

《上巳节》的故事与大书法家王羲之以及东晋时期崇尚清谈、喜欢风雅的贵族文人风气有关。故无论是在人物形象塑造，还是场景的谋篇安排，都要能充分再现东晋文人雅士的精神气质与生活现实。这要求画家不仅需要研究王羲之的个人生平及其家族在浙江会稽的生活背景、贵族文人的日常生活，还要多方了解东晋时期的社会风气、审美习惯、服饰特征和建筑风格等。唯其如此，才能无限接近故事的内在神韵。

总的来看，《上巳节》的每一幅画面都很干净、清爽和整齐，有中国古代人物画和山水画的艺术美和风韵，不但与故事主人公贵族文人的身份、地位和审美情趣一致，而且十分符合故事的风雅氛围。

第1页至第8页，人物是画面的绝对主角，画家在构图上采用中景、近景或特写的方式，突出强调了人物的核心地位。

其中，第1页主要介绍上巳节的习俗及与王羲之的关系。画面中，近前三只白鹅面对主人公，正在院子里踱步高歌；伏案书写的主人公刚放下手头的工作，一抬头却看见窗外嫩绿的枝丫旁逸斜出，天朗气清的春日风光不由令人轻松愉悦起来。在第一幅画中，画家就首先给上巳节的故事定了基调，交代了上巳节的时间、主要节日活动，还介绍了王羲之的书法家身份。那几只看似无意出现的大白鹅，当然也是一种刻意的安排，是画家在以画面而不是直接告知的方式向读者巧妙展示主人公的独特喜好[①]。

第2页紧接着第1页的画面发展，主人公因为被春日的景致吸引，决定组织一场游春盛事。第3页至第8页的内容，主要描绘的是王羲之与儿子们一起写请帖的画面，中间穿插王羲之对小儿子王献之运笔、握笔力道的考验，又借王徽之的儿子桢之的发问，详细讲述了上巳节古老的历史渊源和习俗。

第9页至第15页，将人物放置于广阔的山水天地间，山水和天地风物既是画面的展现场景，又是故事发生的背景。但在不同场景中，人物的尺寸比例总是随着环境和画家选择的构图方式而变化。

其中，第9页中，画家采用的是中远景构图方式，描绘的是王羲之独自在室内为受邀友人写名讳的画面。透过打开的纸窗，读者不但可以看到人物挥毫疾书的画面，还能一览主人公房屋周围的风光。以人物作为观察的焦点发散出去，可见屋旁翠竹葱茏；不远处有一个雅致的草亭，里面摆着围棋和棋盘；碧水悠悠，岸边铺满了绿色的芳草，垂柳的嫩叶若隐若现，远方竹篱环绕。整个画面的色彩淡雅而恬静，处处显露着春日的生机与活力。

---

[①] 在野史传说中，王羲之非常喜欢鹅，不仅自己家里养着很多鹅，而且看到漂亮的大白鹅就情不自禁想要带回家养。据传，有人为了得到王羲之的字，精心饲养了一群美丽的大白鹅，后来果真就用白鹅换到了王羲之的字。当然，还有传说，主人家不知道这个来讨要鹅的人是大书法家王羲之，在被人告知后才得其身份，于是在得知王羲之又要来他家拜访的时候，便杀了自家白鹅以款待书法家。该传说渲染了不同阶层的人对事物的认知壁垒，并着力在对照中营造出一种谐谑和讽刺的意味。虽属野史杂谈，但王羲之之爱鹅，是确信无疑的。

第 10 页至第 11 页由两幅远景图构成，分别描绘了王羲之站在自家门口目送家丁出门送请帖和站在兰亭路口迎接八方来客的场景。两幅画面皆以山水自然为主，人物虽多，却如繁星点缀苍穹，只占据了画幅中小小的空间，营造出了一种天地万物和山川河流的壮美、辽阔与深远韵致。

第 12 页至第 14 页的三幅中景图，展现的是王羲之一家与宾客们在溪流里春浴、戏水和饮酒作诗的画面。在构图和造型上，第 12 页和第 13 页颇有隋代山水画家展子虔的《游春图》① 的韵味：整个画面春意盎然、山花绚烂，成片的桃花繁茂地开在枝头，溪畔垂柳依依，溪水流淌荡漾，鱼儿欢快畅游……春日的氛围、春天的气息几乎要从画面溢出来了。在第 14 页中，画家则以视觉语言，直观地呈现了古代文人雅士的"曲水流觞"图景。

第 15 页的画面，描绘的是众人在兰亭回顾"曲水流觞"游戏中所作诗歌时的场景。不用一个字，读者就能从人物眼角的笑纹、脸上舒展而荡漾的神情、或坐或站的轻松姿态中，感受到这场兰亭盛会的欢腾、热闹和盛大。画家以色彩和线条等视觉语言，生动地呈现了这场贵族文人的游春活动，很好的补充并拓展了文字部分的内容。

第 16 页以一个近景特写的镜头，将世人熟悉的《兰亭集序》开头部分的"永和九年……"几行字，与王羲之在书写该序言时的画面并置，突出了王羲之及其《兰亭集序》的不朽地位，进一步强化了"上巳节"的文人风雅趣味。

当然，在《上巳节》故事的画面中，还有很多细节值得读者反复推敲和玩味。比如画面中人物鼓起的宽大服饰、各色头巾、看似随意摆放的双耳陶罐……都有各自的故事和历史典故。又比如第 12 页中，当众人都兴奋地争相涌向冰凉的溪水时，在画面右方靠中间的位置，却有两个人把手笼在袖筒里，甚至连头都在往脖子里缩。画家不露痕迹地采用对比的手法，不仅让读者感受到三月的天气依旧寒凉，而且也生动刻画出了各色人等的不同个性，非常形象而具体。

因考虑到故事涉及的人物与东晋时门阀士族风气有关，贺友直在文字语言的基础上，借用各种古代绘画元素、技巧，并结合自己对人物和故事的理解，将图画语言的可视优势发挥得淋漓尽致，为再现这个时期的贵族文人的

---

① 《游春图》到底是谁人所画，并没有确定的答案。根据一些流传下来的资料和文字记录，一般把该画作归属到隋代著名的山水画家展子虔的名下。

潇洒俊逸和放浪形骸的气质起到了画龙点睛的作用。

（四）腊八节：一个充满人间烟火气的日常讽喻故事

与《上巳节》的故事背景不同的是，《腊八节》的故事发生在平凡人的日常生活里，突出强调的是"好吃懒做，就要挨饿"的古老教训。故事带有道德讽喻的意味和劝诫色彩，画面也充满了更多灶台、田间的生活气息。

在文字叙述上，《腊八节》采用典型的民间故事结构，即由当下的某一个生活片段引发契机，回顾从前与之相关的生活经验和道德教训。文字与图画共由 16 个画幅的页面组成，均采取上图下文的传统连环画形式。其中，第 1 页是一幅现代人过腊八节、全家一起喝腊八粥的画面，由此回顾与该节日有关的民间传说故事。第 2 页至第 15 页描绘的是传说故事的主体部分，即"好吃懒做，就要挨饿"的讽喻寓言的故事。第 16 页突出的是中华民族"勤劳"的优良传统，呈现的是"谁家烟囱先冒烟，谁家高粱先红尖；谁家土地耕得勤，谁家粮食装满囤"的画面，从而与"好吃懒做，就要挨饿"的教训形成鲜明的对比。总的来看，画面的布局安排和文字的叙事结构之间保持了高度的逻辑统一。

第 2 页至第 4 页这三幅图采用对照手法，描绘了主人公童年、少年和青年时期游手好闲的放荡生活。在第 2 页中，还是幼童的他在院子里无忧无虑地玩闹，母亲忙着纺纱，父亲则扛着锄头正要去田地里劳作。院子里鸡鸭成群、小猪又肥又壮。虽然父母都穿着打满补丁的衣裳，但从干净的房子和整齐的院子可以看出，一家人起码有吃有喝，日子过得还算不错。在第 3 页中，略微长大了一点儿的男孩袒胸露乳，正躺在院子里的一张条凳上呼呼大睡，正在打扫地面的母亲看上去既生气又无可奈何；透过丝瓜架，当读者把视野看向远方的田地会发现，男孩的父亲还戴着草帽在辛苦耕田、犁地。在第 4 页中，胖胖的小男孩虽已长成了一个健壮的男青年，却仍在忙着掏鸡窝！再看画面中的其他人呢？农民们正在远方的田地里忙活，踩水车的踩水车，挑水的挑水，锄地的锄地……大家都在为生计辛苦、忙碌。画家透过不同人物在同一场景、同一处境下的不同行为，回应并凸显了文字传达的"好吃懒做"与"勤劳奋斗"这两种不同的品性。

第 5 页至第 9 页主要描述的是父母去世后，娶了媳妇的男青年仍然不改好吃懒做的本性，天天与妻子大吃大喝。这一对懒惰的夫妻，不把父母临终前的谆谆嘱托当回事，他们坐吃山空，终于败光了父母辛苦建立起来的家业。除了荒芜的院子、破败的房子，他们一无所有。在画面的表现上，为了映衬文字脚本的意涵，画家除了根据场景采用重墨烘托悲凉的环境和压抑的气氛，还在更多小细节上下足了功夫：比如第 7 页中，当老母亲躺在病床上谆谆告诫儿媳"好吃懒做，肚子挨饿"的时候，儿媳却跷着二郎腿、挖着鼻孔，老母亲的忧愁、担忧与懒儿媳的满脸不耐烦就形成了一组明显的对照；在第 8 页中，与屋顶的荒草和外墙的破洞形成鲜明对照的，是这对懒惰的夫妻脸上的笑容和手里提着的鸡鸭鱼肉。这种人物行为与环境的极度不和谐，同样体现在第 9 页的画面中：结满蛛网的房子残破不堪，墙壁和窗户上到处都是窟窿，坏掉的笤帚、畚箕和瓦罐东倒西歪地散落在各处。面对邻人的指指点点和满屋狼藉，这对懒惰的夫妻一点儿都不为自己的所作所为脸红和感到羞耻，他们仍然悠闲自在地靠着门框或坐在门槛上，无所事事。倒是地板上的那尾鱼骨，刺眼又醒目。

中国画的造型和构图讲究起承转合，连环画作为先有故事脚本的绘画形式，当然也会跟随故事情节的发展而起承转合。在《腊八节》中，第 10 页至第 13 页就是故事情节和主人公命运的转折点。寒冬腊月里，这对懒惰的夫妻找不到一点儿吃的。除了又急又狠的寒风在他们身边呼呼地刮着，他们一无所有。他们又冷又饿，最后拆了从前父母囤粮的围子，才找到一点儿五谷杂粮，熬了半碗粥。抱头痛哭的这对懒惰的夫妻，这才明白父母临终前的叮嘱和告诫，"好吃懒做，肚子挨饿"呀！幡然醒悟的二人，在左邻右舍的帮助下，终于熬过了那个漫长的冬天，从那以后，他们勤俭持家，再也没有饿过肚子。第 14 页至第 16 页是故事的余韵部分，将主人公的经验教训和故事的道德意义再次结合起来，呈现了一个圆满的画面：儿孙满堂的夫妻俩，每年都会在腊八节那天熬一锅杂粮粥，以告诫自己和子孙要牢记父母留下来的祖训。

总的来说，《腊八节》在画面展示上，无论是选择浓墨还是运用淡彩，贺友直始终都紧贴故事意涵，并在再现文本的基础上进一步丰富和拓展了文本。或用彩墨烘故事的气氛，或用淡彩点缀故事场景。而对比手法的运用——无论是不同人物在同一场景中的不同行为的对比，还是同一人物在同一场景、不同时间的对比，整个故事的文字叙述和图画展示，始终都处在强烈的对比中。这种形象化的对比，强化了故事寓意，让读者直接通过读图就认识到文本想要传达的教育意义。

当然，在《大画家给孩子的中国节日故事》中，贺友直的每一幅画面都经过精心的谋篇布局，绘制每一个节日故事，都需要花很多时间在文献资料的收集和研究上，故每一幅画面的造型、构图与故事的文化元素、历史背景、精神内蕴都十分贴合。这不仅能让读者在他的这些民俗节日故事的讲述中享受到阅读的探秘之味——比如发现一些考古中才会出现的文物原型、江南乡村家庭常见的农具……还为当下许多年轻的画家树立了一个学习绘画的好榜样。

此外，早期出版的有一部分系列幼儿连环画，因朗朗上口的语言和适合幼儿的阅读需求而不断再版，都具有极高的文学性和艺术性。比如田原的《狼外婆》，就根据家喻户晓的民间故事改编而成，图文叙事采用左图右文的排版，可以促使读者把焦点率先转向图画。从该版本的图文叙事来看，文字采用韵文体，仿五言诗句形式，虽非严格的押韵但音韵和谐融洽，符合幼儿的语言偏好和阅读习惯。这样一来，使得整个故事呈现出音乐和绘画的双重艺术性。尤其值得一说的是该连环画的人物和环境造型，颇有中国古代的剪纸艺术和舞台戏剧艺术的风味，以沉重的黑色打底，点缀红、黄、绿、紫、白等饱和度极高的亮色，满足了幼儿的色彩接受程度。同时，画面主要人物以中国民间农家常用的工具命名，大姐叫升儿，二姐叫斗儿，最小的弟弟则叫簸箕口儿，非常具有农耕中国的文化特色。三个孩子按年龄从大到小依次排列，发型、服饰也与旧时小儿的传统习俗大致相同。大姐升儿穿着黄色上衣，二姐斗儿穿着绿色上衣，而小弟弟簸箕口儿则身着红色上衣，从上衣的颜色、三个孩子身量的高矮，就能一下子分辨出各自的身份。至于故事中的狼外婆，则以其身着的紫色上衣彰显了狡猾的坏人属性。如果熟悉中国戏曲，便能轻而易举地根据人物衣服的颜色，辨别忠奸善恶。对于年幼的孩子而言，他们显然缺乏这样的认识。但随着阅读经验的累积，他们也会在某一天恍然大悟，而童年时的阅读记忆或许就会浮上心头，带给他们以快乐或欢喜。

作为优质的幼儿阅读资源，早期连环画滋养了无数中国人的童年和精神生活。如果在现代图画书的理念和儿童文学的视野之下，做进一步的改写和再版，必定能成为独具特色的幼儿图画书。

## 三、讲读建议

《大画家给孩子的中国节日故事》作为成套精装图画书，可每日选择一个节日故事跟孩子一起阅读，十二个节日故事的阅读可在两周内完成。当然，还是要看实际阅读情况以及孩子的接受度。建议讲读者适当多花点时间，带着孩子不定时、多次地阅读，要读得仔细和深入一点儿，提高阅读的趣味性和有效性。浅尝辄止的随便翻阅，不但浪费了阅读的时间，更重要的是还培养了极坏的阅读习惯和意识。

考虑到民俗本身的复杂性和地域性，建议讲读者在带领孩子阅读相应的故事之前，多从图书馆、民俗学研究资料或民间文化公众号等渠道，适当了解相关民俗文化知识。这样做的目的，不仅是为了给孩子普及正确的民俗学知识，以免因为讲读者的疏漏而误导孩子，而且也可以避免因无法回答孩子们的好奇提问而尴尬。及时、准确解答孩子们的疑惑，才能大大提升孩子的阅读兴趣和质量。

如果因为民俗学太过于复杂，讲读者担心自己讲不明白这些节日故事背后的文化和传统，那起码也要充分了解和研究每一篇节日故事的文字和图画，尤其是不要放过任何图画和文字中的细节。比如在《中秋节》中，大羿和嫦娥为什么穿着兽皮或羽衣，甚至衣不蔽体？如果仔细观察，大羿的脸型跟北京元谋人是不是很像呢？里面出现的陶罐等日常生活用具，为什么是那种造型和花纹？……这都是因为画家在给每一篇故事谋篇布局的时候，花了很多时间研究故事和文献，在此基础上先给绘画定下一个符合历史和时代背景的基调。考虑到嫦娥奔月、羿射九日的故事发生在远古的传说时期，人类历史正处于石器时代，农业、手工业都几乎是原始的状态，如果画家给人物穿上漂亮的衣服、安排精美的厨具就会显得不伦不类；考虑到历史和文化背景，画家在给大羿这一人物形象造型的时候，之所以选择以元谋人为原型，也就非常合情合理了。又比如《上巳节》中的王羲之等人物造型如满月般圆润，他们身上穿着的宽袍大袖仿佛充满了气，为什么有一种仙气飘飘的感觉？这其实也与东晋时候文人士大夫礼佛、学道和求仙的哲学态度和审美风气有关。

《大画家给孩子的中国节日故事》，虽是写给孩子看的，但画家在绘画上所下的功夫极多，所以千万要留心画面的每一个细节。

在具体的讲读过程中，建议讲读者先带着孩子读一遍故事，再翻阅一遍图画，形成对文本总体的初步印象；然后将图画和文字故事相结合起来精读、细读、研读。此外，还要善于将故事的内容或图画里的某一些信息相结合，并联系生活现实进行拓展性讲读。比如我们的太空飞船为什么叫"嫦娥号"？月球车为什么又以"玉兔号"命名？又比如中元节期间，各地的祭祖活动为什么略有差异？有的地方会在夜晚的小河里放荷花灯，但有的地方就只是在十字路口烧纸钱、供奉水饭和香烛等。

特别需要注意的一点是，这些民俗节日因为附会的都是在各地民间流传的故事，其中的某些价值观或主人公的生活态度，或多或少与今天的孩子可能有点距离，建议讲读者适当联系今天的生活现实做解读和阐释。比如中元节放荷花灯或给亡灵烧香烛、纸钱，人们只是通过这样的仪式寄托自己对祖先和已逝亲友的哀思，从而也可以从侧面让孩子明白，死亡并不是一个人生命的终结，只要活着的人依然记得他们，那么他们就会一直活在我们的心里。而中元节这些祭祀亡灵的仪式，本身就是为了提醒活着的人不要遗忘了那些已逝去的生命。

## 四、阅读活动

1. 在图画中找一找，出现了哪些文字中没有提到的动物、器具或物品等。

比如，和孩子一起在画面中找一找中国古代的文物原型。这可能会有点难，但不妨试一试，看看能找到多少，再回头想一想自己和孩子在这过程中又收获了多少乐趣呢？此外，在这套节日故事书里，画家在图画的谋篇布局和安排中，有意无意中安排了一些文字中未曾提及的小动物、植物等，也和孩子们一起去找一找。

这个阅读活动，一方面可以让孩子认识中国古代文物并了解我们的传统文化，另一方面还在于帮助孩子理解图画在图画文学中的重要叙事功能，从而形成图画不仅能再现文字内容还能拓展文字的叙事空间、丰富整个文本的印象。

2. 画一画，感受老艺术家的绘画艺术。

组织孩子临摹这十二个节日故事里的任意一幅连环画，然后在班级里传阅。

3. 聊一聊水墨画，让孩子初步了解中国传统绘画艺术。

借由《大画家给孩子的中国节日故事》，给孩子讲一讲中国传统的水墨画艺术及其伟大成就。

五、拓展阅读

1. 《包公审石头》
2. 《曹冲称象》
3. 《胖子和瘦子》

# 第二节  民间故事图画书与《漏》

## 一、民间故事图画书的生发和转化

除了对早期的连环画重新整理和再次出版，对中国民间故事或者借由中国民间故事进行改编的儿童图画书，可谓不胜枚举。世界各地图画书的创作，大多也都经历了从对民间故事的改编，发展到作家和画家们创作自己的故事的阶段。欧美和日本，都曾走过这样一条路。

因为其口传性、讲述性和深入人心的人文性，民间故事一直是儿童文学领域的重要类型，也是深受全世界孩子欢迎的文学形式。把民间故事改编成图画书故事这种方式，欧美和日韩等图画书发达国家早已实践多年，《睡美人》《小红帽》《木匠和鬼六》等民间故事，都有家喻户晓的儿童图画书版本。

中国本土原创图画书的发展，同样建立在对民间故事的改编和再创作的基础上。东方娃娃、央美绘本创作工作室等机构，在借用民间故事打造原创华文图画书上，做出了许多尝试。比如东方娃娃出版的《漏》，根据一个在民间流传的"屋漏"型故事编绘而来；央美绘本创作工作室的"中国民间童话系列"图画书，以中国五十六个民族的民间故事为蓝本，结合现代图画书的创作理念，出版了一大批颇具中国传统文化色彩和艺术特色的经典作品。另外，熊亮、蔡皋、周翔、朱成梁等卓有建树的本土原创图画书的创作者们，他们的作品无论是在文字的创作还是图画的绘制上，都与中国民间文学和传统文化紧密联系在一起。如熊亮的《小石狮》《屠龙族》《梅雨怪》《游侠小木客》……虽然已经不太看得到民间故事和古典文学的很多影子，但故事元素和故事内核都脱胎于《山海经》《太平广记》《酉阳杂俎》等古代传奇和文人笔记小说。又如蔡皋《晒龙袍的六月六》《桃花源记》《宝儿》等作品，直接改编自民间故事和古典文学名著。周翔的《一园青菜成了精》之类的图画书，也是来自在民间广泛流传的童谣。这些作家和画家，充分利用民间故事、古典文学名著、古代传奇和笔记小说里的一些故事元素，创作出了许多经典的儿童图画书作品。

另外，还有诸如杨志成这样的华裔儿童图画书作家，虽然身处西方的文化语境及场域，却用手中的画笔在讲述东方古老的民间故事，《狼婆婆》《公主的风筝》《七只瞎老鼠》《父子骑驴》《促织》《塞翁失马》《田螺姑娘》《叶限》等是其代表作。《咕噜牛》《明锣移山》等经典儿童图画书的故事脚本，则来自中国人熟悉的"狐假虎威"和"愚公移山"。但无论是其故事形态，还是文化内核和构成故事的主要元素，都经过了像朱莉娅·唐纳森和艾诺·洛贝尔这样的知名儿童文学作家大刀阔斧地改编甚至解构。这体现了东西方的文化差异，更重要的是在这种差异中，华裔儿童尤其是中国孩子得以重新审视自己的民族精神和古老的文化传统。

应该说，以民间故事或古典文学等传统文化为基础的儿童图画书创作，对当代中国孩子的文化启蒙和中华文化的传承而言，都是十分必要的。同时，这些基于民间故事或民间童话生发、演化而来的图画书，是中国本土原创图画书的创作的重要组成部分，也为中国传统文化在海内外的传承提供了一条可视化的路径。

## 二、《漏》："屋漏"型民间故事的现代图画书范式[①]

根据在中国各地流传的民间故事《漏》改编而来的儿童图画书，目前市面上有多个版本。在中国原创图画书上，能做到从文到图都积极参与故事叙

---

[①] 该部分的内容曾发表在《东方娃娃·绘本与教育》杂志2022年10月刊，第12至第15页；所涉具体内容，有细微修改。

述的，东方娃娃版的《漏》是典范作品之一。

故事的主要内容，说的是山上的老虎和山下的小偷同时盯上了山腰一对老夫妇养的驴。然而，老夫妇之间"半梦半醒"的一次家常对话，不但让老虎和小偷的偷驴大计双双失败，还因此制造了一个又一个混乱到"不可收拾"的局面，并在此过程中将故事情节推到了高潮。

老夫妇的那场对话，到底提到了什么"东西"，又是在什么场景之下发生的，竟然把老虎和小偷同时吓到魂不附体？在图画书的第11页中，当老虎和贼，一个挖墙脚、一个扒屋顶正想要进屋偷驴的时候，窸窸窣窣的声音吵醒了熟睡中的王老汉，然后就出现了那段让老虎和贼十分害怕的对话：

"咦，什么声音？"王老汉被惊醒了。"管它贼哩虎哩，我什么都不怕，就怕漏。"老太婆说。①

那么，这个比老虎和贼还可怕的"漏"，到底是个什么怪兽？

### （一）"漏"：比贼和虎都可怕的怪兽

"漏"既是书名，又是推动故事情节发展的核心元素。整个故事的语言文字和图画设计，也一直都围绕着"漏"展开。

从别具匠心的封面设计中，读者可以对"漏"作大胆的猜测。

书名"漏"，用中国传统的毛笔来书写，一笔一画都体现着设计者的用心，无论是造型，还是呈现出来的意趣，处处透露出一股孩童的天真之气。其中，三点水中的第一点，仔细一看，能看到一个细细的、快要滴落的墨点，恍如小雨滴般摇摇欲坠；"漏"里的"雨"字，中间的那一竖和四个小点，线条十分纤细，与整个字的其他部分的粗线条形成了鲜明对比。再看封面上的图画，躺在床上的一对老夫妻，则一脸忧愁地盯着屋顶方向——目光正好与书名"漏"相对。

从封面开始，文字与图画就以各自的独特方式，积极参与到了故事的讲述当中——老两口一直都怕"漏"，而且暗示他们怕的是"屋漏"！在接下来

---

① 根据中国民间故事《漏》改编，黄缨.漏[M].南京：江苏凤凰少年儿童出版社，2015：11.

的扉页上，书名"漏"字的下面，一个破了缺口的碗，又进一步强化了这个暗示。明显，王老汉和老太婆一直都很怕"屋漏"，"屋子漏雨"的事情不仅经常发生，还给他们的生活带来了一些困扰。正因如此，扉页部分那个随时准备接雨水的破碗才不会显得突兀，也为老太婆说"漏"比贼和虎都可怕，提供了更多心理依据和事实证据，奠定了故事情节展开的合理性。老虎和贼，则因为误会对方是那个可怕的"漏"展开的各种行动，将故事情节推向一个又一个好玩、好笑又哭笑不得的戏剧冲突中。虽然有些无厘头，却又显得合情合理。

《漏》的封面和扉页的文图设计隐含了主体故事的前传，我们完全可以说《漏》的故事从封面和扉页就已经开始。一个值得注意的细节是，从扉页开始，故事几乎都在相同的底色上展开。底色保持一致，既是图画书作者为了保持叙事节奏的统一而采取的方式，也是方便读者能在底色发生改变时，准确判断出叙事的节奏或基调可能也随之发生了变化。

"漏"是不是真的比老虎和贼还要可怕？时空背景不同，人们的答案或许不一样。但"屋漏"型故事作为东亚儒家文化圈一个典型的民间故事类型，背后揭示出来的普通民众对"安居"的渴望，则是一致的。正如在大城市打拼的年轻人渴望拥有一套属于自己的房子，同样地，"屋漏"比老虎和贼都可怕所反映的，也不过是前工业文明时期的人们对"安居"的一个朴素愿望。毕竟贼和虎是偶尔出现的意外事件，但如果没有一个能遮风避雨的居所，那人们就缺少了一种基本的安稳、踏实之感。从这个层面，也就理解了老夫妇为什么怕"漏"居然胜过害怕贼和虎。因为安居才能安心呀！

与封面和扉页相关的，是正文完整、波澜起伏又误会不断的图、文叙事互补，这使得整个故事十分幽默、滑稽。《漏》作为一本民间故事儿童图画书，文字和图画充满极强的叙事节奏，叙事语言的声律、音韵与图画线条的动感、跳脱，共同形成一个完整的叙事链条，在起、承、转、合中游刃有余地推动故事情节的发生、发展、高潮和结束。

（二）在起、承、转、合中铺开叙事空间

故事一开始，画面中的驴和老夫妇以一个中景图，首先形成了一个平衡、和谐的叙事空间。但这种平衡，因为老虎和小偷的到来而被打破了。同样地，这里也有一个细节需要提醒小朋友注意：老虎住在山上、小偷住在山下，而大胖驴和王老汉一家是住在哪儿呢？半山腰。一个以驴背山的山上、半山腰和山下为故事场所的叙述空间，就此形成。当山上的老虎和山下的小偷同时盯上大胖驴时，所有的冲突和矛盾开始集中到山半腰的王老汉家。

果然，夜半三更，老虎和小偷都偷偷摸摸地来了。他们为了把大胖驴吃到嘴/搞到手，一个在墙角挖土打洞，一个在屋顶扒草打洞。很快，窸窸窣窣的声音就惊醒了王老汉，但老太婆说"管它贼哩虎哩，我什么都不怕，就怕漏"。听了老太婆的话，这个不知为何方神圣的"漏"，让老虎和小偷又惊又惧。结果，小偷脚下一打滑，就摔到了老虎身上。老虎误以为小偷是"漏"，小偷误以为老虎是"漏"，彼此都把对方给吓坏了。于是，老虎驮着身上的小偷转身就开始逃。

承接上文对"漏"的误会，故事进一步在"误会"中进入精彩纷呈的叙述中。从内文第18页到第23页，叙事的空间不断转换，故事的场所也从驴背山拐到了驴背湾，再一路跳到了驴背岗以及别的地方，最终因为老虎撞上一棵大树才停止。一个说："好险啊！"另一个也说："好险啊！"小偷想："这个漏好厉害啊，像旋风一样，颠得我骨头都要散架了！"老虎想："这个漏好厉害啊，像石头一样，压得我心都要蹦出来了！"这一路的慌乱奔逃，"漏"不断冲击着角色的心理，印证着这一人一虎对"漏"的恐惧和猜想。再加上大树的撞击，两个偷驴的毛贼，已经精神涣散、彻底蔫了。

然而，"贼心不死"的话也绝不是空穴来风。一场大雨，似乎让这场高潮迭起的逃亡和冒险，一下就降低了风险系数。在雨水的洗刷下，老虎和小偷仿佛恢复了平静。刚才还在感叹"好险啊"的一贼一虎，决定重整旗鼓。他们选择重新出发，决心要把大胖驴吃到嘴/搞到手。只不过，在"漏"的误会没有消除之前，有趣的事必然会伴随误会再一次发生。

从第24页到第35页，故事就这样在转折中迎来了又一个高潮。

大雨一直哗啦啦地下着，一贼一虎对那头大胖驴仍然念念不忘。或许是雨水模糊了视线，或许因为这一贼一虎惊魂并未彻底安定，总之，还未正式再次实施偷驴大计，他们就遇上了那个可怕的"漏"！

误会再次上演！

刚要溜下树的小偷，一回头就看见了老虎；刚到树下的老虎，一抬头就发现了小偷。小偷和老虎，再次误以为对方就是老太婆口中那个可怕的"漏"，双双被吓得魂飞魄散。一个拼了命往树上逃，一个不要命般往山下跑；

一个手一松，一个腿一软，骨碌骨碌一起滚下了山坡。贼和虎，就这样在泥浆里滚成了大花脸，即使对方近在咫尺，哪里又分得清楚是人还是虎呢？于是，他们又一次成了彼此心中的"漏"，而且把对方吓得晕了过去！

故事的承和转，就这样在贼和虎的三次误会中不断推进，迎来了最高潮。

一般情况下，误会的重复使用会削弱误会所制造的矛盾力度。然而，在《漏》中，却因为对误会的重复使用，把故事情节再次推向了一个高潮。

那么，让老虎和小偷误会的"漏"，到底是什么呢？第36页到第41页，既完美地回应了故事的起始部分，也让故事的叙事空间重新实现了平衡。

其中，第36页到第37页是王老汉家的屋外全景图。天快亮了，雨水哗啦啦地击打着墙角破了一个洞、屋顶的茅草被扒拉开的王老汉家，两只驴耳朵出现在牲口棚的门上方。第38页至第39页描绘的是王老汉和老太婆在屋内的某一个场景，刚睡醒的老夫妇一脸忧愁地盯着屋顶方向。"嘀嗒，嘀嗒。哎——怕漏雨，偏又漏了！"

至此，谜底终于揭晓。王老汉和老太婆怕的"漏"，正是下雨时候的屋漏呀！第40页的画面中，从屋顶滴落而下的雨水，在一个缺了口的碗里溅起了朵朵水花。"嘀嗒，嘀嗒"的漏雨的声音，既是暴风雨结束后的余韵，也是故事快要收场时奏响的前奏曲。至于从一开始就作为促使故事发生的动因——大胖驴，则独自在第41页里占满了一整页纸，它把胖胖的屁股背对读者。最有趣的是大胖驴那如胜利者般的回头一瞥，有一股说不尽的含蕴、道不尽的玩味之意。

（三）图形、色彩和线条里的"漏"

《漏》的故事，始终在一个由文字和图画共同组成的完整叙事空间里铺开，起、承、转、合无缝衔接，清楚地交代了故事的发生、发展、高潮和结局，既是民间故事式的类型表达，又是儿童文学式的故事叙述。让人惊喜的是，东方娃娃版的《漏》从文到图，一直都保持在一个相应的节奏和基调，且与情节的发展进程高度一致。因为文字与图画在叙事上的相融、互补，促使《漏》成为文、图之间共同讲述故事的儿童图画书典范作品。

"漏"作为推动故事情节不断向前发展的核心元素，本来指的是"屋漏"。但因为老太婆的话让老虎和小偷产生了误会，他们因此误以为对方就是那个可怕的"漏"，从而在误会重重的情境下制造出了一系列爆笑又好玩的画面。这些图形、色彩和线条下的"漏"，完美地回应了作为文字讲述的故事"漏"。

在图形、色彩和线条的世界里，画家巧妙利用了图、文设计，配合了故事情节发生、发展的进程。整部作品的画面，都非常的简洁、利落和集中，没有多余的装饰和背景烘托，多以局部近景特写或全局远景的镜头，紧扣故事发生的环境。比如老虎和小偷的每一次面对面镜头，都采用近景特写，读者可以很清楚地看到他们脸上的恐惧、担忧。这种一目了然的清晰感，加剧了老虎和小偷对"漏"的误会的可笑性，大大增强了故事的讽刺感。在第25页至第27页，画家描写小偷和老虎在大雨滂沱中仍然"贼心不死"，恰到好处地采用了远景手法，把他们在雨幕中的模糊身影放置于广阔的大自然，借助荒凉、冷清的驴背岗以及那棵孤零零的大树，既强化了小偷和虎没有把大胖驴吃到嘴/搞到手的"不甘心"，又烘托出他们的图谋注定失败的悲凉的气氛。

画家利用视觉语言讲述故事，不仅善用近景、远景等来处理画面空间的关系，还让文字在意义之外参与到构图和造型，进一步强化故事的讲述性和画面感。在第18页至第19页中，"老虎驮着小偷拔腿就跑，跑过了驴背山……拐过了驴背湾……跳过了驴背岗"。画家既借助于跳脱的线条和人物夸张的动作、神情来表现这个过程的惊心动魄，又让文字以曲线式的排列，共同形成一种"连滚带爬"的画面感，把老虎和小偷对"漏"的恐惧和逃跑时的狼狈展露无遗！在这个部分，图画的线条灵动而自由，人物形象和文字充满动感，画面极其形象、生动。在贼和虎的第三次误会中，当小读者看到摔得四仰八叉的小偷和老虎一个劲地"快逃！快逃"时，当"骨碌骨碌"这样动态十足的词语与在泥地上滚到模糊的小偷和老虎的形象相对应时，谁又不会哈哈大笑呢？

当然，这样的例子在文本中比比皆是。

比如那个一开始就在扉页出现的空空的破碗，到了故事的最后，已经"开"出了一朵朵水花。画家就这样用一个破碗的前后变化，先暗示而后证明了所谓的"漏"到底是什么。还有那只大胖驴，在第3页中与老夫妇站在一起时以正面示人，但到了最后一页，大胖驴留给读者的却是一个胜利者回眸般的背影图。

在《漏》中，这样的对比、对照和对称描绘随处可见。

可以说，东方娃娃图画书版的《漏》在表达手法、文图设计上与国际一流图画书水准相当。一般民间故事图画书，文字的篇幅要么过长，要么就是图画的故事讲述能力不突出。但该版本的《漏》，虽然故事简单，文字却极其生动、简洁，图画在形象、有趣的同时又极具故事讲述性，是一本儿童性和故事性都十足的儿童图画书。

## 三、讲读建议

民间故事中，这种具有类型化、模式化和扁平化特质的人物及其故事情节，在有些人看来或许未免有些简单，他们甚至会质疑：天底下真的有老虎和小偷这样的傻子，竟然以为对方就是不知为何方神圣的"漏"？然而，民间故事的高明之处，恰恰就在于表现了人们对常识的无视。有着丰富的生活阅历和人生经验的成年人一定知道，那些被认为是常识或一眼就明了的东西，人们往往会在某一瞬间鬼迷心窍，傻傻分不清楚谁是谁非或是人是鬼。正如老虎和小偷，即使面对面也无法分辨彼此的身份，最后自己把自己吓得半死。

在讲读的过程中，讲读者需要让读者明白民间故事真正的奥妙之处，正在于以一种合情合理的夸张和幽默，袒露人类内心深处的欲望和隐秘，巧妙地向孩子们传达生活的真相。作为成人的我们，如果能够认识到这一点，自然不会认为这样的故事是在看轻孩子，也就理解了民间故事得以一直流传的根源所在。

根据《漏》改编的图画书，不止东方娃娃一个版本。建议结合不同版本的"屋漏"型故事，尝试找一找他们各自的异同。讲读者在讲读这样的故事之前，有必要多看几个不同版本的相同类型故事。

其次，仔细读一读故事的原型。在这个故事还没有变形成为儿童图画书之前，它是一个民间故事。读一读在民间流传的"屋漏"型故事，讲读者试着自己梳理一下文字作者和画家是如何生发和转化这个故事的。

第三，充分将文字和图画结合起来细读。讲读者需要自己先充分理解文字和图画是如何配合的，再把一个大家都在讲的民间故事，讲出生动、活泼和幽默之感。

四、阅读活动

1. 画一画。

故事中有一些精彩场景和形象很值得模仿绘画，不妨鼓励孩子们选择自己喜欢的内容，试着画一画吧。

2. 猜一猜。

故事讲完后，请孩子们结合故事与图画猜一猜，老爷爷和老奶奶的房子以前漏过雨吗？并让孩子们试着提供答案的依据。

3. 讲一讲。

在多次听读故事和看过图画后，请孩子们尝试自己看图讲故事，老师和家长可以根据实际情况提供帮助。

五、拓展阅读

1.《漏》
2.《狼外婆》
3.《老鼠娶新娘》

# 第三节 杨志成与《狼婆婆》

在图画书的中国表达上，曾三次获得凯迪克奖的华人图画书著作者杨志成老先生，是必须提及的一位。他的图画书创作，或许能给当代中国图画书的创作和图画书的中国表达提供一些新的思考。

一、杨志成：站在西方讲东方的故事

1931年，杨志成出生于天津，是中国早期著名的建筑设计师杨宽麟之子。3岁随家人迁居上海，17岁到香港，20岁到美国求学，之后便一直生活在美国。他先是在伊利亚诺州立大学学习建筑，三年后又转入洛杉矶艺术学院学习广告设计，毕业后从事广告插画师工作。因为哈珀出版公司著名的童书编辑厄苏拉·诺德斯特姆[①]的缘故，杨志成无意间步入图画书领域，成了一名杰出的图画书作家。

1962年，杨志成创作了第一本童书《自私的老鼠和有关自私的故事》，从此他就一直耕耘在图画书领域，一共创作了80多本儿童图画书。其作品曾先后获得《纽约时报》"年度十大最佳绘本"，纽约公共图书馆"可供阅读和分享的100种图书"。同时，他也是第一位获得美国凯迪克奖的华裔图画书创作者。其中，杨志成凭借《狼婆婆》（1990）获得了凯迪克金奖，《公主的风筝》（1967）《七只瞎老鼠》（1993）获得了凯迪克银奖。除此以外，他还曾两次获得国际安徒生奖提名。《狼婆婆》《公主的风筝》《叶限》《七只瞎老鼠》《雪山之虎》等作品极具盛名，颇受国内外读者欢迎。这些故事，大多都是根据流传在东方各国的民间故事改编而成，具有多元文化特质，展现了与西方儿童图画书不一样的艺术空间和表达格调。

而他尤以中国民间故事作为蓝本的作品为巨，且影响很大。

比如《公主的风筝》，文字出自美国作家简·约伦，故事背景设置在古代中国，主人公是皇帝家一个不怎么被人关注、名字叫"小小"的小公主——一个如拇指男孩汤姆一样的袖珍小女孩。核心情节主要围绕小小用风筝从高塔里救出自己的父皇展开。作为一本儿童图画书，《公主的风筝》实现的依然是符合孩子期待的小人物的大英雄梦。故事的外壳带有鲜明的中国元素，内里却是一个典型的西方民间故事。但那种熟悉的如窗花一般的剪纸艺术，人物在故事场景里的造型又如京剧舞台上的演员的装扮，还有大篇幅的留白……杨志成老先生正是用浓郁的中国画风，强化了故事的中国元素和文化属性。

而取材自中国读者熟悉的成语故事《盲人摸象》的《七只瞎老鼠》，有着非常明显的"为儿童"改编的痕迹，教育色彩十分浓厚。关于这一点，台湾儿童文学作家陈木成在评价该书的时候说，杨志成的《七只瞎老鼠》具有

---

[①] 在前面也曾提及这位编辑与一大批天才的童书作家和插画家合作的经历，包括莫里斯·桑达克等人。实际上，这位童书编辑的确发掘和培养了包括杨志成和桑达克等人在内的许多杰出人才。这一点，在伦纳德·S.马库斯主编的《亲爱的天才》一书中，可窥一斑。笔者曾有幸与马库斯先生在北京有过短暂接触和交流，对此有着深刻的印象。

"古典寓言的现代光彩"。"作者把'盲人摸象'的故事做了相当程度的改编,使故事更切合幼儿的生活经验和心理发展。"① 正如陈木成所说,在《七只瞎老鼠》中,杨志成非常成功地把一个传统的寓言改编成了一个精彩的儿童故事。无论是在文本内容的主题、哲学意蕴和教育内涵的传达上,还是在图画的视觉语言运用上,都尽可能更多地靠近儿童和接近儿童的审美、认知与艺术需求。我们或许还在这个故事的图画表现上,依稀看到了李欧·李奥尼的痕迹。

《狼婆婆》是中国人家喻户晓的"狼外婆""老虎外婆""熊嘎婆"类型故事,是一代又一代中国孩子都曾听过的睡前"恐怖故事";《叶限》的故事文本成书于唐朝中晚期,是一则典型的灰姑娘故事,却比世界上最早的"灰姑娘"故事早了近一千年;《父子骑驴》《塞翁失马》《促织》《田螺姑娘》等,要么来自诸子散文,要么来自《聊斋志异》,要么直接来自中国古代的民间传说……这些故事深含中国传统的文化底蕴与智慧,充满辛辣的讽刺、嘲笑和谐谑的格调。在图画的造型与着色上,虽建立在西方现代图画书理念之下,但又有着浓浓的中国文化和艺术风范。

杨志成的儿童图画书创作,虽然故事文本都取材自中国古代典籍,但又并非单一的中国古代传统文化的直观呈现。一方面,创作者不仅有着华人身份且在中国度过了18岁之前的时光,他无疑深受中国传统文化的影响;另一方面,作者18岁以后一直处于美国的文化土壤,所以他又是站在西方的文化语境之下,以儿童图画书的形式表达传统东方的故事。这种双重性,使得杨志成的图画书呈现出一种复杂的情态,而他本人也被认为是站在西方讲东方故事的绘本作家②。

在多重文化和多重空间的交织之下,结合当前的文化语境,杨志成所讲述的那些中国故事以及讲述方式,对中国的原创图画书创作、阅读与欣赏就

---

① 陈木成.古典寓言的现代光彩[M]//[美]杨志成.七只瞎老鼠.石家庄:河北教育出版社,2008:导读手册.
② 2019年的年末,在北京广福观的一场图画书研讨会上,时年87岁的杨志成老先生做了一场自己的图画书主题发言,笔者有幸聆听。当时,主持人阿甲老师在介绍杨老先生的图画书创作时,提出他是站在西方讲东方故事的绘本作家。在现场,杨老先生给大家分享了他的图画书创作初衷以及个中曲折——说他是"站在西方讲东方故事的绘本作家",的确十分符合杨老先生的创作实际。

有了一定的参考意义和价值。如此,对《狼婆婆》一类图画书的探究和思考就别具深意。

## 二、《狼婆婆》:中西方文化视野下的"老虎外婆"型故事

《狼婆婆》一书在1990年获得凯迪克金奖,可见它在美国图画书领域的成就和地位。一般情况下,人们认为《狼婆婆》的故事是东方版的《小红帽》。但在民间流传的版本里,"狼外婆"或"熊嘎婆"或又名曰"老虎外婆"的故事,即便看上去与小红帽式的故事原型有些类似,也仍然有着根本的不同。

### (一)《狼婆婆》不是《小红帽》

德国民间文学研究者艾伯华在《中国民间故事类型》一书中,曾对"老虎外婆"这一故事形态做过专门的分类研究。周作人在《童话研究》中指出,老虎外婆类的食人式童话,主要源于上古的人祭风俗或仪式。"上古之时,用人以祭,而巫觋承其事,逮后淫祀虽废,传说终存,随以食人之恶德属于巫师……"[①]

根据艾伯华的考证,"老虎外婆"是在全中国范围内都非常流行的故事类型,源头最早可以上溯至17世纪的《广虞初新志》中。当然,里面的动物可以替换为狼、狐狸、豹、熊,甚至大猩猩,也可能是妖精或食人魔;主人公可以是一个儿子、一个女儿,或者两个儿子,又或是两个儿子、一个女儿,或者两个女儿,三个女儿甚至四个女儿等等。无论故事如何变异发展,但基本的情节和构成元素大同小异,主要聚焦于年幼的孩子们与凶残狡诈的动物斗智斗勇,以保护自己和家人免遭吞食残害,最终赢得光明的结局。

在夏尔·贝洛和格林兄弟二人版本的《小红帽》里,故事的主人公在进入危险的境地后,各自有着不同的命运:前者笔下的小红帽,最终被大灰狼吞到了肚子里,成为野兽饱餐一顿的食物;后者故事里的小红帽则在猎人的帮助之下,从大灰狼的肚子里逃了出来。从这两个颇具代表性的版本可以看出,在欧美流行的《小红帽》,主人公在面对大野狼时,如果没有帮助者,她

---

[①] 周作人.童话研究[M]//周作人,止庵.周作人自编文集:儿童文学小论 中国新文学的源流.石家庄:河北教育出版社,2002:17.

们就无法自救。但在中国国内流传的这一系列"狼外婆"或"熊嘎婆"的故事里，猎人没有出现，离家去探望外婆的则是孩子们的母亲，而不是某个像"小红帽"一样的女孩或者她的兄弟姐妹。

与《小红帽》相同的是，主人公们均遭受了来自大野狼的威胁。即便有兄弟姐妹，他们也会因为年幼而上当受骗，最终不得不让最大的孩子去独自应对这一险境。只不过，在中国人的传统文化语境里，人定胜天的信念是刻在基因里的。所以无论主人公多么渺小、无助，无论眼前的困难多么难以逾越，也不会把自己的安危和命运寄托于人。主人公们都会选择直面困难，并想方设法化解自身所处的困境。同样，《狼婆婆》故事里的三姐妹，最终也凭借自己的力量，战胜了强大的野狼。

故事一开始，杨志成就用序曲的方式，以第三人称的视角对"狼"定下了一个基调："感谢世界上所有的狼，把他们的好名字借给我们表现活生生的'坏人'。"此后，故事便在一个中国民间故事的框架之下展开，集中描绘和刻画了三个女孩在母亲离家后，独自应对大野狼的一系列场景。

这是一个渐变和渐进的过程。

就像所有的民间故事告诉我们的那样，越是年幼的孩子，越容易上当受骗和被坏人利用。故事中的二妹阿桃、三妹宝珠年幼而天真，她们既心急又对坏人没有戒备之心。当大野狼扮成的老外婆稍微卖一卖凄惨和可怜的人设，就轻而易举地让她们拔掉门闩、打开了房门。狡猾的大野狼一进门就吹灭了蜡烛，让原本就不太容易分辨是非善恶的孩子，彻底陷入困境而不自知。但是，再阴险的坏人总会有露出"狼"尾巴的时候。故事中的大姐阿珊触摸到大野狼就发现了异样，并果断点亮蜡烛，从而趁机看清楚了大野狼的嘴脸。

与此同时，一心想吃掉三姐妹的大野狼，在面对大姐阿珊的质疑时，不断用谎话哄骗单纯的孩子。但聪明、冷静、果断的大姐阿珊没有被大野狼欺骗，她充分利用了大野狼的贪婪本性，趁机带着两个妹妹躲到了门前的大白果树上，同时还以其人之道还治其人之身，巧妙地制服了大野狼。

一如给孩子们看的那些经典民间故事，三姐妹战胜了大野狼并迎来完满结局。而且，光明的结局并非因为猎人一类的助人者或某个幸运物的出现，而是故事里的主人公——也可以说是读故事的孩子们，通过发挥自己的聪明才智战胜了强大的敌人。三个孩子与大野狼的交手，经历了遇见坏人、被坏人的谎言欺骗、然后识别坏人身份、最终用智慧战胜坏人几个阶段。从儿童文学的角度来说，这一过程也展示了主人公的成长性，是主人公心智成熟前所必须去经历的考验。

（二）无处不在的"狼"造型与故事的定调

杨志成版本的《狼婆婆》，与田原的连环画《狼外婆》①母题一致，讲述的都是三个女孩与"大野狼"之间斗智斗勇的故事。如果稍加比较，会发现二者在绘画表达上的巨大差异。画家田原的连环画版《狼外婆》，采用的是典型的中国剪纸艺术形式；杨志成的《狼婆婆》，除了在故事基本形态上保持了传统的中国民间故事内核外，在人物造型和构图等方面更具西方当代图画书的艺术特色。也就是说，无论是故事内容还是艺术表现形式，杨志成版的《狼婆婆》都是一个中西文化和中西艺术相结合的产物。

在造型上，"狼"元素无处不在。既突出了"狼"这一意象在故事中的核心地位，又渲染了故事中那股强烈的"暗黑恐怖"气氛。

展开封面、封底，呈现在读者眼前的是一幅夕阳下的血红色画面，在居中位置的大野狼，侧身回头的身影迅速吸引了人们的注意力。恶狼面无表情地看向读者，两只眼睛闪烁着白色的荧光，阴森又恐怖。

在接下来的正文部分，狼则以各式各样的形态存在于几乎每一个画面，为故事的情节发展、人物形象塑造和情感气氛的渲染发挥了重大的作用。人物处境不同，画面中的狼的形态和气势也有异。

如在第1页和第2页中，画家以一个似狼又似人的"狼人"形象，率先将坏人与"狼"对等。但无论狼或人，形象都模糊不清。从第3页到第4页，描绘的是太阳快要下山的时候，三个小女孩与母亲告别的画面。此处的故事场景，画家将其设置在一个仿佛正在沉睡的狼头形状的山坡上，隐喻的色彩不言自明。一旦充当孩子保护者角色的妈妈离开，"沉睡的"坏人就会觉醒，而孩子们将不得不独自面对黑夜里的那些未知和危险。从第5页到第8页，是装扮成外婆的大野狼的登场时间。大野狼把凶狠又锋利的爪牙包裹在织物里，连那条大尾巴都藏得好好的。只露出了眼、鼻的大野狼瓮声瓮气地模仿着老外婆说话的腔调。然而，画面中的大野狼满口獠牙，让人一看就知道他

---

① 田原连环画版本的《狼外婆》由江苏人民出版社在1979年2月出版，故事的主要内容在前文略有提及，在此不再赘述。

是危险的坏家伙。而狼头与狼眼的局部特写，让门缝外的坏蛋危险味十足。在第9页到第10页中，引狼入室的三姐妹被笼罩在一片巨大的黑色狼影之下。第11页到第16页的部分，描绘的是狼婆婆逐渐被三姐妹中的大姐识破的整个过程。在画家笔下，那个伪装成老外婆的大野狼仍以局部示人，同样一副狡诈和凶残的样子。但在此后的页面中，狼的形态以及气势都发生了很大的变化。比如，从躲到大树上的三姐妹的俯视角度下看大野狼，他是渺小而可笑的；在近景特写镜头下的狼婆婆，则一脸的气急败坏，但又拿这三个孩子无可奈何……当三个小姐妹终于战胜大野狼，"狼"形山坡不但变成了一只死去的狼的样子，甚至连"狼"的形态都再次变得模糊不清，几乎已经从三姐妹家所在的山坡消失了。

显然，"狼"的造型及形象在画家笔下的变化，始终呼应着故事情节的发展和人物的处境变化，且与故事的情感基调保持了高度的一致。

事实上，这并非杨志成第一次运用故事中的某一主要元素构图。早在绘制《叶限》时，他已经率先用"鱼"的形态来给故事画面造型、定调。无论是故事的场景还是人物的形态，"鱼"的形象和身影都无处不在，这既彰显了"神鱼"在壮族人心目中崇高的价值和地位，又让读者对《叶限》故事中的核心意象一目了然。而《狼婆婆》中的"狼"造型，更是加深了人们对"狼"在民间故事中的奸诈、凶残的印象。

《狼婆婆》虽采用的是中国读者家喻户晓的民间故事文本，其故事类型也是世界通用的，但由于最早是在西方出版发行，或多或少都存在一定的文化隔阂。作者没有像一般的民间故事，以"从前""很久以前""在遥远的古时候"等常见用语开头，而是先烘托出"狼"的象征意义：在一大团暖黄色的朦胧色块里，一个似狼似人的形象呼之欲出，很好地呼应了作者对"狼"的设定——活生生的"坏人"的象征。读者一开始就明确地捕捉到了故事主题，从而建立起阅读的信任感。随着故事进程的发展和推进，作者的图画语言进一步丰富，除了色调的变化，图画之间的版式和构图比例不断发生变化，充分发挥图画在叙事上的作用。尤其是分割的屏风设计，让这个古老的中国民间故事多了一份格外的东方文化风韵。

（三）分割的"屏风"构图设计

关于"屏风"的构图设计，一直是研究杨志成图画书的人们津津乐道的。

加拿大著名的儿童文学研究者佩里·诺德曼在谈及图画书的民族风格时，曾提到杨志成为《狼婆婆》配的画，使用的是"中国古代版画的毛笔及镶边技巧"①。2019年12月21日，杨老先生在北京广福观做了一场原创图画书的讲座。主持人阿甲老师曾当面问了他"屏风"设计的问题，他本人也亲自回应了"屏风"设计的初衷②。原本，他只是为了给图画设定一个边框。但令人惊讶的是，分割整齐的小幅图，在无意中却呈现出了中国古代"屏风"艺术的制图之美。

分割的"屏风"构图设计，虽然是无心插柳的意外收获，但进一步探索，读者会发现作者分割图画不是随意的。如何分割，始终有着明确的设计意图，并牢牢锁定着故事的叙事节奏。一页又一页按比例分割整齐的小图，既有屏风的摆设和装饰的效果，又恰到好处地为图画后面的文字世界制造出了一种朦胧、神秘之感。

场景1与母亲的离开有关，采用了三列"屏风"分割图，展现了"分离"的母题。此时的山坡，看上去就像一头微闭双眼、微露半头、正在沉睡的大野狼。野狼沉睡，似乎意味着"危险"就在脚下，只是还未苏醒罢了。其中，妈妈占据了图画的左幅页面，所处的位置正好在"狼"的鼻子上；右幅图画则被作者分割成了两列对等"屏风"，是三个孩子、她们的家以及荒无人烟的山坡，所处的位置分别是"狼"的眼睛和后脑勺。在整个场景中，自然意象和空间都被放大——包括门前那棵大银杏树，但人和房子相对显得渺小。在这个离别的场景里，晚霞斑斓灿烂，饱满的色调极力营造出了安详、温暖的氛围。

---

① [加]佩里·诺德曼,梅维丝·雷默.儿童文学的乐趣(第三版)[M].陈中美,译.上海:少年儿童出版社,2008:467.

② 当日，著名的图画书翻译者，红泥巴创始人阿甲老师曾问杨志成在《叶限》中，使用了"屏风"设计的问题。但是杨老先生的回答，让在场的笔者有点错愕。他本人回应说，当初之所以会采用"屏风"设计，主要考虑到的是中缝部分内容不好衔接——由于图书的印制问题，现代图画书的主要内容一般不会放到中缝部分。于是，他就想到用一个边框来设定界限，把图片用边框框定。在设计边框的时候，并没有想到这是一种"屏风"设计。但是，就我们现在的阅读和阐释而言，这种"误打误撞"收到了出乎意料的效果。一方面不仅呈现出了中国古代屏风艺术的美感，另一方面还适应了故事的叙事节奏。这似乎也间接证明了文学理论上的读者接受理论——创作不仅是创作者独自完成的，它还要依赖读者的阅读和阐释。这种阐释，会在某种程度上丰富作家原本的创作。杨志成老先生在图画书上的"边框"设计，很好地说明了这一点。

可是,"狼"形山坡的造型又让人隐隐不安。

场景 2 变成了四列"屏风"的等分设计,主要描绘的是天黑后,危险来临——大野狼装扮成老外婆,来敲这户只剩下三姐妹的家的房门了。其中,年幼的两个妹妹与暗影均分了左边的页面;右页的画面则被大姐阿珊与大野狼均分。绘者以这种直观明了的方式,暗示了大姐与两个妹妹之间的差异。一方面,暗影预示了妹妹们可能面临的危险;另一方面,拿着烛火照明的姐姐与门外的大野狼形成了强烈的视觉冲击,似乎又预示了后续的情节发展——阿珊与大野狼将展开势均力敌的较量。

在一片蓝绿色的光晕中,大野狼极力掩藏着自己的面目。他装扮成老外婆的模样,正在哄骗三个小女孩给他开门。与大野狼同属于一个边框里的那大片蓝色,如浓稠的暮霭,是坏人隐藏自己面目的绝佳掩饰。

场景 3 里,大野狼极力卖惨,是他为了博取年幼孩子的同情而进行表演的时刻。此时,绘者将整个画面切割成了三列非等分的"屏风"。如果从图画所占页面的比例来看的话,三姐妹只是占到了整个页面的四分之一,而大野狼及其隐藏起来的真身占据了四分之三的篇幅。这与莫里斯·桑达克在《野兽国》中对图文的分割设计很类似。稍微不同的是,杨志成将文字压在画面而非空白处。"狼"在整个图画部分所占的篇幅和比例,具有压倒性优势,三姐妹则被挤压到了画面中一个小小的角落。

是的,画面想要告诉读者:此刻的大野狼已经占据上风,他成功地骗取了小女孩们的信任。他的诡计得逞了!图画的叙事功能,进一步在此后的故事场景中逐一显示。

发展到场景 4 时,两个年幼的妹妹以为门外的野狼真的是她们的老外婆,毫无戒心地给他开了门。一进屋,野狼就吹灭了蜡烛,三姐妹完全被大野狼的阴影笼罩。在左右分割的两个屏风里,开门之后的三姐妹与一跃而入的大野狼再次形成了强烈的对比。暗影笼罩之下的三姐妹将会何去何从,一切都取决于他们能否识破坏人的诡计并找到解决问题的办法。

从场景 5 开始,三姐妹逐渐发现自己被骗并深陷危险,她们要开始自救和惩罚坏人。大姐阿珊先是碰到了大野狼的尾巴,这种陌生的触感引起了她的怀疑。狼的伪装露馅了。

在场景 6 和场景 7 中,三姐妹的形象在画面中显得朦胧而含混,因为较量和对抗都藏在台面下。两个场景,均围绕着大姐阿珊与大野狼的对话展开,其中既涉及阿珊对大野狼身份的进一步试探，也包含她思考如何脱身、与之周旋。

对于年幼的孩子来说，上当受骗总是不可避免的。那么，作为家长和老师能为孩子做什么呢？或许，故事中的阿珊给了孩子们一个很好的示范。保持镇定并想办法自保，这是无论大人或孩子，在面对困境时最需要具备的一种能力。

当大姐阿珊确证了老外婆是大野狼装扮的以后，开始利用敌人的贪婪本性，巧妙地带着两个妹妹逃到了门前那棵高大的白果树上。这棵树，是没有能力与大野狼直接对抗的三姐妹的最好屏障和庇护。

在场景 8 的图画展现上，再一次显示了杨志成高明的图画叙事技巧和手段。读者翻到这个页面时，首先映入眼帘的不再是可怕的大野狼，而是高高的白果树和三个女孩。画家用一个俯瞰视角，表现了女孩子们胜券在握的机灵劲和自信样。此刻，我们也就明白了，画家在一开始的时候，为什么会把家门口那棵白果树画得那么高大、显眼。此时的大野狼呢，在图画篇幅上进一步被压缩，他变得渺小极了。

再凶狠狡猾的坏蛋，只要我们足够聪明和理智，就必定能够找到战胜他们的机会。画家以这样的方式，不仅给了读故事的孩子们信心和勇气，同时还借此预示了故事的最终结局。当然，这三个倚靠大树的女孩子并没有因为一时的安全感就掉以轻心。她们开始主动出击，以自己的聪明和智慧反击大野狼了。

场景 9 中，描绘了围着大树转圈的大野狼的傻样。而接下来的场景 10、场景 11、场景 12，描绘的都是三姐妹合力捉弄和打败大野狼的画面。在场景 13 中，她们进一步确证了大野狼已经摔死。

最后，荒凉的山村恢复了宁静，袅袅炊烟升起，妈妈也回家了。最后一个场景与第一个叙事场景遥相呼应，形成了一个非常完整的叙事结构。细心的读者，也一定发现了这个场景与故事一开始的时候相比，出现了微妙的变化：故事一开头中那个假寐的"狼"形山坡，似乎从画面中消失了！画家用图画的视觉语言告诉读者，孩子们战胜了大野狼，也解除了自己成长过程中某个时刻面临的危险。

总的来说，《狼婆婆》在光影的互动中创造出了画面的平衡，将色彩、线条和图形作为叙事语言运用得非常充分，具有浓厚的印象派色彩。画面虽主要以暗黑色系为基本的色调，在一定程度上营造出了人类对狼、黑暗的恐惧，但又有不失明亮和谐谑的地方。比如，当大野狼被三姐妹耍得团团转的时候，他的贪婪、蠢笨以及可笑，都在杨志成的图画里完成了。

可以说，杨志成的作品《狼婆婆》不仅准确而生动地传达了中国民间故事的精髓，还颇具儿童性。也就难怪这部作品能得到凯迪克金奖了。难能可贵的是，杨志成的传统故事题材类图画书的转化，为中国本土原创图画书的创作提供了可以直接借鉴的现代经验，让我们更加明白所谓的"现代性"，并非只是单纯的技法和手段的现代，它更重要的是要求创作者要拥有一种站在当下、为当下儿童创作的理念。

## 三、讲读建议

在尽可能的情况下，建议讲读者能够更为全面地了解杨志成先生和他的创作。如果有机会，亲自参加他在国内的图画书讲座活动，听作者们讲一讲那些创作背后的故事，能给予我们对创作者更为直观的认识和体会。当然，此种途径行不通的时候，大范围地阅读画家所创作的那些图画书、了解他的成长环境和人生履历，最大限度地去做案头的文献梳理工作，也很有必要。

目前，国内引进的杨志成的图画书越来越多，这对国内从事图画书研究、图画书的创作以及图画书讲读的人群而言，是一个好消息。因为杨老先生特殊的文化背景和经历，他那些以中国的传统故事为蓝本改编的图画故事，对我们具有不可替代的借鉴意义。

无论是《狼婆婆》《七只瞎老鼠》，还是《公主的风筝》等作品的讲读，首先应该遵循的依然是一般图画书的阅读顺序，带着孩子从文字、图画以及文图相互结合阅读的步骤，全面、细致地精读作品。

其次，作为讲读者，在讲读杨志成的这些图画书时，应该要建立起中、西方两种文化意识，以确保自己解读的宽度与正确性。尤其是故事的讲述策略，以及绘画艺术的差异上，应该要充分地去了解相关知识。比如适当阅读一些中西方的美术史、看看美术评论等，这也有助于我们与孩子欣赏到图画书中真正的艺术性，从而获得更多的审美享受。

第三，因为故事文本来自传统的民间故事，而中国又是一个幅员辽阔的多民族国家，相同的一个故事类型即使是在国内，都存在众多异文。针对这一类文本，建议讲读者能够适当阅读权威的民间文学和民俗学著作。比如德国学者艾伯华在20世纪30年代所著的《中国民间故事类型》，美籍华人学者丁乃通的《中国民间故事类型索引》，刘守华的《中国民间故事史》以及其他的叙事学著作等，都非常有助于讲读者深化对故事的理解。

最后，需要提醒讲读者注意的是，《狼婆婆》这本图画书曾给很多成年人留下了"惊悚"的印象——认为如此恐怖的书不能给孩子看，因此就否定了它作为儿童图画书的价值。部分成年人的担忧，是可以理解的。也正因为如此，讲读者就更需要好好讲明白这本书的价值所在。这个世界并非只有光明和善良，还有黑暗和丑恶。我们的孩子既要看到这个世界美好的一面，但也要识别和应对这个世界的另一面。很明显的一点是，选择无视眼前本就存在的困境和丑恶，并不是正确面对世界的方法。

成年人的生活经验告诉我们，这个世界像"狼婆婆"那样的坏人很多，而且谁都有可能会碰到。如何识别并逃出他们用谎言编织的陷阱，对各个年龄层次的人，都是一门需要学习的课程。

书本的价值到底是什么，不就是为了让我们从前人的生活经历里获取经验，从而让自己在人生路上少摔跤、少走弯路吗？前提是，我们和我们的孩子真的读懂了书。只有真正读懂了书的孩子，他们才知道如何运用书籍的力量。而古老的民间故事，是一代又一代人传递下来的普通人的生存与生活智慧，它对我们的影响当然也是很重要的。

还有一点需要注意的是，在人物的刻画和描绘上，杨志成并未摆脱西方人对中国人长相的偏见。在三个小女孩的近景镜头里，她们的眯眯眼、小眼珠和大眼白，都是欧美人对华人长相的一种刻板印象。虽然不排除有这种长相的中国人，但这绝对不是中国人审美的主流。说到底，这仍是欧美人对中国人的一种文化偏见和心理歧视。如果有孩子提到对画面中三姐妹的造型的疑问，讲读者应该真实、直接地回应，并引导孩子树立正确的审美观和文化观。

## 四、阅读活动

1. 针对图画细节，巧妙设置问题。

在孩子们认真读了故事和看了图画以后，可以适当给他们设置几个问题。

比如，在最初的叙事场景出现的那个"狼"形的荒凉山坡，为什么在最后一个场景中变得模糊甚至消失了？

此外，为什么有些画面内容溢出了边框，有什么特殊的意义吗？

图画书研究经验丰富的读者，基本能理解画面中的特定部分溢出边框所代表的紧张感。但孩子们会对画家的这类设计秉持什么想法，不妨让孩子们去仔细观察第9页中狼的耳朵、第15页中狼的鼻子、第21页中装狼的筐子、第22页中狼的腿和爪子……然后探讨一下，它们为什么出现在画面的边框之外？画家的这种安排是无意的，还是有意为之呢？为什么？听听孩子们的想法吧。

2. 演一演，体会人物和故事。

和孩子们读完《狼婆婆》的故事以后，可以请小朋友们分别扮演三个孩子、大野狼和妈妈，以表演的方式进一步深化对这个故事的理解和认识。

3. 将故事联系生活，给孩子建立安全意识。

当然，可以借这个故事教给小朋友一些必要的安全知识。比如，家里没有大人的时候，小朋友要如何应对敲门声？这一类故事的讲读，可以结合孩子的日常生活经验来讲，帮助孩子们建立保护自己的个人安全意识。

### 五、拓展阅读

1. 《美猴王孙悟空》
2. 《七只瞎老鼠》
3. 《叶限》
4. 《塞翁失马》

## 第四节 《咕噜牛》《明锣移山》：西方作家对古老东方寓言的现代改编

除了杨志成这一类具有深厚的中国文化背景的作家站在西方的文化场域，娓娓讲述关于中国的故事外，还有一些土生土长的西方作家对中国传统故事的创意改编，一样值得我们探讨。他们的创作，不但给我们的图画书解读提供了新的角度，也为中国本土原创图画书的创作带来了新的思考和启示，是我们重新认识中国传统文化和古典文学故事的又一个契机。其中，英国作家朱莉娅·唐纳森的《咕噜牛》，美国作家艾诺·洛贝尔的《明锣移山》，堪称此类改编的代表作品。二人的故事文本，分别来自中国古老的寓言和传说故事"狐假虎威"和"愚公移山"，前者出自《战国策·楚策一》，后者出自《列子·汤问》。

中国古代的先贤尤其是诸子百家，为了让自己的思想能为统治者接受，都擅长用讲故事的方式来阐述自己的观点。故自先秦以来，在诸子文集和古代文人的散文集中，常见各类具有道德规训和教育意义的寓言。"狐假虎威""五十步笑百步""鹬蚌相争，渔翁得利""瓜田李下""黔驴技穷"……都是今天中国人耳熟能详的寓言故事。这些寓言大多是面向统治阶级，说理巧妙而不露痕迹，谐谑中充满智慧和严肃意味。

但在艾诺·洛贝尔和朱莉娅·唐纳森这两位西方作家笔下，原本充满古老东方智慧的寓言故事，最终都变成了好玩、有趣又生动的儿童故事。这既是儿童文学与成人文学的差异所致，更是因为"在同一个故事'输出'的过程中，由于国别、民俗、习惯、认知、文化差异等因素的作用，会导致同一个故事的不同版本在叙事方面的差异"[①]。

## 一、《咕噜牛》："狐假虎威"类寓言故事的图画书现代改编

### （一）朱莉娅·唐纳森与《咕噜牛》

《咕噜牛》出版于1999年，作者是英国著名的童书作家朱莉娅·唐纳森。1948年，朱莉娅·唐纳森出生于英国伦敦，大学主修戏剧和法学，毕业后主要以给电视节目创作歌曲和编剧本为生。40岁后，因为一些个人遭遇和经历，她开始把创作重点转向儿童文学领域，进而开始了儿童图画书的文字创作工作。

由她撰文、德国著名插画家阿克塞尔·舍夫勒绘图的《咕噜牛》，让朱莉

---

① 王志庚.以《萝卜回来了》为例看中文图画书叙事[M]//阿甲,[法]苏菲·范德林登,[美]伦纳德·S.马库斯.画里话外 02:叙事.南京:南京大学出版社,2019:52-53.

娅·唐纳森一炮走红。因为无意间读到的中国古代成语"狐假虎威"的故事，她迸发出创作的灵感，从而为全世界的少年儿童创造出了一个幽默、好玩、诙谐又极其符合孩子们认知和欣赏趣味的经典儿童故事。

一只从来不会被人们注意的小老鼠，假借随口编造出来的一个可怕怪物"咕噜牛"，吓跑了想要吃掉自己的狐狸、蛇和猫头鹰，并又反过来利用这些天敌吓跑了真正的"咕噜牛"。在朱莉娅·唐纳森的笔下，故事的主人公由"狐假虎威"中的狐狸，变成了一只在森林里溜达的小老鼠，基本的故事形态由"狐假虎威"变成了"鼠假牛威"。

作为儿童图画书，《咕噜牛》所创造的价值和产生的影响是巨大的。2009年，由该故事改编而成的动画短片，在英国广播公司作为圣诞短剧之一播出。因为《咕噜牛》的畅销、流行和深得孩子们的欢心，2019年英国邮政还曾发行了六枚纪念邮票套票和一枚包含四枚邮票的小全张，以纪念儿童图画书《咕噜牛》出版二十周年。

在《咕噜牛》后，朱莉娅·唐纳森在童书市场迎来了大丰收，创作了同样著名的儿童图画书《小海螺和大鲸鱼》，与她合作的依然是德国画家阿克塞尔·舍夫勒。故事讲述的也是一个小动物——小海螺，在与大鲸鱼的旅行中，因为拯救了大鲸鱼的生命，从而发现像自己这样微不足道的小人物原来也有别人无法代替的自我价值。小海螺不但接受了自己是"小"人物的事实，而且重拾了作为"小"人物的信心，接纳了完整的自我。

朱莉娅·唐纳森似乎喜欢在儿童故事中塑造这样一些小动物和小角色，通过彰显这些小动物们的勇敢、坚强和聪明，鼓励同样弱小的孩子们去直面成长的难题。将小老鼠或者是任何弱小的、没有什么攻击力的小动物作为故事的主人公，是经典儿童文学故事所惯用的。甚至包括《哈利·波特》，也不过是这一儿童文学叙事传统的变形。弱小动物是弱小孩子的映射，因此以弱小的动物为主人公并战胜强大的敌人的故事，常被大人们认为是孩子需要和喜欢的。事实上也如此，在那些弱小的人或动物面临的困境、无助中，孩子们往往会代入自己的处境、心理去与角色共鸣。

朱莉娅·唐纳森的儿童故事始终关心孩子们内在的精神成长，所以她写的故事总是能打动儿童，这奠定了她在儿童文学领域里不朽的地位。

## （二）《咕噜牛》：一个"鼠假牛威"的故事

一只在森林里溜达的小老鼠，碰到了饥饿的狐狸、猫头鹰、蛇，他们向他发出邀请——吃饭、喝茶和喝酒。聪明的小老鼠知道，这些饥肠辘辘的家伙们可全都憋着坏主意呢。但面对劲敌，弱小的他无法硬碰硬，于是抓紧时间想起了办法，编造了一个从来未曾见过的凶猛怪物"咕噜牛"来吓唬他们。没想到，敌人一个个都被他的"谎言"吓跑了。

故事如果就这样结束，难免令人感到乏味。深谙叙事之道和制造各种惊喜的作家，显然不能仅限于此。果然，就在小老鼠以为他可以高枕无忧之时，眼前竟然出现了真正的"咕噜牛"，还跟他编造的那个怪物长得一模一样。

"他有可怕的獠牙，可怕的爪子，可怕的嘴里长满了可怕的牙齿！他的膝盖特别鼓，脚趾叉得特别大，鼻头上的毒瘤特别可怕！他有黄澄澄的眼睛，黑舌头，紫色的倒刺长满在他背后！"

最要命的是，咕噜牛与猫头鹰、蛇、狐狸等一众坏蛋的想法一样，他也想要吃掉小老鼠！

小老鼠真的吓坏了，他吓得话都快说不出来了。

但是，聪明的他可不能就这么被咕噜牛吃掉。他既然可以从狐狸、蛇和猫头鹰的嘴下逃走，当然也有机会打败咕噜牛。

他故技重施，说自己是森林里顶顶厉害的角色，动物们见了他都要逃跑。于是，一个"鼠假牛威"的故事，再一次拉开了序幕。小老鼠在前面带路，咕噜牛紧随其后。蛇见到了咕噜牛，哧溜溜地就爬走了；猫头鹰看到小老鼠身后的咕噜牛，张开翅膀就呼啦啦飞远了；狐狸瞧了瞧咕噜牛，转眼间逃得无影无踪。

正如"狐假虎威"中，小动物们被狐狸身后的大老虎吓得抱头鼠窜，在见到小老鼠身后的咕噜牛时，蛇、猫头鹰和狐狸也如临大敌，逃之夭夭了。咕噜牛与大老虎一样，全然不知眼前的动物们之所以抱头鼠窜，皆是因为自己。他们全都上了那只聪明的小老鼠的当啦！

然而，《咕噜牛》故事最让人捧腹和提心吊胆地方并不只是在于此。如果是这样，那它与"狐假虎威"也就别无二样。故事最精彩的地方在于，在"鼠假牛威"的诡计得逞之后，小老鼠却说出"溜溜达达大半天，我的肚子早饿啦！听说咕噜牛肉很不错，我倒真想尝尝它"的惊人之语。此处真如神来之笔,读者一边赞赏"真是胆大包天的小老鼠",但另一方面,又难免为小老鼠的命运胆战心惊起来:连最可怕的咕噜牛都敢去吓唬,小老鼠还真是"吃了熊心豹子胆"呢!

或许,此处用成年人的另外一句话来解读,应该更为恰当——"既然做戏,那就做足!"都说人生如戏,但无疑戏要做够,才能以假乱真、增加成功的筹码。欧洲乃至世界各地的民间童话,不是颇多这类例子吗?《勇敢的小裁缝》《穿靴子的猫》里的主人公,以及《五卷书》第一卷《朋友的决裂》中第七个故事里的那只让狮子自己杀了自己的兔子,这些小人物的成功都是建立在借力打力上,用敌人的魔法打败了敌人。

《咕噜牛》中的小老鼠,不过是把"用魔法打败魔法"[1]的民间智慧发挥到了极致,最后成功地把咕噜牛也吓得逃走了!

然而,一时的侥幸并非就意味着"鼠假牛威"的伎俩一劳永逸。如果不是性命攸关,小老鼠不会也不应该假借他人威风给自己逞能。毕竟,真相迟早会浮出水面,到那时,小老鼠面对的处境只会艰难万倍!不过,生死关头,保命肯定是第一要义。至于以后的处境,那就等事情发生以后,再想别的办法解决就行了。读者更应该看到的,是主人公在极度恶劣、高压的处境下,如何沉着、冷静地应对并化险为夷的智慧。谁拥有智慧,谁就拥有了力量,自古以来的经验和教训都在这样告诫我们。考察欧美民间童话就会发现,小老鼠这一人物形象类似于在欧美民间童话中一贯传承的"恶作剧者"[2],他们为了应对生存或迫在眉睫的困境,虽然欺骗或伤害他人却不会烙上任何污名或受到人们道德上的指摘。如果留心故事中的细节,读者也一定发现了一个细节:小老鼠用谎言欺骗的对象,全都是要吃他的可怕"捕食者"。从这个角度而言,小老鼠所有的欺骗只是为了能在黑暗丛林里活下去,所以他的那些诡计自然就是一种合法的反抗。

---

[1] 关于"用魔法打败魔法"更直观的一个例子,或许是古老的《五卷书》里那只聪明的兔子。饥肠辘辘的狮子打算吃掉兔子,但兔子为了活命,先用言语引诱狮子,说狮子有一个强劲的对手且不把他放在眼里,然后把狮子带到井边,最后利用倒影、回声,让狮子最终自己杀死了自己。

[2] 日裔美国民间故事研究者艾伦·B.知念在《童话中的男性进化史》中指出,所有文化中的恶作剧者都具有"急中生智而又勇于担当"的特征,他们虽然精明狡猾且常常见利忘义,会为了生存不择手段、使用阴谋诡计甚至谋财害命,但这都是"因为他生活在一个你争我夺的残酷世界中"。

这当然是故事，而故事允许虚构和夸张。更重要的是，这种虚构和夸张给读者带来了幽默的情感体验，不但让读者为小老鼠机智化解危机而叫好，还揶揄了那些自以为是的强大"捕食者"，从而鼓舞年幼的孩子去积极应对成长中可能遭遇到的困境。

### （三）充满音韵节奏的语言与重复的句子结构

《咕噜牛》诙谐有趣，故事读起来朗朗上口，句子排列如诗行。其英文版本，本身就极具儿童诗歌的意趣，而该书的中文译文出自任溶溶老先生，同样保留了语言本身的音韵和谐美。作为著名的童书翻译家和儿童文学作家，任溶溶对儿童文学的语言颇有心得。中文版的《咕噜牛》，故事的文本语言充满音韵和歌谣色彩，童趣十足。

> 一只小老鼠，叽布叽布，在密林深处溜达。一只狐狸看到他，饿得口水直滴答。"亲爱的小老鼠，你要上哪儿啊？进来吃顿饭吧，树底下就是我的家。"
> 
> "哦，狐狸，你太客气啦！可是很抱歉——咕噜牛约我来吃饭，一会儿就见面。"
> 
> "咕噜牛？咕噜牛是谁啊？"狐狸问道。
> 
> "咕噜牛就是咕噜牛！怎么，你连这也不知道？"
> 
> "他有可怕的獠牙，可怕的爪子，可怕的嘴里长满了可怕的牙齿！"[①]

作者通篇都采用了充满韵律和节奏感的语句，读起来铿锵悦耳，极具儿童性和趣味性。

对儿童性和儿童阅读乐趣的坚持，还表现在作者大量使用稳定重复的句子结构。即每转换一个角色，作者仅将与该角色相关的内容简单替换，而其他部分与上一个角色的表述几乎完全一致。这种表达不仅有助于幼儿掌握句子结构，还能在不知不觉间积累词语，进而逐渐输出自己的语言。比如碰到猫头鹰的时候，"上来喝杯茶"代替了"进来吃顿饭"；在碰到蛇的时候，"喝

---

① ［英］朱莉娅·唐纳森，［德］阿克塞尔·舍夫勒.咕噜牛[M].任溶溶，译.北京：外语教学与研究出版社，2018：5-6.

杯茶"又被替换成了"喝杯酒"。

作者对咕噜牛这个怪物的外形描绘，非常具体又童趣十足。小老鼠告诉狐狸，咕噜牛"有可怕的獠牙，可怕的爪子，可怕的嘴里长满了可怕的牙齿"。他又对猫头鹰说，咕噜牛"膝盖特别鼓，脚趾叉得特别大，鼻头上的毒瘤特别可怕"。最后又告诉蛇，"他有黄澄澄的眼睛，黑舌头，紫色的倒刺长满在他背后"。这些表达非常感性、直观、具体且细节很多，不仅文字具有音韵色彩，还能促使小老鼠的敌人去充分想象咕噜牛的可怕之处，使咕噜牛的"可怕"极其具象化。同时，小老鼠又进一步用咕噜牛爱吃的菜，渲染和强化了这个怪物给敌人造成的恐惧感。从"烤狐狸"到"油炸猫头鹰"，再到"炒蛇肉"，每一道菜名都对应着小老鼠那些对手的身份，吓唬敌人的效果一目了然。

无疑，孩子们喜欢这样的语言结构和表达方式。虽然文本的字数看上去很多，但重复的句子结构和儿童歌谣式的表述，不但大大降低了阅读文本的障碍，而且十分好玩和有趣。最重要的是，孩子们看到强大的对手被小老鼠如此揶揄，仿佛自己也化身为故事中的那只小老鼠，英勇、果敢又聪明，成就感十足。

（四）巧妙的图画造型与版式设计

与文字和情节结构的雷同相似，《咕噜牛》在图画的表达上，除了前后背景图，故事发展进程中的每一幕也基本保持了相同的版式设计，且前后对应。

比如第2页到第3页与第28页到第29页这两个无字大跨页，既是整本书的首尾部分，也是故事发生的场所背景图，前后呼应。在第1页和第2页组成的跨页中，描绘的是密林深处的某个地方，植被葱茏，路边野花绽放，蘑菇撑着鲜艳的花伞，蝴蝶翩跹，一只大斑啄木鸟正在辛勤工作。整个画面看上去宁静祥和，然而其中的一截状如野兽爪子的干枯树干，看上去却有那么一点儿突兀，隐隐透露出了一股危险的气息。气氛似乎有点紧张。乍一看前文提到的两个无字大跨页，两幅画面几乎别无二致，啄木鸟和蝴蝶仿佛依旧停留在故事开头那两根树干上。但仔细观察又发现，啄木鸟和蝴蝶似乎在页面中交换了位置。不可思议的是，这种细微变化的视觉效果，让故事在一开始营造出来的不安感，仿佛也跟着在这一刻冲淡了不少。

第16页与第17页构成的大跨页，描绘的是故事情节发展中的高潮时刻：

小老鼠与真正的咕噜牛相遇了！此时，读故事的孩子也像小老鼠一样，紧张得心脏要跳到嗓子眼了。明明刚刚才从狐狸、老鹰和蛇的嘴巴下逃走，没想到却碰到了真正的"咕噜牛"。一小一大两个对手，占据在跨页的左、右两个版面里。右页中的咕噜牛几乎占据了整个页面，他的大獠牙、黑舌头、黄澄澄的眼睛、背上紫色的倒刺……看上去真是可怕极了。鸟儿吓得飞走了，连那些高大的树，在咕噜牛的面前也变得渺小起来。与咕噜牛的高大、凶猛相对应的，是小老鼠的弱小、无助。他没想到自己随口胡编乱造的咕噜牛，居然真的出现在自己眼前。他吃惊到合不拢嘴，害怕到急忙停下往前奔走的步伐。这不仅是一小一大两只动物在体量上的对比，也是一弱一强的两种气势的较量。箭在弦上，一触即发。与第 16 页到第 17 页相呼应的是第 26 页到第 27 页这个大跨页。如果前者是弓弦绷得最紧的时候，那么后者就是绷紧的弦完全松弛下来的时刻。静悄悄的密林深处，粉红色的地黄花吹起了小喇叭，美丽的蓝蝴蝶闻着花香，蚂蚁在路上不紧不慢地爬着，蘑菇也仿佛大地张开的耳朵，正静静地倾听着这个世界的声音……一切都安静下来了。

  小老鼠终于迎来了短暂的轻松时刻。

  他放下一切戒备，惬意地品尝和享用着手里美味的坚果。在这个跨页中，没有出现任何一只会对小老鼠构成威胁的动物，甚至连那只大斑啄木鸟都消失了。画家似乎是用这样的方式，再一次强化了小老鼠通过与敌人较量所建立起来的"强者"心态，以及这来之不易的片刻安宁。

  除了首尾和中间高潮部分的大跨页，《咕噜牛》在故事情节的发展进程中，大多采用小图和分割图的设计，完美地体现了这些环节在整个叙事中的片段性和阶段性地位。其中，第 4 页、第 8 页、第 12 页均以整幅图出血的状态占据左页版面，描绘的是小老鼠分别遇见狐狸、蛇和猫头鹰时的最初场景；第 5 页、第 9 页、第 13 页都用中间的一幅小图，将文字分割成上、下两个部分，叙述和描绘了强敌们哄骗小老鼠和小老鼠编出"咕噜牛"吓唬对手的场景；第 6 页、第 10 页、第 14 页各以三幅分割小图，描绘咕噜牛可怕的长相，再外加一幅小老鼠编出来的与"咕噜牛"即将见面的场景图，画面的内容和镶嵌在图画下方的文字一并渲染着咕噜牛的可怕，彰显着小老鼠唬人的程度越来越高；第 7 页、第 11 页、第 15 页同样以中间的一幅图将文字分割成两部分，描绘和叙写的是狐狸、蛇和猫头鹰被吓跑的场景。第 5 页、第 9 页、第 13 页与第 7 页、第 11 页、第 15 页的版式设计基本一致，都以近景特写的镜头，分别呈现出小老鼠遇见狐狸、猫头鹰和蛇，以及狐狸、猫头鹰和蛇狼狈逃窜的画面。其中，在图画的上、下位置分别排列文字，响应了故事叙述的承上和启下的作用。

小老鼠与对手的冲突矛盾，在第 4 页到第 15 页这个部分不断累积、发展，如张开的弓弦越拉越紧，然后在第 16 页和第 17 页中达到最顶点，画家以一个跨页迎接了这个叙事高潮的到来：小老鼠与真正的咕噜牛相遇了！

第 18 页到第 25 页是高潮逐渐回落的环节，以小老鼠带着咕噜牛巡视森林开始，最后把咕噜牛吓跑作为结束。虽然蛇、猫头鹰和狐狸也都一一登场，但显然他们不再是小老鼠的对手，所以不再需要以单独的页面出现，而是与咕噜牛和小老鼠共享一个画面。故在版式设计上，均以左、右分割图的形式呈现了小老鼠"借力打力"的智慧。

整个《咕噜牛》的故事，始终围绕小老鼠和咕噜牛展开。狐狸、猫头鹰、和蛇，虽然是配角，但对于情节的发展和推动一样至关重要。这其实也是现代图画书的鲜明特点之一，即每个角色都合力指向故事的中心，没有一点儿多余和浪费的笔墨。

总的来说，《咕噜牛》是在一个古老的东方寓言的故事框架下，给我们讲述了一个另类的"狐假虎威"故事。其文本和图画的叙事浑融，文、图的相互成全和映衬，叙事节奏不仅环环相扣、张弛有度，而且通过故事情节的不断叠加，在累积矛盾后又逐一释放掉了紧张的冲突感，最终达到叙事的平衡。

此外，主人公以及故事中出场的每一个人物，都带有极强的儿童性。主人公的聪明，对手们的憨傻，背后都有着儿童天性中可爱的一面。也正是在这个层面，《咕噜牛》完全褪掉了寓言故事的说教色彩，变成了一个充满机敏、夸张、谐谑、幽默的儿童故事。改编之后的故事，就儿童的阅读而言，肯定比中国古老的"狐假虎威"这个寓言故事更为饱满、有趣和具有儿童性，可以说是一部真正意义上的儿童图画书杰作。

如果说《咕噜牛》是对"狐假虎威"故事的丰富和儿童化改编，主题依然属于弱小者善用自身的智慧战胜强敌的儿童文学中的"爽文"类型的话，那么《明锣移山》则明显颠覆了《列子·汤问》中"愚公移山"所表达的内在精神，充满强烈的文化解构色彩。

## 二、《明锣移山》：对"愚公移山"故事的颠覆性改编

### （一）艾诺·洛贝尔与《明锣移山》

《明锣移山》出版于1982年，由美国著名的儿童文学作家艾诺·洛贝尔撰文和绘图。对艾诺·洛贝尔而言，他最知名的儿童图画书作品是获得1972年凯迪克银奖的"青蛙和蟾蜍"系列。这个系列的作品，以讲述青蛙和蟾蜍之间的友情为主，充满人性温柔的光辉和情调，是一本非常适合孩子们阅读的优质桥梁书。

《明锣移山》的诞生，据说是因为作家偶然读到"愚公移山"——这个古老的中国成语故事时，被深深吸引了。他觉得很有趣，萌发了要把它写成一个给孩子们看的图画书的想法。从文字的撰写到图画的绘制，全都由艾诺·洛贝尔本人完成。在洛贝尔笔下，《明锣移山》将一个原本歌颂中国古人矢志不渝、明知不可为而为之的悲壮故事，改编成了一个滑稽、有趣又令人耳目一新的儿童故事。整个故事在文、图的相互结合的框架之下，给人一种恍如小孩子玩过家家的游戏的既视感，十分幽默和好玩儿。

故事中的明锣夫妻和智者，都带着浓浓的孩童气息。他们处理问题的方法，几乎也是孩子玩游戏时惯用的那些手段。最有智慧的人所想出来的移山方法，也不过是跳"移山舞"而已。如果从成年人的理性角度去看，会觉得不可思议。当然，明锣夫妻去询问智者关于移山的问题，以及他们居然真的会按照智者的话去行动，在成年人的理性框架下也是有些可笑的。但转换一下思路，无论是明锣夫妻的"盲从"，还是智者的"绞尽脑汁"想办法，如果站在孩子的视角，则会觉得十分可信又好玩！与此同时，如果考虑一下中美之间的文化差异，又会发现洛贝尔的改编其实就是一种美国文化的投射。《明锣移山》本质上就是一个真正的美国故事。当然，如果读者能再听一听《明锣移山》英文版的音频版本，或许还能从锣鼓一声敲、故事就开讲的谐谑氛围中，感受到一种西方人对传统中国故事或文化的消解。

抛开所谓的意识形态和立场，纯粹从文学、故事和儿童的角度来看，《明锣移山》对"愚公移山"的改编，无疑是好玩又有趣的，有许多值得我们学习的地方。而且，两个故事的对比阅读，还能给年轻人提供重新认识、审视

自己民族文化精神的一个契机。

(二) 三叠式的情节结构与神奇的"移山"舞

根据普罗普在《故事形态学》中的论述，民间故事的情节结构一般包括三个部分，即主人公想要得到某一件东西；然后采取行动，在不断碰到障碍后依然继续寻求；最后成功达到自己的目的。

民间故事大抵都采用此类叙述传统。

《明锣移山》在故事情节的安排上，即按照民间故事典型的三叠式结构层层推进。故事的开头、发展和结尾非常清晰，如舞台上的戏剧表演，一幕一幕在读者眼前拉开了一出明锣"移山"的"好戏"。

故事一开头，先是在第 1 页到第 6 页这几个页面中引出了角色及其要解决的问题：明锣和妻子，非常苦恼家门前的那一座给他们带来巨大困扰的大山，决定要把它移走。与此同时，对于移山这件事，二人毫无头绪，于是就去询问村里最聪明的那个人。

智者的加入，让故事情节顺理成章地转向了第二个阶段。从第 7 页到第 18 页，智者一次次给他们出主意，明锣和妻子则不断根据智者的建议采取着行动：

智者先是建议明锣夫妻去砍倒一棵大树，然后用树干去撞击大山，把大山"撞"走。明锣和妻子"紧紧地抱着树，飞快地朝大山撞过去。树断成两截，明锣和妻子摔了个四仰八叉，大山却一动不动"。想要通过蛮力击倒打败大山的招数，看来并没有奏效。

第二次，智者又提议明锣夫妻从厨房拿出锅碗瓢盆来敲，能敲出多大声就敲出多大声，一边敲的时候再一边大喊大叫，让他们用可怕的声音把大山吓跑。尽管他们弄出来的动静很大——可以说是惊天动地，甚至把鸟儿也吓得飞走了，但大山岿然不动。智者的方法又没有起作用。山上的石头，还是像从前一样滚下来，而明锣他们家的屋顶仍旧被砸得到处都是窟窿。

智者第三次给出的良策是祈求山神主动搬家。无奈的是，还没有到达山巅，明锣夫妻带的面包和蛋糕就被大风刮跑了，山神一块都没吃到。自然，大山仍旧是一动不动。

武力对抗、威逼恐吓和美食利诱的手段使用了个遍，但因为各种各样的原因或意外，全都没能发挥出作用——三次移山，均以失败结束。明锣和妻子，看上去就要一直生活在他们讨厌的大山脚下，一辈子因为大山而困扰了。

然而，否极泰来才符合人们的期待。在最黑暗、最绝望的时刻选择继续突围，往往就能迎来光明和希望。三次移山失败以后，明锣和妻子没有放弃，他们再次去找了智者。从第19页开始，故事转向最终章。

这一次，智者真的是费尽了脑汁，烟斗里的烟雾都快把他淹没了。终于，他想到了一个绝佳的办法——"跳移山舞"。明锣和妻子没有任何迟疑，一回家就按照智者教的方法，跳起了移走大山的舞蹈。他们打包好所有的行李并扛在身上，面向大山、闭上眼睛，左脚抬起、右脚放下，右脚抬起、左脚放下，一步一步往后跳呀跳，连着跳了好几个小时才停下来。等到他们再次睁开眼睛时发现，眼前的世界真是鸟语花香啊！当然，大山也离得远远的——山真的被"移"走了！

明锣和妻子在故事一开始时面临的问题，终于在大山被"移走"的这一刻得到了解决。从那以后，他们就一直在远离"山"的地方安居乐业、幸福生活。

"移山舞"到底是一种什么样的舞蹈，竟如此神奇又有魔力，居然真的让明锣和妻子远离了家门口的大山？

原来，智者教他们跳的移山舞，不过就是教他们离开大山。你看，"移山"竟是如此简单，根本不用子子孙孙一锄一锄挖土，再肩挑背扛千万年！

这就是逆向思维。当眼前的大山怎么都无法搬走时，那就不妨离开它。远离阻碍自己幸福生活的大山，才是明智的选择！生活也是如此。当我们无法正面突破难关之时，那就要考虑从侧面去想想办法。

从故事的可读性、儿童的心理接受与需求等方面着眼，"愚公移山"变成《明锣移山》，的的确确是一个有趣的改编！尤其是智者教给明锣夫妻的移山方法，虽然一次比一次荒唐、一次比一次可笑和无厘头，但最终发挥了巨大的作用——移走了大山。蒂姆·莫里斯认为，在艾诺·洛贝尔笔下，"荒唐是一种力量，压倒其他所有的特征……荒唐的力量，就像愿望或者驱动力，都是从人物内心深处涌现出来的"[1]。从这个角度来看，改编之后的故事虽消解了"愚公移山"的严肃性和悲壮感，却变成了一部优秀的儿童图画书故事，

---

[1] [美]蒂姆·莫里斯.你只年轻两回——儿童文学与电影[M].张浩月,译.上海:少年儿童出版社,2008:192-193.

充满了谐谑、好玩的动人力量。

但这所谓的"荒唐的力量",并非只是因为文本处于儿童文学的语境下,还在于它本身符合现实经验的逻辑。

(三) 不同的移山方法与不同的文化价值观

《明锣移山》与"愚公移山"在主题和表达形态上差异极大,说它是对原故事的彻底颠覆,也并不夸张。原文中,作者通过智叟、愚公两人对事情不同的态度,折射出中国古人的哲学精神与处事态度。当愚公决定要搬走挡在家门前的大山时,就立即开始行动,不仅动员全家加入到移山大军中,还拿出了与大山死磕到底的精神和气概。智叟嘲笑愚公,说他居然想凭区区人类之力就搬走大山,简直是痴人说梦。但愚公坚信,只要自己和子子孙孙一直坚持下去,巍峨雄伟的大山总有被全部移走、搬完的那一天。

在中国的传统文化价值观中,投机取巧、绕着困难走以及在困难面前退缩,都是令人不齿的。所以在古人看来,智叟并不"智",他的言论也不是真正有智慧的表现,最多只能算是一种自以为是的小聪明。中国古老的文化和传统信奉人定胜天,所以才会有夸父逐日、精卫填海这样的神话传说,才会有褒扬、敬畏愚公精神的"愚公移山"。这种民族精神当然是悲壮而可敬的。

从叙事本身来说,"愚公移山"建立起来的是一种长者式的表达框架,带有谆谆告诫的规训之味。

与之相对应的,在美国作家艾诺·洛贝尔的《明锣移山》里,人物设定未曾改变,故事中依然有一个智者,愚公被置换成了明锣,愚公的妻子变成了明锣的妻子。主人公依然面临相同的问题,他们仍然一心一意想要移走阻挡在家门前的大山。

但故事的内核,已经彻底发生了变化。

从表面上看,故事主要改变了三个方面:一是明锣移山的方法来自智者,他和妻子只是无条件按智者的话去采取行动;二是移山的方法多样,而且一次比一次荒唐和离谱;三是智者的人物设定。其中最有趣的改编,除了移山的方法之外,就是作者对"智叟"这个人物形象的升华。

原文中的智叟,嘲笑愚公想要移山,简直不自量力;改编之后的智者,不断地给明锣出着移山的主意——虽然他所出的主意在成年人看来,也许就是一些奇怪的馊主意。然而,整个《明锣移山》都是围绕明锣夫妻与智者之间的"拉锯式"关系展开的。智者不再是"愚公移山"中那个站在愚公对立面的智叟,而是村里最聪明的人,是指导明锣"移山成功"的导师。

至于他提供给明锣的那些移山的方法,虽一次比一次离谱,但结局终究是圆满的。前几次,智者按照正向思维,给明锣出了好几个主意,结果却没有一点儿用处。最后一次,他让明锣夫妻充分展现了逆向思维的奇妙——既然试了那么多办法都无法搬走大山,躲开大山也不失为一个好方法。于是,跳起"移山舞"的明锣夫妻,就那样一步一步往后退呀退,远离了那座让他们不快乐的大山。

这就是智者给明锣出的"好主意":退一步海阔天空!

这是个好主意吗?当然是。人在不同的环境下,学会灵活变通是一种大智慧。然而,山真的被"移"走了吗?显然没有。看不见眼前的"大山",并不代表"大山"不存在。明锣和妻子只不过做了一个选择。他们选择以退为进,逃离了那座无法搬走的大山。

实际上,在美国人的文化和价值观里,对付"敌人"的方法往往不是大棒就是胡萝卜,抑或是胡萝卜加大棒。如果这些方法都不奏效,他们就会放弃执念,避开障碍。《明锣移山》很真实地呈现了这一点。

所以,愚公与明锣之所以会采取不同的移山方法——一个移走了大山,另一个搬走了自己的家,根源还是在于中、美这两个国家的两种文化的差异。

总的来说,以上这两位西方作家,对中国传统故事进行的儿童图画书改编十分成功。故事中,无论是智者还是明锣,又或是咕噜牛、小老鼠,甚至于狐狸、猫头鹰和蛇,这些西方作家笔下的角色都非常具有孩子气,故事情节也很有趣和好玩,非常符合儿童的阅读需求和情感心理。

中国原创图画书的领军人物熊亮老师曾说,中国的传统故事里有非常好的点子,可惜总是带着一种"师长式"的特质,就像老师和家长对孩子的教导一样,恨不得把祖先几千年积淀下来的生活经验和智慧一股脑儿地全传递给孩子。诚然,中国的许多传统故事的确充满一种说教色彩,道德规训和谆谆教导的味道十分浓厚。这样的故事讲述,不可避免地给人一种老气横秋之感,自然与儿童的审美和接受心理相悖,也就缺乏相应的儿童性。如何把中国的传统故事改编成儿童喜欢阅读的好故事,《咕噜牛》和《明锣移山》这两部作品,给创作者们提供了一个很好的学习范式。讲读者们的故事讲读,同样也能在这种对比讲读中深受启发。

## 三、讲读建议

就《咕噜牛》和《明锣移山》的讲读而言，除了常规的文图结合等策略之外，最重要的一点是要结合故事的源文本即"狐假虎威"和"愚公移山"的故事，进行比较讲读。当然，在条件允许或根据讲读对象的年龄和阅读层次，也可以适当向孩子们提一提《列子·汤问》或《战国策》中的其他寓言类故事。通过对比发现，同一故事在中西方不同的文化视野下，会有不同的讲述方式和讲述重点，从而让孩子们形成多元文化的阅读意识，从多个角度去理解文学和故事。

其中，这两本图画书均有一个有趣之处，需要讲读者略微注意：

《咕噜牛》从图形、色彩、构图等图画表达的各个方面都是西方式的，但故事依然保留了"狐假虎威"的内核，是在原文的基础上对故事的进一步丰富和深化。也就是说，《咕噜牛》讲的依然是一个"狐假虎威"故事，是一个更加符合幼儿的阅读和欣赏、更加好玩有趣和具有"故事元素"的"鼠假牛威"的故事。

《明锣移山》则稍微有所不同。从表面看，故事的图画表达非常中式，充满中国人所熟悉的古典山水画的情韵和格调，对明锣夫妻和智者等人物的描摹，也都极具东方写意色彩。从图画的表象看，画家似乎极力在呼应故事的背景，想要凸显东方中国的地域和文化特质。结果就是，作者一方面刻意模拟着中国古代的山水写意画的风格，但另一方面，略显粗糙的线条和"敷衍"的渲染，让铜版纸上的画面充满了一种虚假的不真实感。另外加上人物的服饰装扮、发型的怪异，以及面包、蛋糕这类明显的西式饮食文化……整个故事的走向和主题的表达，很难不让人怀疑《明锣移山》是对"愚公移山"内在精神的一种谐谑和解构。

两位都是知名作家，一位来自英国、一位来自美国，均可以称之为典型的西方白人文化代表。但两位作家对中国传统故事的有趣表达，不得不说是让人玩味的。

当然，孩子无法去深究或思考这么多故事背后的复杂背景。但讲读者不能因为不需要讲给孩子们听，就不去思考故事背后隐含的这些问题。

具体的讲述过程，建议先给孩子们讲图画书，再讲原典的中国故事，并简单提及一下故事的出处。提的次数多了，孩子们在以后的阅读中，自然也就会慢慢养成追问故事的源头和出处的习惯。这不仅是一种考据精神的示范，也会对孩子们的探索精神的培养，形成一种潜移默化的影响。

从阅读的角度来说，儿童肯定喜欢好玩、有趣又幽默的《咕噜牛》和《明锣移山》，这毋庸置疑。我们也无须怀疑这一点，更不要尝试否定。

但是，为了避免让孩子产生一种刻板化的印象和意识——西方作家比中国作家更会写故事，甚而产生一种西方文化要优于中国文化的错误观念，讲读者或许有必要提醒一下孩子：所有的故事，都有自己产生的独特文化背景和时空环境。比如"愚公移山"的故事为什么在中国是"愚公移山"，在美国却变成了"明锣搬家"？用一个当代的标准去考量和评估几千年前的故事，既不公平也非常霸权。而且，难道明锣移山的办法一定比愚公移山的办法要好吗？未必！又或者，这些方法都是好办法，但要看我们具体面对的时空环境。正常情况下，如果考虑时间、代价等成本，明锣的移山方法肯定更优秀。但是，当我们无法后退的时候呢？就需要愚公移山的精神了！无论眼前的大山有多高，有多么不可能移走，当我们无路可退，就只有拿出愚公那种矢志不渝、死磕到底的移山精神，才有机会彻底移走大山。

有人不认可愚公移山、精卫填海或夸父逐日的行为，但在人类漫长的历史长河里，大浪淘沙后留下来的东西，终究是最经得起考验的。华夏祖先留下来的那些智慧和经验，都是经过无数次的实践和检验之后，才得以留下来的。谁又知道，愚公在选择用最"愚蠢"的方法移山之前，没有尝试过明锣的那些方法呢？或许，愚公只是在试过所有的方法之后，仍然不死心、不放弃，最终才选择用那个最原始、最不聪明的方法，誓与阻挡在他眼前的那两座大山决战到底而已。

在多年的西方文化熏染下，中国的年轻人对传统的中国文化和民族精神不太了解，甚至充满了误解和偏见。讲读者对《明锣移山》故事的解读和阐释，如果能建立在两种文化范式的框架下，结合当代年轻人触摸得到的案例阐述、论证，将会有助于他们建立起多元的文化观，避免偏听偏信。

任何时候，我们的文本讲读，都要有一种结合生活的实际情境而进行阐述的意识。

## 四、阅读活动

1. 练一练语言的表达。

阅读结束后，可以请孩子根据实际情况回忆一下图画书中的内容，复述故事并回答一些事先准备好的问题。或者，让孩子看着图片来讲故事，然后对照作家的文字，精进书面语言的表达。

2. 在细节中找到乐趣。

针对文本中的一些有趣环节，可与孩子展开交流和对话，多倾听一下孩子对故事的一些看法。比如，《明锣移山》中，智者每出一次主意，他的烟斗里散发出来的烟圈变得越来越大，这说明了什么呢？试着听听孩子的想法。

3. 演一演，促进对人物的认识和故事的理解。

课堂上，可以组织孩子们跳"移山舞"，从而理解明锣移山"以退为进"的本质。同时，还可以让孩子们玩"搬运东西"的游戏，以此体会愚公移山与明锣移山的根本差异，理解中、美两国不同的文化和价值观。

《咕噜牛》的故事极具表演性，可以和孩子们采用课本剧的形式表演，以此让孩子们进一步感受故事中的人物和角色心理等。甚至可以把这个故事当成一个重头戏，表演给更多的孩子和家长看！

## 五、拓展阅读

1. 《青蛙和蟾蜍》
2. 《小海螺和大鲸鱼》
3. 《游侠小木客》
4. 《平的故事》

# 第五章

# 中国当代图画书作家作品

中国当代儿童图画书的兴起,除了与传统连环画的发展一脉相承,更多受到了欧美、日本和台湾地区儿童文学观念、儿童图画书的影响,也由此涌现出了一大批颇有实力的儿童图画书作家、画家和专业的图画书出版机构。熊亮、周翔、朱成梁、蔡皋、王早早、保冬妮、央美绘本创作工作室、哈皮童年、蒲公英绘本馆……他们以各种各样的形式,参与到中国当代儿童图画书的创作中,不断书写和创作出了一大批优秀的作品。同时,还有一些新人绘本作家和画家,正在源源不断地加入到中国当代儿童图画书的创作队伍中来。

## 第一节 熊亮和《小石狮》

熊亮既是画家,也是作家,所以他的许多图画书都是自写自画。由于从小受到连环画艺术的熏陶,加之又热爱传统文化,熊亮的图画书创作一直都充满了浓厚的中国元素。他所采用的艺术媒介,大多以中国人习以为常的皮影、年画、水墨、彩墨等为主,所涉的文本故事和主要内容则几乎来自中国古代的典籍。他的儿童图画书创作,或是对传统元素的化用,或是经过全新的改编甚至完全脱胎换骨,不仅紧密地连接着中国传统的文化,还有着明确的儿童本位思想,洋溢着浓郁的儿童情趣。

## 一、熊亮：中国原创图画书的先行者

熊亮一直说，中国的民间故事和传统典籍里有许多精彩的点子，找到那个故事的"点"进行再创造非常重要。正因为如此，熊亮始终坚持从传统的文学资源中寻找灵感和养料。但熊亮在图画书的创作上，似乎更多的只是借用了传统文学的故事外壳和元素，但内在的精神和文字表达是现代的、个人的，有强烈的当下特色。

比如《小石狮》《屠龙族》《梅雨怪》《京剧猫》《和风一起散步》《兔儿爷》《泥将军》《穿墙术》《南瓜和尚》《家树》《好玩的汉字》《金刚师》《一园青菜成了精》《雪人的故事》《野孩子》《二十四节气》《年》《中国经典故事》，以及新近出版的长篇图画书《游侠小木客》系列故事，其核心元素要么来自民间、民俗的传统故事，要么来自《酉阳杂俎》《太平广记》《湘州记》等中国古代典籍。在绝大多数故事的创作与改编上，熊亮都基本跳出了传统的拘囿，形成了一套属于自己的创作理论体系。接触过他的人应该都知道，他其实是一个深受现代西方文化影响的人，所以我们能在他的图画书创作中看到很深的抽象哲学的影子。但他又是一个极其迷恋中国传统文化的人，所以他的图画书里到处都是放眼可及的传统元素。在他的身上，现代和传统的双重文化属性完美聚集。

但在熊亮的一系列原创图画书创作中，无论故事的外在形态如何变化，内里的哲学思想抽象与否，他的目光始终都注视着孩子。

在《和风一起散步》《南瓜和尚》《金刚师》《雪人的故事》《年》等故事里，他将孩子的孤独感、分离体验等类似的精神成长主题，浇灌在一个个充满或水墨写意、或浓墨涂鸦、或童趣盎然的故事世界里。他在《小石狮》《家树》中，借一个类似孩童或童年的视角，淡淡地叙写和描绘着现代人的"留""守"与乡愁。《京剧猫》《好玩的汉字》虽然呈现的是纯正的中国传统文化，但与好玩、有趣的内在儿童性和情感需求又是完全一致的。

比如在《京剧猫》中，熊亮让一群画着京剧脸谱的猫咪，在舞台上表演了一出出经典的京剧剧目，京剧的脸谱、各类道具的神奇使用，令人印象十分深刻。但他又并非只是科普了京剧文化，而是加入了许多好玩和有趣的元素，营造出强烈的"戏中有戏"的艺术效果。

譬如在《长坂坡》这一出戏里，当白脸的曹操猫带着猫兵猫将们追赶刘备猫的队伍时，却见黑脸的张飞猫正"一猫"站在桥头面向曹军大喊大叫，"他的声音大得像'轰隆隆'的雷声，曹兵都吓得不敢向前"。当张飞猫第二次叫阵时，"声音大得像一声炸雷，夏侯杰吓得昏死过去"。台下那些看戏的猫咪观众们，接连不断地发出叫好的声音，把气氛烘托得热闹又激烈。可张飞猫正要提起一口气，准备第三次叫阵时，剧场的门因一位睡得迷迷糊糊的大妈走错而被推开了。霎时，台上台下乱成一锅粥，无论是唱戏的猫咪还是看戏的猫咪们，全都一股脑儿躲的躲、藏的藏，狼狈极了。虚惊一场后，乱哄哄的观众猫们重新落座，舞台上的张飞猫和曹操猫又再次板起脸来"一唱一和"。

由于表演的节奏被误入的大妈打乱，原本在台上威风凛凛、气势十足的张飞猫似乎有些惊魂未定，第三次叫阵的声音"颤颤抖抖的，再也没有起先的豪气了"。与之演对手戏的曹操猫为了表演能顺利进行下去，只得假装害怕地接下台词说道："哎呀！张飞果然英勇，声音就像打雷！真是一人能挡百万兵，啊、啊、啊！"然而，观众猫们对此并不买账，骂骂咧咧地带着小板凳离场了……

可以说，在《长坂坡》等《京剧猫》系列图画书中，每一只猫咪和角色的个性都非常鲜明，道具和过场一丝不苟，京剧的舞台效果和艺术氛围非常浓厚。故事不但普及了许多京剧的道具和文化常识，而且儿童性和趣味性十足。翻阅《京剧猫》系列图画书时，不由让人生发出一种强烈的在纸上舞台看戏剧表演的奇妙感！

《好玩的汉字》则形神兼备地把象形文字的精髓发挥到了极致，一笔一画都对应着方块字"表情达意"的神奇。儿童在阅读这样的图画书时，体验既轻松愉悦，还能在不知不觉间理解相关汉字表达的内在意义，真正认识到方块汉字的艺术性和空间感。

又比如《灶王爷》，表面上写的是一个小孩与灶王爷之间的故事，但其内置的精神和文化，仍然紧密地联系着中国传统的过年民俗。也就说是，《灶王爷》的故事叙述方式是孩子式的，熊亮只是保留了他所说的传统文化的"点子"，即灶王爷在腊月二十三上天汇报人间的善恶是非。

不仅是《灶王爷》，还包括《小年兽》等一众带着强烈传统文化元素的作品，最后同样都演变成了完完整整的儿童故事。故事描绘的场景、事件都与孩子相关，都是在孩子的视角之下，完成了对中国传统的民俗文化的表达。这样的故事，是与中国的传统文化有关的故事，也是真正属于孩子的儿童故事。

他新近出版的长篇图画书《游侠小木客》之《桃花源迷踪》，虽借用了中国古代的桃花源题材，文本内容也弥漫着浓厚的老庄哲学思想，但在故事的叙述、情节的安排营造以及人物塑造等方面，又非常符合当下孩子的实际生活与情感的体验。故事中，小女孩勇敢闯入老人们口中的那片"禁林"，开启了一场心灵与自我的探险之旅。但这一切的发生，不是因为主人公迷路误入，而是一种主动选择的对现存规则的无视。踏入"禁林"的行为和对传统规则的挑战，使这个人物形象带上了一层朦胧的西方民间童话主人公的色彩。但她进入"禁林"之后的那些探索和体悟，又是典型的东方式的老庄哲学的实践。她用心去看、去听、去思考、去冥想……她与小木客在"禁林"中一起经历的那些考验，既是孩子们平时玩的探险游戏，又是个体学习身心解放的必修课程。他们在看似游戏的体验中，逐渐让精神与自然界中的万物合而为一，无意间达成了老庄哲学中的物我两忘的境界。

在《桃花源迷踪》中，作家似乎想通过故事的讲述，让现代中国人重新唤醒身上古老的文化基因。

至于《屠龙族》的故事，更是像极了一个以"龙"为图腾的民族在重新寻回自己的族群传统和文化的寓言。当屠龙族再也无龙可屠的时候，从未见过龙的孩子们走遍世界的每个角落，想要重新找回"龙"。他们不再屠龙，而是想跟龙做朋友并保护龙。

即使是《泥将军》这样一部充满教育色彩的图画书，熊亮也将中国传统的制陶技艺和阴阳、五行等本土哲学巧妙地融入到了故事的讲述中。那个喜欢自我夸耀和虚张声势的泥将军，因为没有经过1600多度高温的煅烧，最终被茶壶里倒出来的水融化成了一摊稀泥。虽然故事是谐谑的，且充满讽喻的色彩，但其内在的中国传统哲学思想则是严肃正经的。

另外，《蝈蝈和蛐蛐》《一园青菜成了精》等这类根据传统童谣改编的图画书，熊亮既注意保留了童谣原本的讽刺性与幽默趣味，又充分发挥了图画这种视觉语言的表现力，从而让孩子们直观地感受到童谣的独特趣味。而《野孩子童话》叙写的则是乡下孩子的涂鸦和理想，展现了熊亮图画书的另一种探索。

熊亮始终将自己的图画书创作置于中国内在的精神和文化关照中，就此而言，他的确是中国原创图画书的先行者。同时，熊亮又总是在不断打破自己的创作界限，并带着一群人、一帮孩子参与到水墨图画书的多种艺术实践中。而他对图画书的创作主题、创作形式的不断实验，也加大了人们界定熊亮所创造的儿童图画书的世界的难度。

诚如熊磊所说："我们的绘本创作，并不像某些专家所说，需要向谁学习，需要了解国外绘本的游戏规则。我们的绘本创作，只需要复苏我们内心的自信，复苏我们的文化。只要我们创作出有中国文化底蕴的绘本来，那么这样的绘本就一定是好的绘本。"[1] 关于这一点，我深以为然。

就这个层面而言，熊亮以中国传统文化为底蕴的本土原创图画书的创作及其探索，价值和意义也就不言而喻了。

## 二、《小石狮》：一个与记忆和守护有关的乡愁故事

《小石狮》是熊亮早期图画书的一部代表作，2005年在台湾出版后引起了强烈反响，曾获得《中国时报》"开卷"童书，并被多国引进版权。这一点并不令人意外。因为《小石狮》是一部真正意义上的优秀图画书，它把中国传统的雕刻石狮和以石狮子为代表的民间工艺放置在可视化的图像语言里，不但带有强烈的历史意识和年代感，还在小石狮这个人物身上倾注了深深的眷念之情和浓烈细腻的游子思绪。可以说，每一个当代中国人，无论是孩童还是成年人，无论身处何地，我们都能在《小石狮》这部图画书中寻得一份属于自己的情感共鸣。

### （一）小石狮：民间工艺背后的传统文化意象

在中国久远的历史文化中，石狮子如神话传说中的麒麟等神兽一样，是庇佑人们的吉祥物。从官方的衙门庙堂到民间的私邸豪宅，甚至在墓穴等重要场所，中国人都会将雕刻的石狮子置于大门两侧，用来镇宅护院。

《小石狮》讲的就是这样一只石狮子的故事。只不过，他既没有镇守在某个豪门大院，也没有威风凛凛地坐镇皇宫大门口，而是经年累月地守护在一

---

[1] 熊磊.逐渐复苏的中国绘本[M]//熊亮.小石狮.济南:明天出版社,2007:导读手册.

个小镇的石桥上。他是小镇的守护神，是小镇上所有人的情感寄托和依靠，也是远游者思乡的念想。

故事采用第一人称的叙事视角，以小石狮的所见、所想和所感，串联起对过往的记忆和怀念。

从儿童文学人物形象的类型来看，小石狮属于没有生命的物体，他是一尊石刻雕像。但在经过拟人化手法的处理后，他被赋予了人类的特征，具有人类的情感、心理和神情。如在第9个跨页的场景中，老人摸着小石狮的头流下眼泪时，小石狮脸上的表情也变得惆怅、伤感起来，此时的他不再是石雕的狮子，而是一个能与老人共情久远的童年时光的亲历者。老人的叹息，一下子打开了小石狮记忆的闸门。在第9个跨页中，当他回想起镇上的那些人、那些事时，歪着头、闭着眼睛凝神细想的小石狮，脸上洋溢着幸福的神情。随着小石狮记忆的门一扇一扇被打开，离开小镇的人变得越来越多，小石狮的情绪也越来越复杂。发展到第11个跨页场景里，小石狮开始担忧人们会把他忘记，但闭着双眼、仰望夜空的他，仍然在努力控制自己想哭的那一股冲动。这种情绪的压抑，终于还是在第12个跨页中彻底爆发——回忆起从前那些美好的人和事，小石狮流下了滚烫的热泪……

故事的场景与情境不同，小石狮内在的情感强度也不一样。可以说，拟人化后的小石狮，脸上的神情一直都在呼应着他的内心独白，不但充满浓浓的人情味，还散发着幽微又复杂的人性光彩。

但他又不仅是一个象征人类的象征物，还是一个带有神性色彩的中国传统文化意象。作为一个"记忆"的符号，小石狮串联起了悠长的岁月、古老的民间文化与乡土中国的过往。小镇上的昨日时光、旧时故事，他曾一一见证；无论这个世界怎么发展、变化，无论小镇的人们离开得多久、多远，小石狮永远记得他们和他们的故事。白墙青瓦、藤条椅、白瓷青叶菊花碗、老人的旧烟斗、古风纸鸢、老布鞋、旧棉袄、牛车、大街上驮着人行走的小毛驴、扁担、荷花水灯、红灯笼、花布衣……那些充满日常生活气息的"老物件"，无论读者熟悉的还是不熟悉的，全都犹如电影中的一帧帧画面，就这样在读者的翻页中不断涌现出来。

故事读到最后，人们终于明白，小石狮不仅是小镇石桥上的一只石狮子。他还代表着在外乡漂泊的游子的乡愁、历经人世沧桑的成年人的童年，也是中国民间工艺的缩影和传统文化意象的一个符号。

一如熊亮笔下的许多主人公，小石狮也是一个传统文化的标志。他日复一日、年复一年地守候在小镇的石桥上，一边追忆往昔岁月和人事，一边等待他们的回归。诚如熊亮自己所说，小石狮的内核，其实就是记忆与回归。

### （二）图画之外的想象和亦真亦幻的抒情怀想

儿童阅读图画书，主要是通过"听"文字和"看"图画来完成。鉴于此，儿童图画书的图画，虽不会特别强调绘画的艺术性，但都很重视趣味性或叙事的功能。也就是说，儿童图画书的图画，要能通过图形、色彩和线条的搭配给孩子讲故事，或呈现故事的相关元素，或安排一些令人惊喜的小细节让孩子去发现。更重要的是，还要能给孩子提供多种想象的视角，以及图画之外广阔的想象空间。

在《小石狮》中，熊亮将图画的视觉表达效果发挥到了极致，体现出了艺术性和故事性的结合。他的图画不仅是文字内容的再现，更多描绘的是故事情境下的想象空间，充满了想象的活力和亦真亦幻的抒情怀想色彩。

如第 6 个跨页的场景中，画家一方面用雪花飘飘、小石狮头上戴着的红色毛绒帽和脖子上围着的红围巾、桥墩上贴着的"辞"字以及一碗祭祖的饭菜等元素，再现了小镇居民对小石狮的爱，是对文字提及的"大家都很爱我，过年的时候，也不会忘了我"的直观展示；另一方面，这个画面还给读者留下了许多与这个场景有关的前后情境的余地——谁给他的围巾、谁送来的饭菜、谁在他面前驻足停留过……读者可以充分拓展画面的内容。

在图画的造型、构图和线条的运用、色彩搭配上，他则通过安排一些特别的细节，让画面显得亦真亦幻，令人浮想联翩。

第 9 个跨页的场景，画家采用电影的蒙太奇手法，巧妙地将小石狮和小石狮的记忆分别并置在同一个画面中。那些从小石狮久远的记忆中涌现出来的人与动物，全都按照同一个行动方向在空中飘荡、悬浮。这一刻，时间仿佛静止，画面显得安详、宁静又神秘，如梦似幻。过往时间的长度与小石狮记忆的深度，似乎也一并交融在这沉沉梦境中。但随着遥远的那些人、事、物的涌现，小石狮的记忆也被不断拉近。与之相对应，画家在接下来的第 10 个跨页中就采用了中景平视的视角，将小石狮的背影、渐行渐远的汽车、公交站台、小板凳和牛车并置，给人一种那些孩子只是刚刚离开的错觉。车轮滚滚中的"离别"热闹而张扬，但小石狮的背影和那只公交站台下的小木凳的等待与守候，又莫名带着一股难言的压抑。此时，图画所营造的不再是神秘、幽深的氛围，而是某个时刻、某一情境下的真实场景的再现。不过，画面展现的场景虽然是真实的，但牛车与公交车的并置又难免令人怀疑其当下性。无疑，这仍然是蒙太奇手法在发挥作用，呈现的还是小石狮记忆中的场景。

实际上，《小石狮》里的绝大多数跨页画面内容，都与记忆相关。比如第12个跨页中，环绕在小石狮周围的那些孩子、荷花水灯、红灯笼、红雨伞、风筝、鸭子和渡船……这些如潮水般融入小石狮思绪里的记忆碎片，原本就不可能出现在同一时空里。然而，人与各种物品的杂乱排列和神奇并置，建构起来了一种视觉上的"梦呓"，让时空的错乱感变得愈发强烈。画面情境的静谧、梦幻，仿佛也是为了极力隐藏小石狮内在的心绪不宁和忧虑。但在接下来的第13个跨页中，小石狮记忆中的画面变得愈发清晰了起来：水墨晕染下的小镇石桥，有"特写"的老人和孩子在小石狮面前闭眼怀想；石桥上，驮着孩子的小毛驴、挑着扁担的挑夫和推着独轮车的水果摊贩，如电影中的时光背景一一掠过；巴巴守望在桥头的大人与孩子，也不知道他们在翘首等待谁的归来。那只小狗，虽不懂离别和等待的惆怅，却在无意中为画面增添了鲜活感和生动感，即便隔着画纸，读者似乎都能听到他"汪汪汪"叫嚷的吵闹声。这幅无字图画，承接的是上一个跨页中"可是，我记得他们，想念他们"的场景内容，是对小石狮记忆中的人间烟火的诗意表达。

《小石狮》中涉及记忆部分的画面，色调常柔和、平融、明快，但又有一种在观看老照片的年代感。画面与文字渲染出来的故事氛围，犹如江南的烟雨朦胧，美好中略微带着感伤和惆怅，十分符合故事的情感氛围与意境，真实又梦幻。

但与记忆相对应的那些现实场景，画面的色彩则常以灰白、黑等为主，通常是小石狮和很少的人物形象或物象的简单排列。如第11个跨页场景，描绘的是小石狮头脑里的一个念头和担忧："也许，他们会把我忘记……"整个画面的意象，除了黑夜里漫天的雪粒子，就只有仿佛正站在舞台中央的光圈里仰望天空的小石狮。光与暗、黑与白的交相辉映，营造出了背景的虚空和宁静，读者一下就把焦点集中到了那只小小石狮子的姿态和神情上——闭着双眼、仰望着风雪飘扬的夜空。这个姿态与神情的潜意识语言，对应的正是它内心的隐隐不安以及想要哭但是又不能哭的复杂情绪。该场景呈现出来的具体形象虽然不多,画家却成功地利用人物的姿态、造型以及空洞的画面背景渲染了故事气氛、烘托了人物情绪,给读者提供了图画之外丰富的想象空间。

### (三) 言简意赅的语言文字和句子的空间感

《小石狮》的文字极少,除去标点符号,全文一共162个字。作者站在小石狮的视角,以第一人称的视角展开内心独白式的叙述,让故事的时间不断在此时此地与漫长的岁月记忆里来回跳转叙述,充满浓烈、深沉的情感。简洁、精准的文字为图画留下了极大的创作余地,句子的空间感极强。

开篇,作者就用三个跨页交代了小石狮"守护神"的身份:"我是小镇的守护神。""我是小镇唯一的石狮子。""唯一的守护神。"三个句子,三个跨页,每一个句子都十分简短,词语的重复率和替代性很高。这样的句子不但方便孩子模仿和学习,让孩子迅速在守护神与石狮子之间建立联系,还为画家的创作提供了更多可能性——既可以直接呈现句子表达的形象,又可以开辟具体形象之外的画面空间。

小镇、守护神和石狮子是这三个跨页的核心意象。其中,小镇、石狮子都是实体意象,守护神则是一个精神意象。

在画家的画面形象中,小镇是一个带着江南水乡特色的小镇:有群飞的鸟儿和高大的树木;还有脖子上挂着小铃铛的小石狮,眼睛明亮、有神,在庄严的蹲坐姿态中,还带着一股天然的可爱。高大威风的小镇守护神——小石狮,把小镇护在他的身后。随着画家的镜头拉近,整个跨页的画面中只剩下守护神脸部的特写——通过夸大的眼睛、鼻子和嘴巴等感官来突出了小石狮的"神性"。当然,因为文字中并未提及小镇具体的背景、环境,故事发生时的季节、时令、天气,小石狮的具体状貌等信息也是缺席的,这使得画家可以根据自己的表达需要尽情拓展文字的意象空间,填充文字没有描述出来的细节。更为重要的是,这种语法关系简单的句子还可以向读者发出邀请,让读者在作家的文字和画家既有的画面空间中展开联想、想象,从而以自己的方式参与进故事的讲述,成为创作的主体之一。

在接下来的文字叙述和画面展示中,"守护"这一精神意象无处不在。在第7个跨页里,"走夜路的孩子看到我就安心",是作者对小石狮作为"守护神"的一种具体说明。在图画的造型与展示上,画家将放大化了的小石狮放置于跨页的左侧,他威风凛凛地端坐在石桥,他的目光看上去澄澈又明亮,仿佛能洞悉小镇上的一切;右侧则由一轮被乌云遮挡的月亮和提着灯笼往小石狮的方向奔走的小女孩组成,文字被安排在月亮与女孩之间。天上的月亮、女孩手里提着的灯笼和小石狮高大的身影、炯炯有神的眼睛,一起在黑漆漆的夜里闪闪发光,照耀着女孩回家的路。从小女孩看向小石狮方向时上扬的嘴唇、欢快的步伐以及坚定的眼神,读者一下就明白了小石狮所说的"走夜路的孩子看到我就安心",即"守护"的真谛之一!

在中国人的文化假设里,石狮子不仅是一个"守护神"的符号,还是中国传统文化的重要元素。从这个角度来看,那个拿着灯笼奔向小石狮的孩子、那个陪伴在小石狮身边和站在小石狮头上的孩子,就是每一个生长于中国的文化和传统中的我们。小石狮与孩子,就这样在传统与现代之间建立起了联系和对话。

整个《小石狮》的语言文字精简得当,如诗如歌,既传达了小石狮"守护"人们的精神内核,又向那些离开的人们发出了"回归"的呼吁。

如今,我们选择再次回望传统,并非为了回到过去,而是为了传承中华民族悠久的历史和灿烂的文化。我们回望传统,是为了让记忆和历史照亮我们"回家"的路。

## 三、讲读建议

熊亮以传统文化作为创作元素的一系列图画书,最大的意义就在于让孩子有机会去重新了解自己的文化血脉。因为他的整个文字和图画的艺术王国,几乎都是建立在深厚的传统文化基础之上。

首先,讲读者在讲读《小石狮》时,可适当结合类似题材的《家树》一起进行。在《家树》中,家门口那一棵巨大的"树",以及主人公一家的命运,几乎是中华民族百年近代史的缩影和隐喻。枝叶茂盛的家树,荫蔽护佑了主人公的祖辈们,但年少离家的他再次归来,家早已散了,"家树"也只剩下一截树桩,甚至根都快干枯殆尽。即便如此,已是耄耋老人的主人公,还是怀揣着要让古老的"家树"焕发生机的希望,重新看护和照料起它来。如果考虑到熊亮图画书一贯的创作偏好和抱负,那一棵已经枯萎的"家树",很容易就让人联想到"小石狮"。二者都是中国传统文化和民族精神的符号,一个与中华民族的

"根"有关的象征和隐喻。

其次，从表面上看，几乎所有熊亮的图画书，都具有非常浓的现代色彩。但讲读者必须注意的一点是，他又是一个致力于用中国传统文化里的点子来给孩子们讲故事的人。鉴于此，给孩子们讲读熊亮的图画故事书，就需要格外注意到他在那些故事背后所编织的传统文化元素及其讲述的策略。熊亮一直说，中国的传统和当代有巨大的鸿沟，所以我们要做传统文化题材的故事。[①] 或许正是基于这样的理念，熊亮的儿童图画书总是充满浓厚的现代色彩和儿童性。《小石狮》的表面名字是小石狮，它的核心名字却是熊亮老师自己所说的"记忆与回归"。讲读者要意识到，那些保留在小石狮记忆里的小镇岁月，实际上就是我们的历史和传统文化的隐喻。

记忆和历史，是万物真正的守护者。

第三，《小石狮》等大部分熊亮的儿童图画书的讲读，建议采用文图结合的细读方式，注意研究图画是如何与文字互补并拓展文字的叙事空间的。在文字的表达，色彩、线条和构图等方面，要注意其中蕴含的东方特色和元素。比如他的绘画工具，几乎都是采用中国传统的软笔；至于媒材，在一般的颜料之外，他更倾向于额外加入矿物颜料，像中国古人作画时用的那些材料一样。可以说，熊亮老师从绘画工具到绘画材料，都极力表现得很传统。

第四，建议讲读者在为孩子们讲读熊亮的图画书之前，先全面了解熊亮老师的图画书的创作契机及其丰富的创作经验。阅读他个人在微信公众号等平台和专业的图画书的研究杂志上发表的相关文章，或者是参加到他的图画书讲座中去，这些方法都有助于我们直观地获得他的图画书的创作经验及他的创作背后的那些故事。一部图画书从初步的构想到最后的成型，以及创作中所经历的一切，他都会在恰当的时机，事无巨细地讲给孩子和研究者听。如果能有幸参与他的这些分享活动，对小读者和研究者都将是非常难得的

---

[①] 2019年11月1日，由奇想国联合苏州饭米多蔻、宁波纸飞机以及常州星妈童书馆等多家机构举行的图画书讲座上，熊亮老师在现场一直强调这一点。在他看来，中国的教育一直都是师长式的教育，缺乏对孩子个性的理解、关注和必要尊重，很多家长养育孩子的方式比较随意，爱孩子的某些方式也武断、粗暴。所以他提出应该"先把一个没有经验的儿童拉入我们的书中，再对他们进行师长式的教育。"也就是说，我们既要向孩子们传达教育的思想，更要以孩子能接受和喜欢的方式去传达。这也是为什么在传统文化的框架里给儿童讲故事时，一定要注意趣味性和儿童性的重要原因。

体验。

对孩子而言，《小石狮》的故事感、情节性并不突出。讲读者需要抓住"小镇""守护神""石狮子"等关键词，结合现实生活中的石狮子形象——比如故宫、卢沟桥以及别的古建筑等门前放置的石狮子，引导孩子理解其在中国传统文化中的意涵和地位，从而更好地理解"守护神"的含义。

## 四、阅读活动

1. 听一听，读一读。

把《小石狮》的故事大声朗读给孩子们听，带他们感受文字和音韵之美。

2. 数一数，说一说。

月亮在《小石狮》中出现了多次，请小朋友数一数，建立数的概念；说一说画家为什么画了月亮却没有画太阳或星星，以此练习孩子的语言表达和初步思维能力。

3. 画一画。

请小朋友们画一画小石狮，可以模仿熊亮老师在书里画的小石狮，也可以画自己心目中的小石狮。

4. 看一看。

如果有机会，带着孩子去参观一下附近古建筑门前或石桥上的石狮子。

## 五、拓展阅读

1.《家树》
2.《灶王爷》
3.《梅雨怪》
4.《泥将军》

## 第二节　周翔和童谣图画书《一园青菜成了精》

汉《毛诗诂训传》注曰："曲合乐曰歌，徒歌曰谣。"童谣就是在儿童之间传唱的徒歌。传统童谣一般出自市井小民之口，内容既是社会生活的镜像，又具有方言土语的地域文化印记，同时还是历史的某一种见证。

因为语言文字的朗朗上口、音韵铿锵和故事内容的幽默风趣，童谣深受孩子们的喜爱。在儿童的早期阅读中，很多孩子通过童谣或儿歌开启了文学之旅——幼儿喜欢有节奏和不断重复的声音所建造起来的那个奇妙世界。对于那些具有各种各样的故事性和故事内容的童谣，孩子们更是竖起耳朵仔细聆听，进行疯狂想象。把童谣与图画书相结合，既符合幼儿的语言发展特点和情感趣味，又完美地契合了儿童独特的审美需求。如果孩子们一边听着童谣好玩有趣的文字，再一边翻看着有意思的图画，那他们就能充分地感受到文学和艺术的启蒙之美。

### 一、周翔与童谣儿童图画书

周翔真正的儿童图画书创作生涯，始于《荷花镇的早市》和《一园青菜成了精》。前者出版于 2006 年，后者则在 2008 年出版，两部作品都获得过"丰子恺儿童图画书奖"的相关奖项。此后，周翔又出版了《耗子大爷在家吗？》《小美的记号》《毛毛，回家喽！》等作品。

在这些图画书中，《荷花镇的早市》文字和图画均出自周翔之手；有的故事文本来自民间童谣，但都经过作者二次创作和加工，如《一园青菜成了精》《耗子大爷在家吗？》；有的作品由周翔与他人合作完成，如《小美的记号》《毛毛，回家喽！》，文字出自余丽琼之手。无论以什么身份参与，周翔一直都非常积极地探索着儿童图画书的主题内容和表达技巧的创作边界。

其中，《荷花镇的早市》《小美的记号》《毛毛，回家喽！》记录了许多与童年、记忆有关的日常生活碎片，表达的主要是人们内心的一种怀旧体验与感受。比如《荷花镇的早市》中，水乡市集里琳琅满目的商品、攒动的人群、河道上往来的小船、青瓦白墙与石桥横跨河面的街景……这些熟悉的日常生活场景和片段，呈现出来的不只是人们的共同记忆，更是人们回顾从前生活时的一种情感体验。小镇鲜活灵动的生命气息，在那个笔墨描绘出来的与市场相关的各种细节、镜头里扑面而来；小镇墙壁上刷着的"要想富，少生孩子多养猪"的标语、口号，街边剧院的剧目招贴画小广告等等，于不经意间就记录下了岁月的流逝和生活的痕迹。而毛毛熟悉上学之路的过程、小美的"记号"，分别叙写和描绘的是父女之间的温情，以及外表不完美的孩子的童年"伤口"如何在大人的温暖和呵护中疗愈。

在画面的叙述方式和具体表达上，周翔常会根据题材内容，恰当安排版式、叙事节奏、开本的大小、色彩的饱和度等，力求事无巨细地把图形、色彩、线条与故事的情感基调相结合。比如把父亲的慈爱、阿姨的温情晕染在明亮又温暖的暖色系里，而在描绘荷花镇的日常生活画面时，周翔则强调"用平顺的色调来画大家每天过的日子"[①]。所以，他笔下的小街呈现出来的是阳光映衬下的淡淡的绿灰色调，街道两侧白墙青瓦的商铺、民宅，既有常见江南古镇的装饰风情，又有一种乡土与民间生活的古朴味。

除了以上作品，最能体现周翔儿童图画书的创作趣味的，则是他以童谣为故事脚本创作的儿图画书系列。

一直以来，童谣与儿童、儿童生活紧密联系。尚在襁褓中的婴儿们，大多都是在妈妈们的呢喃歌谣声中安然入梦；幼童们也常常在婉转、悦耳的游戏歌里又唱又跳，愉悦身心。与一般诗歌类作品不同的是，童谣外在的语言结构和悦耳的音韵节奏，既能让幼童在唱唱跳跳和嬉戏中练习手脚的协调、学到一些基础的日常生活知识，还能让他们在具体的情境中感受到语言的迷人与神奇。所以，孩子总是自然而然地被童谣神奇的魔力所吸引。毋庸置疑，这种主要以听觉为传播媒介的表达艺术，不但能让幼童在早期阅读教育中学到实实在在的语言技巧、获得认知资源，还能让幼童沉浸于文字建构起来的辽阔想象世界，在一种类似游戏活动的体验中，生发对主动阅读的向往。与之相比，以形状、色彩和线条等为构成元素的图画，是一种强调视觉效果的

---

① 先子.不拘泥于传统,开发创作更有个性——出版人、艺术家周翔专访[M]//阿甲,[法]苏菲·范德林登,[美]伦纳德·S.马库斯.画里话外 03:颜色与儿童的感觉.南京:南京大学出版社,2020:36.

艺术形式，儿童主要通过调动眼睛去捕捉相关的图画信息。当童谣与图画书碰撞到一起时，听觉系统中建立起来的那个文字世界与视觉系统中呈现出来的图画空间开始重叠、碰撞，然后在儿童的早期阅读中产生出不可思议的火花。

　　无疑，将传统童谣以儿童图画书的形式呈现给孩子，需要考虑到童谣传唱时的历史情境，但更要注意到当下儿童的语言发展、审美趣味和情感需求。

　　目前，市面上的童谣儿童图画书主要以两种形式呈现：一类是在每一首童谣/儿歌/诗里都搭配一幅插图，整本书由独立的多首童谣与多幅插图组合而成，不具连续性。这类作品的文字由一人或多人创作完成，由画家结合具体文字内容去搭配风格各异的插画。作家赵万里创作的中国传统文化童谣《万里童谣》，希言主编、由一群孩子创作的童诗合集《这不是童诗集？》，以及为一些著名的儿童诗人的诗歌配上插图结集出版的儿童诗集，都属于这种类型。

　　第二类童谣图画书，常就单独的一首带有强烈故事元素的童谣，按照现代图画书的版式、造型、构图等设计环节和理念打造，前、后页的画面和文字叙述都十分连贯、完整，整体氛围机敏又有趣味。在明代以前，这类传统童谣虽是借由儿童的嘴巴表达，但其原本的内容大多是成人化的，或充满寓言和讽喻色彩，或带着某种政治意识和反叛意味；明代及以后流传下来的传统童谣，因为"童心"等思想的流传，出现了诸如《演小儿语》一类纯粹表现儿童生活、儿童情趣的童谣集，虽依然难以摆脱成人化的思想，但已经开始肯定童谣对儿童的"蒙养"、娱乐和游戏等功能。

　　将这类童谣与儿童图画书相结合的二次创作，除了要让图画有声有色、充满童谣原有的兴味，消除文本内容的成人化痕迹是十分必要的。周翔的《一园青菜成了精》《耗子大爷在家吗？》，以及熊亮的《蝈蝈和蛐蛐》、蔡皋的《月亮粑粑》等作品，均属第二类童谣儿童图画书。

　　整体而言，周翔将传统童谣进行现代图画书的改编非常成功，既保留了童谣原本的样貌，又非常具有儿童性和现代精神。《一园青菜成了精》《耗子大爷在家吗？》根据北方童谣改编而来，是周翔儿童图画书里非常有特色的一类。儿童一边听读着童谣铿锵悦耳的文字，一边翻看着故事中精彩好玩的图画场景，兴味十足。

　　其中，《耗子大爷在家吗？》以猫和老鼠这对天生"冤家"作为对象展开叙述，以老鼠"洞"作为主要的故事空间，在你来我往的猫鼠对话和斗智斗勇的情节和场景中，展现了老鼠一家的生活日常。一方面，童谣的文字根据在北方流传的民间童谣改编，在拖着长长调子的更鼓的吆喝声中，将中国传统的时间概念表达得淋漓尽致；另一方面，周翔笔下诙谐有趣的文字又具有明显的儿童性，讲的都是与睡觉、起床、穿衣、刷牙、游戏等儿童的日常生活息息相关的小事件。听读童谣故事的孩子，很容易就从中看到了自己的影子，从而沉浸在一种似曾相识的亲切感和熟悉感中。与此同时，周翔在童谣中设计的故事空间及其相关情境又非常现代。在一幅幅生动传神的图画里，不但有以小老鼠的"便便"为武器攻击猫咪的游戏场景，还出现了诸如熨斗之类的家用电器，活脱脱地再现了现代儿童的家庭生活画面。如果略微注意还会发现，连许多读者熟悉的"木马计"这种西方文学里的经典故事元素，也毫无违和地出现在图画中，增添了童谣在讲述中的趣味性。

与《耗子大爷在家吗?》的现代性相比，周翔在更早时候出版的《一园青菜成了精》，整个故事的文字表达和图画展示完全是传统的、乡土中国式的。一方面，童谣的文字朗朗上口、音韵和谐，其节奏和律动带着一股江湖豪侠之气；另一方面，水墨晕染下的山川田园的风光旖旎、庄稼葱茏，又营造出一种扑面而来的牧歌情调，画面在好玩之余十分清新、养眼。可以说，《一园青菜成了精》，完美地发挥了童谣和图画这两种表达方式的长处，也为后来的童谣儿童图画书提供了极佳的示范。

## 二、《一园青菜成了精》：当菜园也开始江湖论剑

《一园青菜成了精》原本是一首在北京地区流传的童谣，故事的内容带有"以童谣比于谶纬"[1]"其属词兴咏，皆在一时事实，而非自然流露"[2] 的政治寓意。但周翔改编后的文本，褪去了中国古代童谣"鬼神冯托""乩卜之言"的色彩，成了一首纯粹逗趣又极具儿童性的田园儿歌。孩子们在听读童谣时看着青翠的菜园，通过辣椒、青菜、小葱、豆腐、凉粉、莲藕、萝卜、葫芦、

---

[1] 周作人.儿歌之研究[M]//周作人,止庵.周作人自编文集:儿童文学小论 中国新文学的源流.石家庄:河北教育出版社,2002:30.

[2] 周作人.儿歌之研究[M]//周作人,止庵.周作人自编文集:儿童文学小论 中国新文学的源流.石家庄:河北教育出版社,2002:30.

茄子等日常餐桌上的常见蔬菜们之间"枪棍刀刺"般的你来我往，兴趣盎然地进入了一个好玩的儿童游戏世界。

## （一）观察和联想里的小游戏

孩子天生喜欢游戏，喜欢模仿和扮演。童谣因为其独特的韵语特征，以及由简单、明确的动词在叙述中构建起来的故事性，很容易激发幼儿的好奇心与参与兴趣。当"幼儿念诵儿歌时，不管是配合以相应的游戏动作也好，完全没有做动作也好，念诵儿歌本身就是一种游戏活动。这是一种任何幼儿都想做且会做的游戏，一种能给他们带来极大愉悦与快感的游戏"[①]。相比一般的童谣，儿童在听读童谣图画书时，还额外多了一份观察画面并进而展开联想的游戏体验。

《一园青菜成了精》从现实的生活场景出发，以人们熟悉的菜园和菜地里的蔬菜作为表现对象，但又在天马行空的奇思妙想中赋予它们人性，从而让孩童从现实世界穿越到想象王国，顺利地进入蔬菜精们的江湖世界。由于这种幻想和想象充满游戏精神，孩童们在念诵童谣的过程中，很容易沉浸于故事并代入相关角色进行扮演。比如挂帅的胡萝卜、冲锋陷阵的豆角小兵、威风的小葱和韭菜等各色人物，孩子很容易就能从中挑选自己认同的角色进行联想。

从故事的表面来看，《一园青菜成了精》叙写的是以萝卜和莲藕为首的蔬菜们之间的较量，无关正义与否。因为这场菜园大战本身就是一场游戏，一场农人精心劳作、静待时间馈赠的丰收游戏。

或许换一个说法更为恰当，作家和画家不过就是将植物在泥土下静寂的生长搬到了热闹的地面舞台，以一种形象化的方式呈现了从青涩到成熟的冲突、较量。种植经验丰富的老农十分清楚，不同种类的作物所需的土壤养分不同，因此间隔着种植能让作物长势更好，这实际也是画面中的萝卜大军与藕霸战队互相"对垒"的现实逻辑。植物生长中的这股"劲"以及与不同种类作物的输赢相争，与孩童的成长有相通之处：个体与环境以及他人的磨合、冲突并非坏事，良性竞争带来的结果是显而易见的：竞争双方一起长大，然后变得美好和成熟。植物的成长如是，孩子的成长更是如此。这是成长的基本形态。而这个阅读过程，也是一种在观察和联想中玩的小游戏。

---

[①] 胡君靖.儿歌研究的若干问题[J].鄂州大学学报,1998(1):20.

当儿童一边听读着童谣有趣的故事情节、一边注视着生动的画面时，通过想象与联想，就能将故事和画面在头脑里再次想象、加工和创造，进而以心理和行为的方式体验这种文学游戏活动。

比如第一个跨页和最后一个跨页的文字都是"出了城门往正东，一园青菜绿葱葱"，连画面所涉物象及具体的排列布局、构图也大同小异，但两幅图画的细节是有区别的。这种差异形象地体现在第1页到第2页与第25页到第26页这两个跨页的前后对照中。童谣中成了精的蔬菜们，在经历一番你来我往的争斗后，辣椒红了、茄子紫了、荷花变成了莲蓬、青色的歪嘴葫芦金光灿烂……连菜地里的"吃瓜群众"们——青虫、蜗牛等，也随着蔬菜一起长大了。如果观察够仔细，甚至还会发现绿萝卜叶子上的毛毛虫变成了漂亮的飞蛾。

这种在观察中寻求乐趣的阅读，能很好地激发孩子深度参与阅读的兴趣，提高阅读的有效性。

（二）幻想与真实相交融的形象塑造

这群成了"精"的蔬菜形象鲜明、个性独特，各自的行为夸张搞笑却极其真实。这种真实性，不仅体现在画家再现了蔬菜本来的形态和色彩，还在于画家巧妙利用蔬菜们的特征，对应场景赋予它们相应的情绪和表情，将幻想与真实交融一体。

在第5页到第6页萝卜"称王"这个喜庆的跨页场景里，画家让这些出场的主要人物、次要人物全都置身于一种春风得意的氛围里：胡萝卜气宇轩昂地走在队伍的前列，圆滚滚的土豆紧随其后，状如喇叭的葫芦花吹起了唢呐，绿萝卜、红萝卜眉开眼笑，抬轿子的绿豆荚趾高气扬，大白菜如华盖般高高撑起，韭菜和小葱载歌载舞，瘦小的豆芽菜密密麻麻跪倒一片……蔬菜各司其职，忙得不亦乐乎。无论从画面中任何一个视角看，萝卜称王的这个场景都是欢乐和热闹的。然而，当场景转换至第7页到第8页时，画风急转直下，"隔壁莲藕急了眼，一封战书打进城"。与萝卜大军的欢快相比，隔壁的藕霸队明显充满了杀气，来者不善。从场景的整体布局和造型来看，画家营造出了一种急促而紧绷的感觉：莲藕脚下生风、扬起阵阵尘土，在他身后的辣椒、茄子、黄瓜、大蒜、豆腐和花生大军等一众人马则气势汹汹。应该说，画家很形象地还原了文字讲述的"急了眼""打进城"，把藕霸队对"萝卜称王"的极度不满，活灵活现地摆放到了纸面舞台。

两队人马因为处境不同而心情各异。画家在处理人物的这种情绪差异时，充分借用了蔬菜们本来的生物属性以配合画面的色调，在适度的拟人化中将植物的形态与人类的神情、动作结合。这种手法所带来的效果，一方面为画面和故事增添了更加形象、传神的叙事动力和情感色彩，另一方面又显得十分真实，让儿童觉得亲切和有趣。

如在第11页到第12页的场景中，发生在蔬菜之间的这场战事，不仅排兵布阵和两军对垒的场面极其恢宏，而且充满了历史的厚重感和年代感，让人一下就联想到历史剧中的大战场面。当读者仔细一看画面却又发现，铜头小兵们扛着的"巨型武器"不过是小葱或韭菜，这画面实在是让人忍俊不禁。再看挂帅的胡萝卜，身上插着六面靠（令）旗，更是恍如京剧舞台上的演员扮相，武将派头十足……而"张牙舞爪"的藕王，画家只是恰当利用了一下莲藕黑色的根须，就生动地描摹出了藕王的"霸道"；叫嚣的花生小兵、挺着大肚皮的茄子王、辣霸……披上人类社会身份以后的蔬菜，纷纷表现出了更加灵动、活泼的拟人状态和人性色彩。滚滚军、土豆王子队、铁蛋蛋、铜头兵、萝卜军、银枪王，各路人马不但命名诙谐、可爱并充满童趣，而且十分符合蔬菜们鲜活的自然属性，进而在人与物的双重融合下，生动地推进了故事情节的发展，让童谣图画书的阅读体验更有趣味性。

可以说，画家不仅运用视觉语言完美地拓展了"两边兄弟来叫阵，大呼小叫争输赢"的文字空间，还在两相对比中凸显出了无限的儿童阅读乐趣，合理地预设了这场战争的结果。

### （三）菜园大战与充满传奇色彩的蔬菜勇士们

等到真正的菜园大战开始，两队人马的实力、个性差异也就一览无余地显现出来了。

> 小葱端起银杆枪，一个劲儿往前冲。茄子一挺大肚皮，小葱撞个倒栽葱。韭菜使出两刃锋，呼啦呼啦上了阵。黄瓜甩起扫堂腿，踢得韭菜往回奔。[①]

端、冲、挺、撞、甩、踢等一系列拟人化动词的运用，既展现了小葱、

---

[①] 编自北方童谣,周翔.一园青菜成了精[M].济南:明天出版社,2008.

韭菜、茄子和黄瓜等蔬菜各自的特性，更是让这场菜园大战瞬间变得热血、传神起来。而银杆枪、两刃锋等古代兵器，以及倒栽葱、扫堂腿等很多中国人熟悉的武术招数与术语，为这场大战又平添了饶有情趣的舞台剧场感。

应该说，这些动词恰如其分地诠释了蔬菜的特点，一方面显示出了活泼、浓郁的生活气息，另一方面又符合儿童内心深处的武侠情和游戏梦。

藕霸战队越战越勇，萝卜大军且战且退。眼看就要被连藕王所率领的队伍打败，胡萝卜急得连忙跑去搬救兵。"歪嘴葫芦放大炮，轰隆隆隆三声响。"葫芦大炮的威力几何？藕霸队的"硬实力"，在武力值爆棚的葫芦大炮前又会怎样？在第17页到第18页的画面中，画家让葫芦炮牢牢占据整个跨页的中心，葫芦籽随着"轰隆隆隆三声响"，仿佛出膛的子弹般铺满了画页。在画面的小角落里，读者于不经意间，也很容易就发现，连菜园子里的椿象也被崩得晕头转向。明显地，歪嘴葫芦以一当百、扭转战局的概率很大。毕竟，画家在细节上都做满了铺垫！

果然，第19页到第22页几个对开页中的场面，就生动地再现了萝卜大军搬来歪嘴葫芦这个救兵之后的战场形势——

> 打得大蒜裂了瓣，打得黄瓜上下青。打得辣椒满身红，打得茄子一身紫。打得豆腐尿黄水，打得凉粉战兢兢。①

刚才还占据上风的藕霸队，就这样被打得节节败退，最终败下阵来。"藕王一看抵不过，一头钻进烂泥坑。"既表现了人物的狼狈样，又结合了连藕生长于淤泥的客观现实。

无论成败，蔬菜们在这场菜园大战中可谓大放异彩，个个都充满武林英雄的传奇色彩，令人惊叹不已。当儿童一边听着如此离奇的故事，一边看着夸张、好笑又真实得如同在菜市场里见到的那些蔬菜的画面时，怎能不哈哈大笑、兴味盎然地沉浸其中呢？

总的来说，夸张离奇的情节设置，朗朗上口的童谣语言，以及融合传统水墨画敷彩点染和戏曲风的画面，共同营造出了《一园青菜成了精》极具艺术魅力的情趣和特殊美感。

---

① 编自北方童谣，周翔.一园青菜成了精[M].济南：明天出版社，2008.

## 三、讲读建议

童谣因为其特殊的语言和节奏，讲读过程中应尽可能口齿清楚、声调准确，要读出音韵和节奏的抑扬顿挫，念诵时尤其要强调韵脚并注意停顿。这样既可以为孩子留下足够的时间欣赏图画，又能鼓励孩子跟读和接龙童谣中的字、词甚至是完整的句子。

其次，因童谣里所出现的这些蔬菜很常见且非常好辨认，儿童很容易就能将童谣与日常生活建立联系。成人在讲读过程中或餐前、餐后，如果能及时引导他们去做一些观察、联想游戏，将有助于孩子以更加主动和积极的态度去认识蔬菜并接受蔬菜，以及更好地理解图画故事。

针对图画中的细节，也可以设置一些必要的小问题鼓励孩子们去探秘，比如菜地里出现的那些若有似无的小虫子。如果问题设置得当，就能在无形中提高幼儿的观察和语言表达能力。

第三，讲读过程中，考虑到童谣的音韵特质，建议讲读者先酣畅淋漓地诵读文字故事，从听觉方面唤起幼儿对音乐美的感知；其次，让还沉浸在音韵节奏里的孩子，自己再看一遍图画书，以此回味语言文字的音韵之美是如何在图画中体现的；最后跟孩子一起完成对图画书的阅读，并积极回应孩子就文本提出的任何疑问。

## 四、阅读活动

1. 听一听，读一读。

把童谣大声朗读给孩子听并和孩子一起朗读，在铿锵悦耳的语言中感受童谣的音乐美；也可以在多次听读童谣和翻阅图画后，与孩子玩阅读接龙游戏，让孩子在父母或大人的不断提示中跟读、填空，甚至能背诵。

2. 找一找。

和孩子一起找一下，图画书里一共出现了多少种蔬菜，并说一说蔬菜们各自的本领如何。

3. 我说你来猜。

将图画书里的蔬菜做成蔬菜卡片，父母与孩子或者孩子之间可以利用童谣里的语言，玩一玩猜蔬菜的游戏。

4. 画一画自己最喜欢的蔬菜。

### 五、拓展阅读

1. 《耗子大爷在家吗？》
2. 《荷花镇的早市》
3. 《狼外婆》

## 第三节　多样化的中国原创儿童图画书

中国原创图画书的制作，除了我们在前文中探讨过的作家作品，没有纳入系统介绍的还很多。这些作家和艺术家，为丰富中国原创图画书的创作以及促进中国儿童图画书的继续发展，做出了重要贡献。如蔡皋、朱成梁等老一辈画家们对民间生活、民间工艺的深度接纳与现代化使用，央美绘本创作工作室等新锐群体对中国原创图画书的现代尝试，以及诸如彭懿、朱自强和梅子涵等专业学术研究者的积极创作、推广，从而让我们对中国原创儿童图画书的未来充满了信心。

### 一、民间的色彩与颜色的光芒

#### （一）蔡皋：对比关系下的"民间"的美丽与苍凉

蔡皋曾做过多年的小学老师，也有丰富的幼儿读物编辑和绘画创作经验，然而她被人们提及最多的是退休后的儿童图画书创作者身份。

蔡皋的儿童图画书内容大多以传统题材为主，带有浓厚的民间色彩。这些作品的文本有的取材自古代名著典籍，如《宝儿》《干将莫邪》分别来自《聊斋志异》《搜神记》；《百鸟羽衣》《晒龙袍的六月六》则是在湖湘地区广泛流传的苗族、土家族民间故事；《三个和尚》《月亮粑粑》《月亮走我也走》又是分别根据民间谚语和童谣改编而来。《花木兰》《孟姜女》《海的女儿》以及她早期与日本著名的图画书出版人松居直合作的《桃花源的故事》，不但深受画家自己喜爱，而且为中国当代儿童图画书的创作开启了一扇神奇的大门。

在绘画媒材上，蔡皋常采用水墨和水粉作画，画面带有强烈的中国艺术风采。其画面配色一般采用浓烈的黑、红、绿等对比色，或对照或交替杂糅，给人一种极强的、来自底层民间的凝重和绚烂感。这种绘画的风格，主要源于画家对文本故事的深度理解和阐释。

她曾在《宝儿》中说："凝重而丰富的灰色调是民间生活的基调。""一切的好、一切的美都是从黑色土地中生长出来的一种精神……一切的冲动和亮丽都从那儿奔走而来，试图表达出它们的那份渴望，那份飞扬起来的精神。"[①]也就是说，蔡皋在给各类带有传统色彩的故事绘制画面的时候，内心始终有一种要给其带来光明和希望的信念，一如民间童话常被赋予美好结局的安排。

《宝儿》中有一个场景，描绘的是宝儿尾随荒原狐精的仆人的画面：在黑色的民居建筑中间，仆人与宝儿一前一后走在充满月色的巷道上。画面中，黑、白和红三种色彩泾渭分明，视觉冲击效果很强大。但这种冲击力并未止于视觉，而是渗入了读者的精神和内心深处，尤其是唤起了我们对宝儿这个商人的儿子的情感共鸣——面对敌手时的那一份冷静、智慧以及为守护母亲而努力的情感共鸣。在宝儿把毒药顺利调换给荒原狐精后的那个夜晚，月亮又大又圆，月色下的墨竹笔直挺立、顾盼摇曳。在这个画面中，画家用一幅月下的竹影婆娑图，营造出静谧、岑寂之感，完美地呼应了没有狐精捣乱后的宁静氛围。与此同时，由于有月亮和墨竹这类典型的中国文化意象的缀染，又为民间故事里的凡俗烟火生活增添了一份雅致之味。

不只是《宝儿》，蔡皋在《晒龙袍的六月六》《百鸟羽衣》《干将莫邪》等一系列传统民间故事的图画语言和绘画风格上，一直都在试图传达此种"民间"的精神，强调在苍凉的底色里渲染出一份世俗的美丽和高雅。

此外，蔡皋还常根据文本的内容和情感基调，调整文、图之间的互动结构，让图画充分参与叙事和情绪情感的酝酿。比如在《月亮走我也走》《月亮粑粑》《三个和尚》等带有诗性色彩的民间童谣、谚语故事中，她把留白艺术的况味、意犹未尽之感，与歌谣体韵语故事的讲述结合得严丝合缝、淋漓尽

---

① 蔡皋.黑色底蕴里走出的明艳[M]//心怡,蔡皋.宝儿.济南:明天出版社,2008.

致。这种艺术手法和文图之间的互动,恰当地呼应了文本的简略和意在言外,让图画和文字具有了四两拨千斤的分量。

值得一提的是,考虑到这些作品的读者对象是幼儿,她的文字和图画也总是格外具有童心和童趣。如《月亮粑粑》里面那个犯了事的小和尚、《三个和尚》里的小和尚们,如果仔细观察他们的神情、动作和姿态,就会发现在这一类人物的身上,似乎总是洋溢着一股无处不在的属于孩童的俏皮、纯真、稚拙和可爱的天性。观察蔡皋的图画书里的人物,会给读者一种他们是故事里的人物,但他们更是我们身边的孩子的深刻印象。

### (二)朱成梁:颜色的光芒与动画片般的画面质感

朱成梁是专业的美术工作者,毕业于南京艺术学院油画专业。20世纪70年代末,一直在做出版社美编和书籍设计工作的朱成梁开始了儿童书籍插图和儿童图画书的创作,自此便出版了多部儿童图画书作品且获奖不断。

在中国儿童图画书还未形成一股发展势头之时,朱成梁的图画书主要以20世纪常见的彩色连环画的形式出现。《两兄弟》《一闪一闪的兔子灯》《虎头鞋》《灶王爷的故事》《争鹿》等,都是他那时的主要作品。这些故事的文本内容大多与传统的民间故事和民俗节气有关,绘画充满浓郁特色的中国年画、剪纸等元素,非常传统和具有民间风味。21世纪以来,朱成梁的儿童图画书的创作变得更加现代和多元。在图画创作中,他强调绘者精心研究故事脚本、给作品定基调以及根据故事情节设计分镜头的重要性,认为图画应该把文字里没有说出来的东西一并呈现出来。基于这样的创作态度,他每一部作品的画面造型、构图、媒材的运用和色彩的搭配,都非常服帖且表现力十足,充满颜色的光芒和动画片般的画面质感。

如他早期根据加拿大著名的动物小说家欧内斯特·汤普森·西顿的作品,编绘了一本非常具有现代特质的儿童图画书《火焰》。在绘画媒材上,他选用透明度较高的水彩,让画面形象生动、鲜明,色泽细腻而又有光泽;在造型和布景上,朱成梁大量借用了电影的艺术表现手法,把狐狸妈妈从猎人、猎犬手中勇救狐狸宝宝的故事表现得大开大合、动感十足,画面非常具有镜头感,每一次的翻页都好似动画电影里的镜头场景的转换,非常真实和震撼。在有的画面中,甚至还同时出现了三个分割跨页镜头。如第18页到第19页的部分,场景先是从猎人的农场转换到桦树林,再由桦树林转换到河谷,每个镜头里都有奋力奔逃的主人公和追杀她的猎犬,惊险十足。当场景转换至第 22 页到第 23 页这个大跨页,画家采用一个近景特写镜头,描绘了两条猎犬奋起直追狐狸的背影。在该画面中,与猎犬们腾空急速奔跑的姿态相对应的,是隐没在夜色中的群山、树木以及那一轮高高挂在灰蓝夜空中的圆月。整个画面的场景动、静结合,背景的静谧强化了追逐的惊险和激烈,让读者仿佛能透过画面听到狐狸火焰的喘息声、猎犬们汪汪汪的嚎叫声。故事发展至第 36 页到第 37 页这个跨页中时,情节迎来巨大反转,一直处于被动位置的主人公正式率领狐群,反攻农场。画面中,晨光熹微,一轮金色的太阳出现在瑰丽的云霞间,天快要亮了;棕黑色的山坡上,一群火红色的狐狸沿着山脉的弧度,齐齐整整地排成一个半弧队列。狐狸妈妈火焰,则站在队伍的最前面,她望着被铁链拴在篱笆桩上的狐狸宝宝,正略微有些不安地踱着小步。失去猎犬的猎人们则站在篱笆这头,眼前的场景让他们无计可施。这个宏阔的大跨页场景充满了戏剧的张力,营造出了一种无声的紧张和压迫感,直观地呈现出了狐群与猎人对峙的紧绷态势。

  实际上,《火焰》整个追逃的戏码、主人公营救儿子斑点的完整过程,皆犹如电影镜头在读者眼前打开,令无声的纸面不但有声有色,而且惊险、刺激又荡气回肠。这一切,既源于画家对脚本故事的深刻解读,更在于他对绘画媒材、画面结构、人物造型和色彩搭配等图画语言的精准运用。

  在《团圆》中,朱成梁又把绘画媒材转向了水粉,用浓烈的色彩把一个阖家团圆的过年故事表现得真实、沉稳而厚重。

  而在《别让太阳掉下来》中,画家的图画造型以圆形、半圆形、方形和三角形等基础形状的堆叠组合为主,画面中不断跳跃着红、黑、金等大量色块。故事里的小动物的类型多样、造型各异,它们天真、可爱、生动而又童趣盎然。这些动物原型,有的来自民间泥塑,有的则是民间刺绣、布偶玩具的结晶。而画家在画面中对传统漆器的工艺和色彩的运用,更是让《别让太阳掉下来》成了一部汇集民间艺术语言、色彩和形象的集大成作品。诚如阿甲所说:"朱成梁的《别让太阳掉下来》最让人感佩之处,正在于借助十足的传统元素展开了颇具现代性的讲述。"[1]

---

[1] 阿甲.中国图画书叙事艺术的传统和现代[M]//阿甲,[法]苏菲·范德林登,[美]伦纳德·S.马库斯.画里话外 02:叙事.南京:南京大学出版社,2019:03.

这样的特质，同样表现在《屋檐下的腊八粥》《爷爷的打火匣》《记事情》《棉婆婆睡不着》《小猢狲找人参》《打灯笼》等朱成梁的其他作品中。

总的来说，对故事脚本的深刻解读、媒材的自由转换、大色块的构图、无处不在的中国传统文化元素，让朱成梁的儿童图画书闪耀着颜色的光芒和动画般的质感。每一次阅读他的图画书，都让读者仿佛在享受一场令人触动又欢喜的视觉盛宴。

### （三）黄缨：民间和传统里的童趣、童真

虽然都是表达民间故事和传统文化，但黄缨的儿童图画书无论如何造型、构图或采用什么绘画媒材，其风格都倾向于在民间故事的框架里表达童真和童趣，充满十足的卡通味。比如由黄缨绘图的"屋漏"型民间故事《漏》，人物、动物、环境、物品的造型，都有一种如孩童般可爱的圆润感。如果只是单纯看图画，读者很难从画面中读到属于传统文化和"民间"的明显符号。

同样的，在《七只鼹鼠包粽子》《七只鼹鼠包饺子》等作品中，虽然故事的内容与传统的日常饮食和民俗文化有关，但文字讲述和图画呈现均蜕去了中国文化典籍中一贯的长者姿态和说教色彩，显得天真又可爱。一个民俗文化故事，就这样在黄缨的笔下变成了一个个纯粹的儿童故事——一个与动物有关的、充满孩童天性、有文化意蕴和民俗内涵的儿童图画书故事。

如《七只鼹鼠包粽子》，非常完整地介绍了一枚粽子的诞生，甚至详细而具体地描述了粽子浓郁的香味。故事从七只小鼹鼠浸泡糯米、腌制五花肉开始，到它们采集、清洗、蒸煮粽叶，再具体到粽叶的叠放、糯米与肉的装填，甚至粽绳的捆绑、打结以及最后放入铁锅蒸煮，整个操作流程一清二楚。

当然，《七只鼹鼠包粽子》不是一本料理说明书，故事性和民俗文化依然是作品关注的重点。当粽子煮得差不多快熟的时候，小鼹鼠又开始制作小红旗。粽子煮熟后，尽管香气扑鼻的粽子馋得它们直咽口水，小鼹鼠却并没有坐下来自己品尝。忙忙碌碌的它们拿上小旗帜、绑上红头巾，把出锅的粽子全都装进竹篓和竹篮里。它们到底要把粽子带去哪里呢？故事一页一页翻开，悬念也在翻页中逐一解开了：原来，它们是要把粽子送到划龙舟的地方，与那些即将参加划龙舟比赛的运动员们一起分享。

于是，粽子与龙舟也就顺利地成了故事中的核心构成元素。

作为一个儿童故事，《七只鼹鼠包粽子》显得稚趣十足。故事的主人公以

小鼹鼠这类有点神秘的动物代替人类，本身就拉近了与幼儿的距离。而画家在画面的细节之处，又充分展示了故事性和儿童性。比如那只扎着红色波点蝴蝶结的小鼹鼠，在整个"包粽子"的过程中，它总是状况不断。当其他鼹鼠在忙着准备包粽子的材料时，只有它睡眼惺忪地提着小熊玩具娃娃；当大家背着满背篓的粽叶回家时，它又不小心在路上摔了一跤；当大家都在包粽子的时候，一脸茫然的它却抱着一把粽叶在咬手指头……这只看似格格不入的小鼹鼠，为画面注入了意想不到的故事性和童趣，也让读者获得了许多阅读的乐趣和发现的惊喜。谁的家里或身边，又没有一两个这样可爱的小朋友呢？

或许，这本图画书能触及人心的原因，也和这只小鼹鼠与家人们在一起度过的亲子时光有关系吧。无论它是否擅长包粽子，它始终积极地参与着家庭成员们的活动；而它的家人们，也对它表现出了极大的耐心和尊重，没有批评它捣乱或指责它做得不好。这种通过读图读出来的家庭亲子氛围，无疑丰富了读者的阅读体验，也大大拓展了文本故事的表达空间。

在画家的笔下，《七只鼹鼠包粽子》的故事场景显得日常而真实。如土灶台、大铁锅，就曾是很多人记忆中的童年物件。而小鼹鼠齐心协力包粽子的氛围，又是那么温馨和热闹，不但孩子们读起来兴趣盎然，也会让许多成年人觉得亲切和熟悉。与此同时，在具体的故事讲述中，创作者又有意无意地给孩子们讲述了端午的民俗与传统。也就是说，《七只鼹鼠包粽子》的着墨重点，虽并未放在民俗文化本身，但最后的吃粽子和龙舟竞赛，犹如蜻蜓点水般还原了故事的民俗文化内蕴。

对年幼的孩子而言，以一种轻松、有趣的方式了解中国的传统文化和民俗节气，难道不是一种合适的选择吗？

## 二、新锐创作群体与风格、技法多样的中国原创图画书

将传统和民间元素大量植入中国原创儿童图画书，是生于斯、长于斯的艺术家们的一种当然的选择。然而，在新的图画书理念和欧美、日韩等文化的影响下，一些新锐力量开始以一种更加多元、开放的态度介入儿童图画书的创作。他们的探索，为中国原创图画书的发展和未来提供了更多可能性。在这方面，央美绘本创作工作室作为一个专业的图画书创作人才培养基地，不容小觑。

## （一）央美绘本创作工作室和新锐创作群体

央美绘本创作工作室自 2004 年成立以来，把"培养懂绘本、出版、策划、编辑和有绘画能力的年轻一代绘本创作力量"作为主旨，强调要"以图文方式呈现中国本土的文化和价值观"。在这种理念的指导下，央美绘本创作工作室培养了一大批既立足本土又具有国际视野的绘本作家，创作了多个儿童图画书系列。

如"中国民间童话"系列，央美绘本创作工作室的师生们以图画的方式讲述了在中国各民族间流传的民间故事，画面或梦幻或真实，具有浓厚的地域文化色彩和民俗风情。其中，《小狐狸》讲述的是一对鄂温克族的老夫妇与一只想要成为人类小孩的狐狸的故事，图画中到处都是麂皮靴、帽子、驯鹿、萨满等与鄂温克族文化相关的细节和符号，画面唯美、配色和谐并与故事的基调保持高度的一致。《两兄弟》《鱼姑娘》《金头发》《火童》《长发妹》《猎人果列》《十二王妃》则分别是白族、傈僳族、彝族、哈尼族、侗族、苗族和傣族非常具有代表性的民间故事。这些民间童话讲述的都是各民族"从前"的故事，讲述方式也是基本的三段式，善恶有报、以弱胜强、人与自然和谐共生依然是其中最重要的主题思想。在画面表现上，除了整体画面精美、造型丰富多样，人物的服装、头饰、纹样、居住环境、农具、乐器、锅碗瓢盆……都带着各少数民族的特色，具有很强的地域属性和文化烙印。而且，即便该系列的文字叙述已经十分完整，但画家们仍然非常重视采用画面语言来为故事增色，让图画充分参与进了故事的讲述中。

除了"中国民间童话"系列，央美绘本创作工作室的师生们还出版了《森林的诞生》《食梦貘》《中国节：我们的传统节日故事》《深度写生》《反宇宙兔》《水和尚》《面人龙》《小黑漫游记》《蜗牛老师的幼儿园》等一大批中国原创图画书，故事内容、绘画媒材和绘画风格日渐灵活多样。近年来，央美绘本创作工作室毕业的学生们还陆续出版了不少作品。未来中国儿童图画书的发展，他们一定会是一股重要的力量。

除了央美绘本创作工作室的师生们以图画书专业的学院精神参与创作实践外，在绘画媒材和技法上，一些插画家还开始尝试以布艺、摄影等方式进行图画书创作，以寻求本土原创图画书在形式上的创新和变化，从而获得更大的发展空间。这类型的图画书创作，虽然目前并非国内图画书作者的创作主流，但对图画书的媒材和叙事形式的探索，无疑已经引起了一部分创作者的注意，这对中国图画书的创作和发展来说，都是可喜的尝试和推进。

（二）张宁的拼贴布艺画图画书

布艺画一般采用剪切的布料加缝制、针绣的方式进行创作，创作手法和材料决定了布艺画的制作过程耗时且费力[①]。无论国内外，布艺画图画书都不是创作主流。一般情况下，创作者也会根据表达需要，在布艺画的基础上加入纽扣、纸片等装饰性的拼贴元素。如王天天创作的《方脸公公和圆脸婆婆》，就属于这类拼贴布艺画的图画书作品。

在大陆地区，已经出版的拼贴布艺画图画书并不多，甚至可以说是寥寥无几。除了王天天2015年出版的《方脸公公和圆脸婆婆》外，就以张宁的《乌龟一家去看海》《一只特立独行的猪》影响最大。因为对布艺的热爱，张宁喜欢采用布艺画的创作手法来创作图画书。虽然她的图画书作品产量不高，但都受到了广大图画书爱好者的热烈欢迎。目前已出版的《乌龟一家去看海》《一只特立独行的猪》，还先后获得了"丰子恺儿童图画书奖"。其中，《一只特立独行的猪》故事脚本根据王小波的作品改编。

《乌龟一家去看海》讲的是一个简单的故事。

春天来了，一只名叫壳壳的乌龟从漫长的冬眠中苏醒了，决定要和爸爸妈妈一起去看海。于是，乌龟一家爬过草地，穿过池塘，翻过大山，游过小河……一路上，它们碰到了许多困难，但也得到了许多鼓励和帮助。终于，它们到达了离家乡很远的大海，还见到了传说中会飞的鱼。然后，乌龟一家又踏上了漫长的归乡旅途。

《乌龟一家去看海》，讲的就是这样一个儿童文学中常见的"在家—离家—回家"的模式化故事，叙述和基调有点像《噢，美丽的巴拿马》。

但这本图画书最出彩的地方，明显在于布艺画的创作手法。从封面、封底，到环衬、版权页、扉页和正文，无一不是由裁剪的布料缝制而成。这不

---

[①] 在一次图画书研讨会上，张宁女士在谈及自己的图画书时，曾开玩笑说，出版社编辑每次打电话询问她图画书的完成进度，都是问："你缝好了没有？""还要缝多久？"因为她的图画书全都是一针一线缝出来的，布料的选择、裁剪加上缝制，让她的每一本图画书都要比别人花费数倍的时间。

但考验创作者的构图方式、人物造型、色彩搭配等艺术素养，还与个人的手工能力、针线功夫紧密相关。

乌龟一家、喜鹊、蚂蚁、会飞的鳐鱼、大鲸鱼、各种小鱼、螃蟹等形象，全都是用碎布头缝出来的；池塘、青草、树枝、河流、大海、山坡、月亮、夜晚……也都是用各种颜色的布头、布料，一针一线缝制而来的。在有的画面场景中，作者也会根据实际表达需要，选择用针在大尺寸布料上直接刺绣出画面内容。

什么场景选择什么布料，不仅要考虑色彩搭配，还要顾及布料质地、表现手法对图画和故事的整体表达效果的影响……比如在第 18 页到第 19 页这个跨页中，画面展示的是乌龟一家钻进壳里躲雨时的场景：画面由靛蓝色的扎染的布料构造成天空和湿漉漉的道路，细细密密的针脚编织成了瓢泼雨帘，三只乌龟缩在自己的壳里，水面则漾出了一圈圈小水波。仔细观察画面，读者还会发现，有的小水波是用蓝布条缝在米色底布上的，有的则是用刀在蓝色扎染布上镂刻出来的。靛蓝色的扎染布、斜斜密密的雨雾、一圈圈的小水纹和三只如同布偶娃娃的可爱乌龟，共同为画面营造出了寂静、空灵之感。看着这幅图画，读者的耳边仿佛响起了泉水"叮咚"滴落在水面的回声，舒缓、安宁得犹如白噪音。偏冷的画面色调与画面中物象的布局、排列所营造出来的氛围，非常符合乌龟一家在出行路上遭遇大雨时的处境和心境。

而在第 28 页到第 29 页这个对开页中，画面虽因那群逆流而上的小鱼排列得整齐、对称而丧失了动感，但创作者让文字以波浪形的排列方式出现，使其带上了一定的设计感，让画面变得生动和有节奏。

整个《乌龟一家去看海》的文字的叙述语调温柔、色彩纯净，画面色调和缓、安宁，动中有静、静中有动，十分符合故事的情境与氛围。

可以说，整个布艺画图画书的创作过程，每一页都极其烦琐，如果创作者没有足够的艺术修养、耐心、巧思和动手能力，很难创作出一部赏心悦目的作品。每一次翻阅张宁的《乌龟一家去看海》《一只特立独行的猪》，仿佛都能透过纸面触摸到布料的质感，而从布面上走过的每一步针脚里，又无不让人感受到创作者满满的诚意和真心，继而带给读者如同在欣赏民间工艺品的体验。

张宁的布艺画作品能获得国内儿童图画书大奖，的确是实至名归。

### （三）彭懿的摄影图画书

彭懿是国内著名的儿童文学作家、学者、儿童图画书文字作者和翻译家。他翻译的日本和欧美儿童图画书不胜枚举，出版儿童幻想小说和儿童文学、儿童图画书的研究著作多部。在儿童图画书的创作上，彭懿不仅是积极的文字作者，创作了《不要和青蛙跳绳》《我用32个屁打败了睡魔怪》《红菇娘》《守林大熊》等作品，还以摄影和拼贴的创新手法，出版了《寻找鲁冰花》《巴夭人的孩子》《精灵鸟婆婆》等摄影图画书，为儿童读者展现了充满异域风情和奇幻色彩的图画书世界。

所谓摄影图画书，就是创作者用摄影技术代替传统的绘画艺术创作的图画书，每一幅图片就是一幅用相机拍下来的照片。在《巴夭人的孩子》中，彭懿站在儿童的视角，用镜头记录下了位于马来西亚仙本那附近的巴夭人部落的神秘生活。巴夭人被称为"海上吉卜赛人"，他们没有国籍，世世代代都生活在海上，住在珊瑚礁上搭建的简易小屋或小船上，以捕鱼为生。

故事以巴夭人的孩子的视角和口吻，讲述了神秘的巴夭人的生活。在彭懿的镜头下，近景特写的孩童们一脸纯真；喂奶、剥椰子的妈妈们朴实、安详，奔跑、跳水的孩子们欢快又自由；而清晨出海打鱼的爸爸们，创作者则用镜头定格了他们从波光粼粼的海面划过小船——为生活忙碌的剪影。蓝天白云下的水上村落、独木舟、椰子树以及嬉笑打闹的孩子……光影中的每一个画面瞬间，记录的都是与常人生活相去甚远的巴夭人的日常，"我""我们""我们是巴夭人的孩子"这类如同纪录片旁白的共同讲述，不由自主地叩击着读者的心灵。

对很多人而言，巴夭人的日常生活是"诗与远方"。对孩子来说，通过阅读了解"我"之外的世界，得以弥补了他们认知和生活中欠缺的经验和体悟。尤其是站在异乡人的视角，让孩子们知道"在这个世界上有这样一个地方，生活着这样一群人，过着这样一种生活，这里的孩子很快活"[1]。这有利于孩子形成多元的文化视野，以更加开放的心态接纳自己和认识世界。

与《巴夭人的孩子》讲述日常真实生活的客观口吻不同，《寻找鲁冰花》的文字叙述充满了强烈的主观情感和幻想色彩。当作者把追花人的心理和情感期待，以一种形同呓语的对话方式与新西兰广袤大地上迷人的风景、色彩

---

[1] 彭懿.巴夭人的孩子[M].济南:明天出版社,2016:后记.

斑斓的鲁冰花相连接时，读者仿佛也跟着镜头进入了鲁冰花精灵发出的赏花邀请里，翻阅体验也一并变得梦幻迷离起来。《精灵鸟婆婆》则是摄影、数码和剪纸艺术相结合创作的一部图画书，整个故事显得亦真亦幻，带有彭懿奇幻文学一贯的叙事风格和情调。

无论是作为纯文字作者提供文本故事，还是用摄影和拼贴等技术搭配文字讲述图文故事，彭懿儿童图画书所展现出来的风格和技法的多样化，都为中国当代原创图画书的发展创新提供了另一种风貌和更多可能性。

## 三、文字作者笔下的图画书世界

图画书依赖文字和图画讲述故事，但就篇幅来说，图画往往占据其中的大部分甚至是全部比例。即便如此，文字作者对一本图画书的诞生，仍然举足轻重。在中国当代图画书的创作中，文字作者们为儿童创作了各类图画书作品。尤其是一些专业的儿童文学作家，将关注的目光投向本土图画书之后，极大地丰富了中国原创图画书的创作领域，让我们的儿童得以在图画书里读到一个多彩的中国。

在这方面，保冬妮的创作非常具有典型性，不但图画书作品数量多，而且类型丰富多样，大多以系列图画书的形式出现在读者面前。如"小时候"中国图画书系列《跟着姥姥去遛弯儿》等，把童年的时光、色彩、味道一一在图画书里重现；"保冬妮中国节日绘本"系列《花娘谷》、"最美中国"系列图画书《舞鹤》，书写了大江南北的美丽风光、动人情感，文字、图画美轮美奂；"中国印象·水墨宝宝成长奇遇绘本"系列《小萝卜浇浇在幼儿园》，真实再现了孩童们的幼儿园生活，充满浓浓的童趣；"中国娃娃·快乐幼儿园水墨绘本"系列《小布老虎》，把古老中国的布老虎玩具和现实生活中的儿童游戏完美结合；"中国风"系列《我爱妈妈》，诉说了一个小女孩对残疾妈妈的复杂感情；"中国情"系列《元宵灯》《满月》《荷灯照夜人》，虽然在一个个可歌可泣的故事里编织了传统节日，但民俗节日只是一个时间和文化的背景，作者表达的焦点是当下社会各类人群真实的生活和情感；在"中国非物质文化遗产图画书"大系《游园》等中，保冬妮借一个孩子的视角，讲述了中国传统戏曲等非物质文化遗产；"保冬妮京味儿绘本"系列《冰糖葫芦，谁买》，在真实和幻想的双重交织下，叙述了发生在老北京胡同里的感人故事；《等等，绣球花》既是幻想故事，也是有关北京的记忆；《九色鹿》等"传说"系列，在文图上都很大程度还原了故事本来的样貌，有着敦煌壁画色彩。另外还有"保冬妮新童谣绘本"系列《兔拉拉，有你陪我笑哈哈》《小狼小狼，几点了》等，语言诙谐、朗朗上口，故事有趣好玩，可读性极强。另外还有《咕噜咕噜，涮锅子》等京味儿绘本，《鲸鱼的歌》等海洋主题绘本……

在目前市面已出版的儿童图画书中，从来没有哪一个作家的创作有保冬妮涉猎的范围广泛、风格多样。地域文化、民俗节日、童年记忆、社会热点、动物、植物、海洋生物、个体成长、幼儿日常生活，凡是儿童文学所能包罗的每一个方面，保冬妮似乎都用饱含热情的文字把它们记录了下来，然后成就了一本本精美的图画书故事。这些图画书的文字，有的音韵和谐，铿锵悦耳；有的夹杂着熟悉的俗语、俚语，亲切自然；还有很大一部分的文字充满迷人的幻想色彩，使得读者的阅读体验不断在真实与幻想之间流转。

中国原创儿童图画书到底要如何发展、又要走向何方，保冬妮的创作经验或许值得认真研究。

此外，曹文轩作为目前中国唯一一位获得"国际安徒生奖"的作家，除了致力于儿童文学的理论研究和创作实践外，也为中国原创图画书的发展呈现了另一种式样。

曹文轩的图画书创作，有一大批是以他的短篇小说作为故事蓝本的改编作品，如《第十一根红布条》《鸟雀镇》《鱼鹰》《阿龙像个幽灵》《三角地咖啡馆》《雪灯笼》《空篮子》等名作画本。也有《鸟和冰山的故事》《夏天》《羽毛》《菊花娃娃》《飞翔的鸟窝》《痴鸡》《鸟船》《马和马》《一条大鱼向东流》《最后一只豹子》《烟》和"笨笨驴"系列等专为图画书而创作的文字故事。他专为图画书所做的《鸟和冰山的故事》《夏天》《羽毛》和《烟》等作品，集中探讨了友谊、自我以及人与人如何在群体生活中和谐相处等问题，绘画精美。这些作品所关注的，既与孩童的生活和成长密切相关，又具有人类整体的哲思的意义和价值。这与曹文轩儿童小说关注的，一以贯之。比如《羽毛》中的"羽毛"与《草房子》的"秃鹤"，对他们寻找自己归属和寻求群体接纳的关注，几乎都是一致的。

一直以来，曹文轩都在为本土的图画书作家们呼吁，希望出版机构、市场和讲读者们能给本土作品一些机会，哪怕是一点点机会①。以"曹文轩绘本馆""曹文轩画本""曹文轩纯美绘本"等名义出版的图画书很多。由于这些作品中的一部分，根据作家的短篇儿童小说编绘而来，加之文字作者本人又是名气很大的儿童文学作家，所以曹文轩的儿童图画书往往有文字较多的特点。

一般的图画书理论都强调，图画书的文字与图画最好能在叙事上互补，而不是单纯地用图画直观呈现文字内容或用文字解释图画。即，图画书中的图画与文字各自发挥叙事的功能，没有孰优孰劣的问题，也没有孰轻孰重的倾向。然而，为了彰显图画在叙事中的功能和地位，近年来西方的无字图画书越来越多。一些知名的图画书作品如《疯狂星期二》《山中》《保罗奇遇记》等，基本都是无字或仅仅零星几个字，充当叙事媒介的几乎完全是图画。但有过创作经验的人都知道，即使是创作一本无字图画书，构图之前一定先有一个基本的文字故事脚本。也就是说，很多图画书作品本身就是先由文字建构，在后续创作中逐渐把图画凸显到叙事的核心地位。如果从作者的表达权利来看，这一类无字②图画书就剥夺了文字作者的表达权利。当然，这种无字图画书的理论，在曹文轩的图画书中没有那么适用。他强调并重视文字的叙事地位和表达权利，并提倡要在作品中体现出来。这也是他的绝大多数图画书文字较多的一个原因。故我们在阅读他的图画书时，不应忽略对文字的精

---

① 2019年10月17日，在北京师范大学举行的第四届全国小学生绘本教学研讨会上，曹文轩教授做了专门的发言。其间，他本人倡导绘本讲读者和阅读推广人们多给本土图画书作品一些机会，并呼吁在图画书的创作中确保文字的讲述权利。比如，当作家写下"太阳升起来了"这样一句话，画家可以用任何自己认可的方式来表达。但是，如果画家因为直观地呈现出来了"太阳升起来"这个景象，认为文字的"太阳升起来了"就显得多余的看法，他非常不赞同，并认为这种行为是在剥夺文字作者的表达权利。因为在他看来，无论作家还是画家都有表达的平等权利，即使是图画书，图画也不应该理所当然地占据表达的"霸权"地位。实际上，加拿大著名儿童文学研究者、学者佩里·诺德曼也曾表达过类似的观点，告诫我们要警惕图画文学表达中的图画至上思想。

② 当然，无字图画书也是有文字作者参与创作的。只不过，为了配合图画的表达或者为了凸显图画的表达权利，文字悄悄地隐藏在图画背后，借由图画来表现而已。比如美国著名的作家凯特·迪卡米洛著文的无字图画书《啦啦啦》，整本书只有一个"啦"字散落在图画中的各处，然而这本书却是这位著名的儿童文学作家费了很多心力创作出来的一部作品。某种程度上说，无字图画书的绘画者描绘的故事世界，主要还是由文字作者的文字一手建构起来的。即便单纯从文学创作和阅读的角度来说，曹文轩捍卫图画书文字作者的表达权利，也无可指摘。

细研读。对语言文字的执着，或许我们可以称之为曹文轩图画书的风格。

　　萧袤、彭学军等著名的儿童文学作家也开始不断探索本土图画书的创作，出版了诸如《男孩和青蛙》《驿马》《桃花鱼婆婆》等作品。

　　此外，还有一些作家在创作中格外关注儿童的心理、情绪和安全问题，出版了专门的情绪管理、情商启蒙、生活启蒙和安全出行等实用型图画书。如王早早，就非常注重在故事性的框架下，让作品能提供疗愈、抚慰读者的心灵的价值，《安的种子》是她的代表作。另外在《大火球要爆炸》《小土豆气哼哼》《月亮下的妖怪塔——我不会再害怕》等情绪管理图画书中，王早早借小熊、狐狸、小兔子等动物主人公形象，引导儿童要学会排解诸如生气、妒忌和恐惧等常见不良情绪，作者非常关注幼儿的心理健康问题；《别吵啦——体谅别人的感受》则是专门的情商启蒙图画书，关注的依然是儿童如何实现心理自助等问题。

　　应该说，这类以情绪作为重点关注对象的图画书和情商启蒙读物，借助故事来引导幼儿纾解心理问题和各种不良情绪，有助于孩子的健康成长。

　　总体而言，当前中国原创图画书的创作内容和形式都越来越多样化，也在更进一步地接近儿童和儿童文化。随着图画书的研究理论越来越丰富、成熟，越来越多的儿童文学作家、插画家正以更加积极的态度介入图画书创作，这无疑让我们对中国本土图画书的未来充满了信心。

# 结　语

图画书与儿童阅读，存在着天然的联系。如何更好地阅读儿童图画书，让儿童在启蒙阶段获得阅读的乐趣，对个体终身阅读习惯的养成和书香中国的建设，意义极为重大。

艾登·钱伯斯认为："阅读并不只是浮光掠影地扫过一排排文字，比起兴之所至的随口闲聊，阅读应当是一种更有生产力、更有价值的心理活动。"[1]的确，有效的阅读不但需要了解故事情节、主题思想和人物形象等文学的表面构成元素，它更应该是一种深度认知的加工。然而，与阅读其他文学类型不同的是，阅读图画书不仅需要用心读文字，还需要认真"读"图画。也就是说，图画书的阅读者要具备把文字和图画结合起来阅读的能力，因为图画书是文、图两种表达媒介的合奏与共舞。如果只是给孩子读一遍文字或者指着文字符号让孩子认一认字形、读一读字音，又或仅仅是让孩子在听故事的时候翻一翻、看一看图画，这些阅读方式一定都不是行之有效的。

真正读懂、读透图画书，从来都不是一件容易的事情。这不但涉及阅读者对文图之间互动规律的认识，还要求阅读者能较好地理解文学、社会学、心理学、神话学等多学科的基本理论知识，要熟悉绘画风格、艺术流派、媒材、构图、色彩、造型、景深等相关艺术知识。此外，读者还需要懂得相关的文化背景和生活常识，要理解图形符号的象征意义，要能够了解故事的叙事节奏，并充分照顾到图画中的细节。因为绝大多数儿童图画书的背后，都

---

[1] ［英］艾登·钱伯斯.说来听听:儿童、阅读与讨论[M].蔡宜容,译.北京:北京联合出版公司,2016:前言.

蕴含着一个复杂的文、图阐释系统。

当然，年幼的孩童暂时不需要思考和学习文图背后的复杂运转方式。然而，这对家长和早期阅读的指导教师们而言，则是不得不去面对的一个考验。毋庸置疑的是，讲读图画书的大人如果缺乏相关的理论、背景知识和阐释能力，就会导致对一本图画书的理解停留在表面，无法享受到更丰富和更深层的阅读乐趣，自然也就难以带领幼儿顺利进入阅读的迷人世界。对于与孩子一起共读图画书或陪伴孩子阅读的家长来说，掌握阅读的要领、熟悉图画书的文图关系以及故事背后的"故事"，不但有助于回应孩子提出的问题、提升孩子对阅读的专注度，也能在无意识中建立更好的亲子阅读氛围和关系。一个与家长有许多共同语言的孩子，一个总是能从父母那里得到良好回应的孩子，大抵不会太排斥父母给他们的成长建议或意见。从阅读中获得力量的人，一定明白，那些与父母在阅读中度过的美好时光、有趣探讨，不但会在孩子的成长路上留下闪闪发光的记忆，还会让他们终身享受阅读并从阅读中获得生活的乐趣和前行的力量。

艾登·钱伯斯在《打造儿童阅读环境》一书中指出，儿童的阅读是一个包含了选书、读书和回应的循环过程，每一个过程都离不开一个有协助能力的大人。只有一个自身阅读经验十分丰富、阅读能力突出的成人，才能更好地给幼儿选择合适的书籍、创设良好的阅读环境，才能在阅读过程中给予孩子良好的指导，并在阅读后精准答疑、解惑和回应孩子的阅读反馈。

一个孩子对自我、家庭、社会甚至是宇宙星辰的认知，以及他们是否能良好地调控自己的情绪、进行有效表达，甚至专注度高不高、想象力是否丰富、观察够不够敏锐、判断力如何、对问题的理解深刻与否、推理能力怎样、空间感强不强、能不能感受到更多生活的乐趣……很大程度上都与他们早期的阅读经验和阅读情境有关。在幼儿还无法独立阅读前的早期阅读阶段，无论是亲子共读还是课堂中的阅读教学，孩子的心理和精神成长都离不开一个优秀的阅读引导者。

针对儿童图画书的阅读指导，这一点尤其适用。

相较于市面上大多数图画书阅读指导用书，本书希望通过对国内外儿童图画书尤其是中国原创图画书的深度阅读和探讨，能让更多的成年人享受到的阅读乐趣、触动，亲尝阅读之乐并能食髓知味，从而更好地指导幼儿的图画书阅读。

# 附 录

## 附录一 本书介绍的主要图画书

1.［英］布莱恩·瓦尔德史密斯.猫头鹰和啄木鸟［M］.徐超,译.南昌:江西高校出版社,2013.

2.［英］约翰·伯宁罕.和甘伯伯去游河［M］.林良,译.石家庄:河北教育出版社,2008.

3.［英］约翰·伯宁罕.外公［M］.林良,译.石家庄:河北教育出版社,2008.

4.［英］约翰·伯宁罕.莎莉,离水远一点［M］.宋珮,译.石家庄:河北教育出版社,2008.

5.［英］佩特·哈群斯.晚安,猫头鹰［M］.余治莹,译.石家庄:河北教育出版社,2008.

6.［英］佩特·哈群斯.金老爷买钟［M］.陈太阳,译.上海:少年儿童出版社,2006.

7.［英］佩特·哈群斯.母鸡萝丝去散步［M］.信谊编辑部,译.济南:明天出版社,2017.

8.［英］朱莉娅·唐纳森,［德］阿克塞尔·舍夫勒.咕噜牛［M］.任溶溶,译.北京:外语教学与研究出版社,2018.

9.［英］朱莉娅·唐纳森,［德］阿克塞尔·舍夫勒.小海螺和大鲸鱼［M］.任溶溶,译.北京:外语教学与研究出版社,2020.

10.［英］海伦•库柏.南瓜汤［M］.柯倩华,译.济南:明天出版社,2010.

11.［英］雷蒙•布力格.雪人［M］.济南:明天出版社,2009.

12.［英］西恩•泰勒,几米.不睡觉世界冠军［M］.柯倩华,译.北京:新星出版社,2021.

13.［英］安东尼•布朗.公园里的声音［M］.宋珮,译.石家庄:河北教育出版社,2012.

14.［英］安东尼•布朗.小凯的家不一样了［M］.余治莹,译.石家庄:河北教育出版社,2009.

15.［英］马克•埃兹拉,加文•罗.第一眼看四季［M］.任溶溶,译.北京:人民邮电出版社,2012.

16.［英］安东尼•布朗.威利和朋友［M］.崔维燕,译.南昌:二十一世纪出版社,2013.

17.［英］安东尼•布朗.我和你［M］.崔维燕,译.南昌:二十一世纪出版社,2012.

18.［英］安东尼•布朗.胆小鬼威利［M］.唐玲,译.南昌:二十一世纪出版社,2009.

19.［英］安东尼•布朗.朱家故事［M］.柯倩华,译.石家庄:河北教育出版社,2009.

20.［英］安东尼•布朗.隧道［M］.崔维燕,译.南昌:二十一世纪出版社,2009.

21.［英］安东尼•布朗.我爸爸［M］.余治莹,译.石家庄:河北教育出版社,2007.

22.［英］安东尼•布朗.我妈妈［M］.余治莹,译.石家庄:河北教育出版社,2014.

23.［英］安东尼•布朗.我哥哥［M］.余治莹,译.北京:北京联合出版社,2018.

24.［英］安东尼•布朗.穿越魔镜［M］.阿甲,译.石家庄:河北教育出版社,2018.

25.［英］安东尼•布朗.大猩猩［M］.林良,译.石家庄:河北教育出版社,2019.

26.［德］雅诺什.噢,美丽的巴拿马［M］.皮皮,译.沈阳:春风文艺出版社,1999.

27.[德]雅诺什.妈妈你说,孩子从哪儿来[M].皮皮,译.沈阳:春风文艺出版社,1998.

28.[德]雅诺什.我说,你是一头熊[M].皮皮,译.沈阳:春风文艺出版社,1998.

29.[德]雅诺什.老虎学数数[M].皮皮,译.沈阳:春风文艺出版社,1998.

30.[德]雅诺什.雨汽车[M].皮皮,译.沈阳:春风文艺出版社,1999.

31.[德]雅诺什.小老虎,你的信[M].皮皮,译.沈阳:春风文艺出版社,1999.

32.[德]雅诺什.小猪,你好[M].皮皮,译.沈阳:春风文艺出版社,1999.

33.[德]哥里塔·卡罗拉特,苏珊娜·麦斯.小熊布迪睡不着觉[M].武正弯,译.北京:中国少年儿童出版社,2004.

34.[美]维吉尼亚·李·伯顿.小房子[M].漆仰平,译.广州:新世纪出版社,2021.

35.[美]维吉尼亚·李·伯顿.生命的故事[M].漆仰平,译.广州:新世纪出版社,2021.

36.[美]维吉尼亚·李·伯顿.缆车梅贝儿[M].向果,译.石家庄:花山文艺出版社,2021.

37.[美]玛莉·荷·艾斯.在森林里[M].赵静,译.南昌:二十一世纪出版社,2017.

38.[美]婉达·盖格.100万只猫[M].潘艳梅,等译.北京:九州出版社,2016.

39.[美]婉达·盖格.一无所有[M].张媛,译.哈尔滨:哈尔滨出版社,2019.

40.[美]婉达·盖格.白雪公主和七个小矮人[M].李琨,译.北京:东方出版社,2017.

41.[美]罗伯特·麦克洛斯基.让路给小鸭子[M].柯倩华,译.石家庄:河北教育出版社,2009.

42.[美]罗伯特·麦克洛斯基.吹口琴的蓝特尔[M].崔维燕,译.南昌:二十一世纪出版社,2012.

43.[美]罗伯特·麦克洛斯基.美好时光[M].崔维燕,译.南昌:二十一世纪出版社,2012.

44.[美]艾诺·洛贝尔.明锣移山[M].王林,译.济南:明天出版社,2018.

45. [美]艾诺·洛贝尔.寓言[M].阿甲,译.贵阳:贵州人民出版社,2020.

46. [美]艾诺·洛贝尔.青蛙和蟾蜍[M].潘人木,等译.济南:明天出版社,2018.

47. [美]莫里斯·桑达克.野兽国[M].宋珮,译.贵阳:贵州人民出版社,2014.

48. [美]莫里斯·桑达克.在那遥远的地方[M].王林,译.海口:南海出版公司,2012.

49. [美]莫里斯·桑达克.午夜厨房[M].任溶溶,译.贵阳:贵州人民出版社,2017.

50. [美]李欧·李奥尼.西奥多和会说话的蘑菇[M].阿甲,译.海口:南海出版公司,2011.

51. [美]李欧·李奥尼.小黑鱼[M].彭懿,译.海口:南海出版公司,2007.

52. [美]李欧·李奥尼.小蓝和小黄[M].阿甲,译.海口:南海出版公司,2011.

53. [美]李欧·李奥尼.鱼就是鱼[M].阿甲,译.海口:南海出版公司,2011.

54. [美]李欧·李奥尼.蒂科与金翅膀[M].阿甲,译.海口:南海出版公司,2012.

55. [美]李欧·李奥尼.蒂莉和高墙[M].阿甲,译.海口:南海出版公司,2011.

56. [美]李欧·李奥尼.亚历山大和发条老鼠[M].阿甲,译.海口:南海出版公司,2010.

57. [美]李欧·李奥尼.一寸虫[M].杨茂秀,译.济南:明天出版社,2016.

58. [美]李欧·李奥尼.田鼠阿佛[M].阿甲,译.海口:南海出版公司,2010.

59. [美]威廉·史塔克.老鼠牙医地嗖头[M].孙晴峰,译.济南:明天出版社,2015.

60. [美]威廉·史塔克.会说话的骨头[M].任溶溶,译.南昌:二十一世纪出版社,2012.

61. [美]威廉·史塔克.驴小弟变石头[M].张剑鸣,译.上海:少年儿童出版社,2005.

62. [美]朵琳·克罗宁,贝西·赖文.咔嗒,咔嗒,哞!奶牛会打字[M].宁宇,译.南宁:接力出版社,2019.

63.[美]朵琳·克罗宁,贝西·赖文.咔嗒,咔嗒,嘎!鸭子当总统[M].宁宇,译.南宁:接力出版社,2019.

64.[美]朵琳·克罗宁,贝西·赖文.呼噜,呼噜,哞!谁是大赢家[M].宁宇,译.南宁:接力出版社,2019.

65.[美]玛西娅·布朗.石头汤[M].费方利,译.哈尔滨:黑龙江美术出版社,2020.

66.[美]大卫·香农.大卫,不可以[M].余治莹,译.石家庄:河北教育出版社,2007.

67.[美]大卫·香农.大卫,上学去[M].余治莹,译.石家庄:河北教育出版社,2008.

68.[美]大卫·香农.鸭子开车记[M].杨玲玲,等译.北京:新星出版社,2017.

69.[美]劳拉·瓦卡罗·希格.先有蛋[M].余治莹,译.石家庄:河北教育出版社,2011.

70.[美]艾瑞·卡尔.好饿的毛毛虫[M].郑明进,译.济南:明天出版社,2012.

71.[美]艾瑞·卡尔.袋鼠也有妈妈吗?[M].林良,译.济南:明天出版社,2013.

72.[美]艾瑞·卡尔.小种子[M].蒋家语,译.济南:明天出版社,2010.

73.[美]爱德华·恩贝尔利.走开,绿色大怪物[M].余治莹,译.石家庄:河北教育出版社,2010.

74.[美]大卫·威斯纳.疯狂星期二[M].石家庄:河北教育出版社,2009.

75.[美]大卫·威斯纳.三只小猪[M].彭懿,译.南京:江苏凤凰少年儿童出版社,2018.

76.[美]大卫·威斯纳.艺术大魔法[M].余治莹,译.石家庄:河北教育出版社,2012.

77.[美]艾米·克劳斯·罗森塔尔,简·科雷斯.不玩够,不能上床睡觉[M].余治莹,译.武汉:湖北美术出版社,2012.

78.[美]米塔罗·莫达瑞西.不要睡觉,赛莉[M].施敏,译.南京:江苏少儿出版社,2009.

79.[美]玛格丽特·怀兹·布朗,克雷门·赫德.晚安,月亮[M].阿甲,译.

| 211

北京:北京联合出版公司,2017.

80.[美]玛格丽特·怀兹·布朗,雷欧纳德·威斯伽德.重要书[M].崔维燕,译.南昌:二十一世纪出版社,2010.

81.[美]佩吉·拉特曼.晚安,大猩猩[M].爱心树,译.北京:北京联合出版公司,2018.

82.[美]凯特·迪卡米洛,杰米·金.啦啦啦[M].杭州:浙江少年儿童出版社,2018.

83.[美]简·约伦,杨志成.公主的风筝[M].阿甲,译.武汉:长江少年儿童出版社,2016.

84.[美]杨志成.狼婆婆[M].林良,译.石家庄:河北教育出版社,2008.

85.[美]杨志成.七只瞎老鼠[M].王林,译.石家庄:河北教育出版社,2008.

86.[加]乔恩·克拉森.我要把我的帽子找回来[M].杨玲玲,等译.济南:明天出版社,2012.

87.[加]乔恩·克拉森.这不是我的帽子[M].杨玲玲,等译.济南:明天出版社,2018.

88.[爱尔兰]马丁·韦德尔,芭芭拉·弗斯.你睡不着吗?[M].潘人木,译.济南:明天出版社,2008.

89.[比]马里奥·拉莫.睡觉去,小怪物[M].刘明,译.北京:北京联合出版公司,2011.

90.[挪威]P.C.阿斯别约恩森,J.E.姆厄,玛夏·布朗.三只山羊嘎啦嘎啦[M].熊春,等译.南昌:二十一世纪出版社,2007.

91.[西]卡门·奇卡,曼努埃尔·马索尔.山中[M].杨玲玲,等译.北京:海豚出版社,2019.

92.[法]克利斯提昂·约里波瓦,克利斯提昂·艾利施.不一样的卡梅拉[M].郑迪蔚,译.南昌:二十一世纪出版社,2006.

93.[日]谷川俊太郎,元永定正.噗~噗~噗[M].猿渡静子,译.海口:南海出版社,2012.

94.[日]谷川俊太郎,柚木沙弥郎.然后呢,然后呢[M].季颖,译.桂林:广西师范大学出版社,2019.

95.[日]大塚勇三,赤羽末吉.苏和的白马[M].猿渡静子,译.北京:新星出版社,2013.

96. [日]中川李枝子,山胁百合子.古利和古拉[M].季颖,译.北京:北京联合出版公司,2018.

97. [日]五味太郎.鲸鱼[M].余治莹,译.石家庄:河北教育出版社,2007.

98. [日]五味太郎.鳄鱼怕怕 牙医怕怕[M].上谊编辑部,译.济南:明天出版社,2013.

99. [日]田村茂.蚂蚁和西瓜[M].蒲蒲兰,译.南昌:二十一世纪出版社,2005.

100. 贺友直,吴蕙雅.大画家给孩子的中国节日故事[M].北京:连环画出版社,2021.

101. 唐勇力,吴蕙雅.木兰辞[M].北京:连环画出版社,2020.

102. 黄缨.漏[M].南京:江苏少年儿童出版社,2012.

103. 朱惠芳,黄缨.七只鼹鼠包粽子[M].杭州:西泠印社出版社,2017.

104. 熊亮.游侠小木客[M].天津:天津美术出版社,2021.

105. 熊亮.野孩子童话[M].北京:生活·读书·新知三联书店,2013.

106. 熊亮.野孩子童戏[M].北京:生活·读书·新知三联书店,2013.

107. 熊亮.野孩子童谣[M].北京:生活·读书·新知三联书店,2013.

108. 熊亮.梅雨怪[M].北京:生活·读书·新知三联书店,2011.

109. 熊亮.京剧猫[M].贵阳:贵州人民出版社,2011.

110. 熊亮.好玩的汉字[M].贵阳:贵州人民出版社,2011.

111. 熊亮.雪人的故事[M].成都:四川少年儿童出版社,2006.

112. 熊亮.小石狮[M].济南:明天出版社,2007.

113. 熊亮,段虹.泥将军[M].济南:明天出版社,2007.

114. 熊亮,段虹.屠龙族[M].济南:明天出版社,2007.

115. 熊亮,谭军.家树[M].济南:明天出版社,2007.

116. 熊亮.和风一起散步[M].天津:天津人民出版社,2019.

117. 熊亮.灶王爷[M].天津:天津人民出版社,2018.

118. 熊亮.小年兽[M].天津:天津人民出版社,2019.

119. 编自北方童谣,周翔.耗子大爷在家吗?[M].济南:明天出版社,2012.

120. 编自北方童谣,周翔.一园青菜成了精[M].济南:明天出版社,2008.

121. 曹文轩,[巴西]罗杰·米罗.羽毛[M].北京:中国少年儿童出版社,2013.

122. 曹文轩,[英]郁蓉.烟[M].南昌:二十一世纪出版社,2014.

123. 曹文轩,赵蕾.菊花娃娃[M].济南:明天出版社,2017.

124. 曹文轩,王祖民.笨笨驴系列[M].南昌:二十一世纪出版社,2014.

125. 心怡,蔡皋.宝儿[M].济南:明天出版社,2008.

126. 蔡皋.百鸟羽衣[M].长沙:湖南少年儿童出版社,2016.

127. 邬朝祝,蔡皋.晒龙袍的六月六[M].长沙:湖南少年儿童出版社,2016.

128. 蔡皋.三个和尚[M].北京:教育科学出版社,2015.

129. 蔡皋.月亮粑粑[M].长沙:湖南少年儿童出版社,2016.

130. 郭振媛,朱成梁.别让太阳掉下来[M].北京:中国和平出版社,2016.

131. 王亚鸽,朱成梁.打灯笼[M].北京:连环画出版社,2017.

132. 徐鲁,朱成梁.爷爷的打火匣[M].北京:中国少年儿童出版社,2013.

133. [加]欧内斯特·汤普森·西顿,朱成梁.火焰[M].南昌:二十一世纪出版社,2015.

134. 郑春华,朱成梁.屋檐下的腊八粥[M].成都:天地出版社,2020.

135. 廖小琴,朱成梁.棉婆婆睡不着[M].济南:明天出版社,2013.

136. 余丽琼,朱成梁.团圆[M].济南:明天出版社,2008.

137. 余丽琼,朱成梁.记事情[M].济南:明天出版社,2014.

138. 向华,央美绘本创作工作室.中国民间童话系列[M].北京:北京联合出版公司,2015.

139. 向华,央美绘本创作工作室.面人龙[M].北京:生活·读书·新知三联书店,2012.

140. 萧袤,黄缨.男孩和青蛙[M].济南:明天出版社,2006.

141. 萧袤,周一清.驿马[M].济南:明天出版社,2008.

142. 王早早,黄丽.安的种子[M].郑州:海燕出版社,2012.

143. 武玉桂,翱子,王天天.方脸公公和圆脸婆婆[M].南昌:二十一世纪出版社,2015.

144. 张宁.乌龟一家去看海[M].南宁:接力出版社,2016.

145. 王小波,张宁.一只特立独行的猪[M].南宁:接力出版社,2018.

146. 彭懿.寻找鲁冰花[M].北京:连环画出版社,2017.

147. 彭懿.巴夭人的孩子[M].济南:明天出版社,2016.

148. 保冬妮,夏婧涵.舞鹤[M].北京:人民教育出版社,2013.

149. 保冬妮,黄捷.小青花[M].北京:人民教育出版社,2013.

150. 保冬妮,于洪燕.小布老虎[M].北京:知识出版社,2017.

151. 保冬妮,小舟.花娘谷[M].重庆:重庆出版社,2009.

152. 保冬妮,刘巨德.九色鹿[M].重庆:重庆出版社,2011.

153. 保冬妮,莫矜.咕噜咕噜,涮锅子[M].乌鲁木齐:新疆青少年出版社,2017.

154. 保冬妮,吴翟.冰糖葫芦,谁买[M].南昌:二十一世纪出版社,2012.

155. 保冬妮,陈泽新.小狼小狼,几点了[M].重庆:重庆出版社,2012.

# 附录二　主要参考文献

1. [加]佩里·诺德曼,梅维丝·雷默.儿童文学的乐趣(第三版)[M].陈中美,译.上海:少年儿童出版社,2008.

2. [加]李利安·H.史密斯.欢欣岁月[M].梅思繁,译.长沙:湖南少年儿童出版社,2014.

3. [加]佩里·诺德曼.说说图画:儿童图画书的叙事艺术[M].陈中美,译.贵阳:贵州人民出版社,2018.

4. [美]蒂姆·莫里斯.你只年轻两回——儿童文学与电影[M].张浩月,译.上海:少年儿童出版社,2008.

5. [英]彼得·亨特.理解儿童文学[M].代冬梅,等译.上海:少年儿童出版社,2008.

6. [法]苏菲·范德林登.一本书读透图画书[M].陈维,等译.西安:世界图书出版公司,2018.

7. [日]松居直.我的图画书论[M].季颖,译.长沙:湖南少年儿童出版社,1997.

8. [日]松居直.如何给孩子读绘本[M].林静,译.北京:北京联合出版公司,2017.

9. 陈晖,[法]苏菲·范德林,[美]伦纳德·S.马库斯.画里话外01:儿童的想象[M].南京:南京大学出版社,2019.

10. 阿甲,[法]苏菲·范德林登,[美]伦纳德·S.马库斯.画里话外02:叙事[M].南京:南京大学出版社,2019.

11. [美]伦纳德·S.马库斯.图画书为什么重要——二十一位世界顶级插画家访谈集[M].阿甲,等译.南京:江苏凤凰美术出版社,2017.

12. 周作人.童话研究[M]//周作人,止庵.周作人自编文集:儿童文学小论 中国新文学的源流.石家庄:河北教育出版社,2002.

13. 胡君靖.儿歌研究的若干问题[J].鄂州大学学报,1998(1).

14. [英]艾登·钱伯斯.说来听听:儿童、阅读与讨论[M].蔡宜容,译.北京:北京联合出版公司,2016.

15. [英]艾登·钱伯斯.打造儿童阅读环境[M].许慧贞,译.北京:北京联合出版公司,2016.

16. [美]安·华福·保罗.如何写好一个故事[M].李昕,译.北京:新星出版社,2016.

17. 赵景深,车锡伦,何志康.古代儿歌资料[M].上海:少年儿童出版社,1963.

18. [美]丹尼斯·I.马图卡.图画书宝典[M].王志庚,译.北京:北京联合出版公司,2017.

19. 朱自强.绘本为什么这么好?——全面升级你的绘本认知[M].广州:新世纪出版社,2021.

20. [美]珍·杜南.观赏图画书中的图画[M].宋珮,译.乌鲁木齐:新疆青少年出版社,2017.

21. [日]松居直.幸福的种子:亲子共读图画书[M].刘涤昭,译.南昌:二十一世纪出版社,2013.

22. 郝广才.好绘本如何好[M].北京:新星出版社,2016.

23. 吴念阳.跟着儿童心理学家玩绘本[M].上海:上海教育出版社,2021.

24. [美]斯蒂芬妮·哈维,等.上好一堂阅读课[M].刘成盼,译.北京:北京科学技术出版社,2021.

25. [美]玛利亚·沃尔瑟.上好一堂绘本课[M].夏茜,译.北京:北京科学技术出版社,2022.

26. 董旭花,张浩豫.从头到脚玩绘本:如何从绘本阅读到绘本游戏[M].北京:中国轻工业出版社,2020.

27. 王剑璋,吴念阳.带着孩子读绘本:亲子阅读指导手册[M].上海:上海教育出版社,2022.

28. 上海市教育委员会教学研究室.助力阅读 点亮童年:3—6岁儿童100本图画书研究[M].上海:上海教育出版社,2021.

29. 王春华.和书婆婆一起读绘本[M].南京:南京师范大学出版社,2016.

30. 中华人民共和国教育部.3—6岁儿童学习与发展指南[S].北京:首都师范大学出版社,2012.

31. 陈意争.图画与文字的邂逅——图画书中的图文关系探索[M].台北:秀威资讯科技,2008.

32. [美]彼得·门德尔桑德.当我们阅读时,我们看到了什么[M].应宁,译.北京:北京联合出版公司,2015.

33. [德]瓦尔特·本雅明.本雅明论教育:儿童·青春·教育[M].徐维东,译.长春:吉林出版集团有限责任公司,2011.

34. 周兢.早期阅读发展与教育研究[M].北京:教育科学出版社,2007.

35. 张海丽,刘艳茹.幼儿文学阅读与指导[M].北京:北京理工大学出版社,2016.

36. 阿甲.帮助孩子爱上阅读——儿童阅读推广手册[M].上海:少年儿童出版社,2007.

37. [美]吉姆·崔利斯.朗读手册[M].沙永玲,等译.海口:南海出版公司,2009.

38. 马玲.孩子的早期阅读课——新教育实验儿童课程"读写绘"项目用书[M].桂林:漓江出版社,2014.

39. 阿甲,徐凡,唐洪.中国父母最该知道的·儿童阅读100个关键问题[M].北京:北京出版社,2005.

40. 康长运.幼儿图画故事书阅读过程研究[M].北京:教育科学出版社,2007.

41. 陈世明.图像时代的早期阅读[M].上海:复旦大学出版社,2008.

42. [美]约瑟夫·坎贝尔,比尔·莫耶斯.神话的力量:在诸神和英雄的世界中发现自我[M].朱侃如,译.杭州:浙江人民出版社,2013.

43. [美]洪长泰.到民间去——1918—1937年的中国知识分子与民间文学运动[M].董晓萍,译.上海:上海文艺出版社,1993.

44. [美]珍妮·约伦.世界著名民间故事大观[M].潘国庆,等译.上海:上海文艺出版社,1991.

45. [美]丁乃通.中国民间故事类型索引[M].郑建伟,等译.武汉:华中师范大学出版社,2008.

46. 刘守华.中国民间故事史[M].北京:商务印书馆,2017.

47. 彭懿.图画书:阅读与经典[M].南昌:二十一世纪出版社,2008.

48. 彭懿.世界图画书阅读与经典[M].南宁:接力出版社,2011.

49. 彭懿.图画书应该这样读[M].南宁:接力出版社,2012.

50. 方卫平.享受图画书:图画书的艺术与鉴赏[M].济南:明天出版社,2011.

51. 贺友直,刘千.贺友直谈连环画创作[M].北京:人民美术出版社,1985.

52. 郭思,刘维尚.林泉高致[M].北京:中国纺织出版社,2018.

53. [美]瑞奇·路德曼.飞向阅读的王国[M].郭妙芳,译.台北:阿拉布教育文化中心,2004.

54. [美]妮娜·米可森.童书中的神奇魔力[M].李子蓉,译.台北:阿布拉教育文化中心,2007.

55. [美]艾伦·B.知念.童话中的男性进化史[M].陈宇飞,译.桂林:广西师范大学出版社,2016.

56. [瑞士]玛丽-路薏丝·冯·法兰兹.解读童话:遇见心灵深处的智慧与秘密[M].徐碧贞,译.北京:北京联合出版社,2019.

57. 陈沛缇.对话式亲子阅读对幼儿词汇理解与口语表达能力之影响[D].台南:台南大学,2011.

58. 林珮妤,等.提升台湾低社经幼儿语言发展的"对话式阅读"延伸实验[J].幼儿教育年刊,2014,25:185-204.

59. 朱俏嫣,等.使用对话式阅读对家长亲子共读技巧和感受的影响[J].幼儿教育年刊,2019,30:25-45.

60. 陈升洁,等.运用教练训练模式介入家长使用对话式阅读技巧之研究[J].幼儿教育年刊,2022,33:27-50.

61. 翟敏如.对话式阅读技巧应用于幼儿情绪绘本共读之初探[J].课程与教学季刊,2013,16(4):209-238.

62. 王乃正.怀特赫斯特对话阅读方案研究及对我国幼教的启示[J].内蒙古师范大学学报(教育科学版),2003,16(2):61-62.

63. 王丹丹.怀特赫斯特"对话式阅读"教学研究[J].基础教育研究,2020(9):83-85.

64. 郭咏梅.幼儿文学作品对话教学活动的展开脉络[J].教育观察(下半月),2015,4(24):73-76.

65. 刘睿.幼儿"对话式阅读"教学探析[J].教育教学论坛,2015(26):246-248.

66. 宋晓敏.对话式阅读对低收入家庭儿童叙事能力的影响[D].北京:首都师范大学,2011.

67. 张呈如.对话式阅读结合故事地图对5—6岁儿童叙事能力的影响[D].西安:陕西师范大学,2017.

68. 孙雨莎.自主阅读与分享阅读对大班幼儿叙事能力影响的比较研究[D].宁波:宁波大学,2020.

69. 周沙.基于大观念的幼儿园对话式阅读教学的行动研究[D].西安:西北师范大学,2021.

70. 周颖.对话式阅读活动促进中班幼儿故事理解的实践研究[D].成都:成都大学,2021.

71. 韩天雯.运用对话式阅读提升幼儿故事叙述能力之行动研究[D].上海:华东师范大学,2022.

72. G. J. Whitehurst, et al. Accelerating Language Development Through Picture Book Reading[J].Developmental Psychology,1988,24(4):552-559.

73. G. J. Whitehurst, et al. A Picture Book Reading Intervention in Day Care and Home for Children from Low-Income Families[J]. Developmental Psychology,1994,30(5):679-689.

74. Stacey A. Storch and G. J. Whitehurst. Oral Language and Code-Related Precursors to Reading: Evidence from a Longitudinal Structural Model [J].Developmental Psychology,2002,38(6):934-947.

75. Michael Benjamin Robb. New Ways of Reading: The Impact of an Interactive Book on Young Children's Story Comprehension and Parent-Child Dialogic Reading Behaviors [D].University of California, Riverside,2010.

76. Alicia Curtin. Reading and Writing Pathways through Children's and Young Adult Literature: Exploring literacy, identity and story with authors and readers [M].London and New York: Routledge, 2023.